阿弥陀の鬼子

―織田信長・石山本願寺劫濁譚―

佐々木博

郁朋社

目次

傾奇者 …… 7
根切り …… 10
百姓浄土 …… 25
謀反の種 …… 59
本願寺籠城 …… 113
文字瓦 …… 145
鬼子 …… 158

離心……179
朝倉殿廻向……197
怒・恕……204
本山一大事……230
門主お取上げ……266
東西分派……273

装丁／宮田麻希

阿弥陀の鬼子

――織田信長・石山本願寺劫濁譚――

鬼子（おにご）

①親に似ない子　②鬼のように荒々しい子
③歯がはえて生まれた子

『広辞苑』

傾奇者

美濃征伐から清須城に帰着したばかりの織田信長がひとり廊下を踏み鳴らしながら渡っていく。どこから纏ってきたのか紅小袖を羽織っている。背には南蛮船と遠山桜松が置かれた豪奢な小袖は裾風を孕み、傾奇者《かぶき》信長を大きく膨らませている。戦の高揚は城に戻っても熱のように続いている。今回の戦は父織田正秀も手を焼き何度も苦汁をのまされた美濃攻略だ。美濃国主だった斎藤道三を弑逆《しぎやく》した子義龍が永禄四年五月病死すると、信長は僅か二日後には美濃深く侵攻した。因縁の美濃攻めだった。

うつけたわけと弄られながらも、父もできなかったことをおのれがやっている、もう怖いものはない。今川撃破に続き美濃攻略でおのれの才覚に光明を見出した昂りが信長を屋形の奥へ向かわせていた。その先は道三の血を受けた正室濃《のう》の座所なのだ。

「仇を討つ」

部屋に入るや床を背にドカと胡坐をかいて妻に告げた。侍女たちは信長の来訪に座所を慌ただしく退く。

「仇？」

濃は訝し気に柳眉に皺をよせた。

「仇とはだれの仇でございますか。御父上さまの？　……それとも道三？」

「道三どのだ」

なにを自明なことをと短く答えると、次に妻は僅かに首を傾げた。

「道三は亡く、父を討った義龍もおりませぬし子の竜興は跡目を継いだばかり。なによりも上様は美濃衆に違ったおこころをお持ちのごようす。お口にされずとも妾が知らぬとでも」

ここまで言われると濃の本意が見えてきた。信長にとっては、成り上がり戦国大名斎藤道三の血を色濃《こ》く継いでいる濃は、心を許せる女ではなく美濃奪取の旗標にしか過ぎなかったのだ。使い分ける女に不自由はしていない。

信長の気づきを察して静かに笑みを浮かべた。

「道三やその娘のため仇を討つとは申されまするな。妾のためと申されるのならば、兵を起こさずとも美濃を侵さずとも、容易きことでございます」

(吉《きち》への当てつけか)

吉とは信長の側室で吉乃といい、子のない濃と違いすでに信長の子を産んでいる。

美濃攻略開始の昂りを潜め妻の座所を訪うために何気なく言い繕った言葉だったが、さにあらずと見透かした濃は正室を顧みない夫に不満を託ったのだ。

信長の目尻に微かながら血が籠もり鼻を鳴らした。

「わしだ」

「ご自分のためで、美濃を手に入れるためでございましょう。飾らず仰せになられるほうがよほど上様らしゅうございます」

けっと不快気に顔を横に向け、腰を上げる信長に濃が追い打ちをかけた。

「傾奇さまに兄弟を亡きものにした義龍を責める謂われはございませぬ」

信長の中で何かが弾けた。

(こやつがぁ)

信長の高揚感は一転絶望感となり、信長はゆっくりと足を戻した。

「ならカブキの本性をみせてやる」

言い終えるまでもなく道三の娘を荒々しく押し倒すと、濃は慈しみの風もなくただ荒々しく力で征服しようとする信長に抗ったが程なく力で逆らうすべのなさを悟ると、信長はしたたかに精を放った。

根切り

天正二年（1574）九月。場所は木曽三川《さんせん》が伊勢湾にそそぐ伊勢国桑名《いせのくにくわな》、そこにあって浄土真宗門徒の拠り所となっている長島願證寺《がんしょうじ》はいま織田軍に包囲されている。願證寺では本堂を守るように多くの一揆衆の陣小屋が設けられ、深更のいまは多くの僧俗門徒や門徒兵がそこかしこに黒い塊となって臥せっている。

その塊を縫うように黒い影が人をあらためながら忍び歩いている。ほどなく横になり臥せっている若い僧を見つけると気配もなく身を屈めた。

「茶々」

この一言で安息の深い海から若い僧の意識が浮かび上がった。茶々とはこの僧の童名で、この声で父に呼ばれて駆けていった記憶が蘇る。しかし十三歳で得度する頃からは父母は自分の名を呼んでいなかったことにすぐに気づいた。寺の後継ぎとなるべき身として早くから父母と隔てられた日々を過ごしたためだ。

「光寿」

過ぎた日々を夢うつつにしていると次は耳元で諱《いみな》が呼ばれた。自分の本名だ。しかし、その声はもう父のものではない。

（誰だ）

声の主に覚醒したことを悟られぬように、気を伏せたままその声の主の距離と殺気を確かめた。そして声の主はごく身近にいたことに愕然とし相当の手練れであることも知った。

声の主は二言でこの僧が十分覚醒し身体も瞬時に熱を帯びたことを知ると、屈めていた身を引き起こしながら低く命ずる。

「ついてこい」

男は否応も問わず闇の中へ歩き出した。男は落髪の侍だった。願證寺に籠城する門徒兵の中には多くの僧や荒法師もいるが、この若い僧が本願寺門主顕如の長子　法名教如と知るものはいない。そもそもが本願寺門主嫡男は雲の上の存在で、父は息子の戦場入りを強く禁じたが、それにも拘わらず教如が本山を出奔して戦場の長島へ密かに潜入したためだっだ。

いま戦場となっている長島は、多くの門徒が諸国から上山し賑わっていた頃の面影はなく、守勢一方で激しい織田の攻撃に息をひそめる願證寺の闇は濃い。教如は闇に溶けるように足を進める男を追いながらも、ここ願證寺籠城で見知ったものたちの顔を思い起こしていた。教如が名もない僧として願證寺に籠もる僧俗門徒の中の一人となったときから、時折誰とも知れぬ遠くからの視線を感じることがあったがこの男だったのかと気づき、男の向かうところへ従った。

伊勢長島は、織田軍の今回三度目の攻撃で八月には周辺の城塞は落とされ、願證寺本陣のみとなってしまっている。織田軍先鋒は対岸の篠橋まで進攻し、願證寺勢の疲弊を待っている。人は飢え、まず老人や子供ついで女が餓死した。死肉をあさる野犬はいない、みな食われてしまったのだ。食い物のみならず鉄炮の火薬や弾も底をつき、あとは白兵戦しか残されていない。

男は篠橋が見える川岸に出ると、川向こうの織田軍の夥しい篝火や籠提灯に背を向け流木に腰を下ろして教如を待った。対岸では大軍を誇示するかのように多くの薪が篝に投げ込まれ、遠くの灯りでも闇に馴染んだ眼には明るく見える。織田陣からは時折巡視の軍列が叩く拍子木の音までが聞こえてくる。夜襲を警戒しているのだ。

男が腰を下ろしたことで教如は僅かに緊張を解き立ったまま問う。

「何者だ？」

「まあ座れ。ピリピリしていると話しづらい」

それを無視する教如には構わず、（なら）と男は続けた。

「わしは十兵衛という。不審に思うのも無理ない。誰も知らぬ童名や諱を言うのだからな。法名は教如、そなたの父は天文十二年一月生まれで、母は三条の娘であり細川、六角の養女でもあろう」

「……」

男は少なからず本願寺奥にも精通しているようで、話を聞けば男の正体もわかるかもしれぬと腹を決めた。すくなくとも刺客ではないようだ。

「わしは侍のなりをしているが、本性は三河土呂《とろ》の坊主で本宗寺証専、諱を教什《きょうじゅう》という。人に十を教えると書く。わしの妻はそなたの父の妹　顕妙だ」

一族につながる三河本宗寺は知っているが、本宗寺は永禄六年三河一揆のときに徳川家康に焼かれてしまっている。その門主証専がなぜいま時分ここに。

「まだ得心が行かぬようだな。まあ斯様な時このような場所でしかも侍のなりで、いきなりわしは本宗寺だ、そなたと縁のあるものだといっても、俄かには信じられぬわな。そなたの本山出奔は風に聞こえてはいたが、長島にいるとは思わなかった。その心情はわからぬではないが、長島はそなたの戦場ではない」

教如の参陣を強く禁じた父と同じことを言ったが、この男はまた違った理由をあげた。

「本願寺を統べる身として、もっと大切な戦の場がある。こいつはもっと多くの門徒を救える」

言いながらゆっくりと懐から竹皮の小さな塊を取り出し教如に渡した。それは僅かな温もりの残る焼餅だった。

「皆が飢えているのにこのようなものがどこに」

「まあ食え。食い物があるなら食ってしまえ」

そういうと十兵衛は手にした餅を食って見せる。毒は仕込んでいないようだ。

闇とその侍姿のためにわからなかったが、織田から届く薄明りに慣れると父の妹顕妙の夫である証専の記憶と男の顔の輪郭がようやく重なりはじめた。しかし新たな疑問も湧いてきた。

(似ているが、本宗寺証専坊は天正元年十月の頃、三十いくつで死んだはず)

そのためには男に問わねばならないが男と周囲への気は抜けない。十兵衛は用心を解かない教如に一人語りするしかなかった。

「わしは、顕如どのとは三年早い天文九年の生まれだ。その頃はといえば本願寺が大名のような勢いを持ち、その勢力を恐れる細川晴元・法華門徒に山科本山が焼き討ちにされ京を追い出された頃だ」

特段特別なものだけが知っていることではない。

「娑婆は殺し殺されたり、寺の中とはいえ聞こえてくること話すことは、戦の話ばかりだ。寺を守らねばと、出入りする門徒侍たちに年端も行かぬ頃から武術の手ほどきを受けた。それが合っていたのか、念仏よりも刀や鉄炮の修練にはまってしまった。おぬしが武術の習練にのめり込んだのも、寺を守らねばというところだろう」

本宗寺証専という坊主は、僧に似つかわしくない体躯で諸国行脚を好む男だということも思い出された。

「諸国を気ままに行脚してきたが、それでもその頃は、坊主の務めにも精進していた。言われるままに寺の跡取りとして十九のとき十四歳の顕妙を娶った。寺が院家成りしたときは朝廷に一万疋を御礼進上し、節目折々には門主としての務めはこなした。無論その時は折り目正しい坊主姿でな」

手を禿頭にやった。片頬だけで笑ったようだ。

「なに、（証専坊は天正元年十月に没しているはず）とな。そうだ本山の僧籍ではそうなっている。しかしそのいきさつは後で話す。気ままな行脚でも諸国を回ると、寺の中では見えなかった門徒の本当の姿が見えてくる。

毎年のように起こる凶作、飢饉、疫病で人死が出て、まずは子供が売られる。売る子供がなければ女房が遊び女に堕ちる、それもなければ兇徒になるしかない土民だ。京の寺で『天下疫饑人相食』と書かれた文書《もんじょ》を見たことがある。いまも昔も疫病や飢饉には最後に人を食う」

十兵衛が小さく音を鳴らし不快な唾を吐いた。

「わが一流布教には、蓮如上人が作られた講《こう》が大きに役立ったが、一方本山に上納する志納金を集めるときにはこれが民百姓からなけなしの金を巻き上げる。そして講はいまでは命まで差し出せといっている。ほう、(講は無理強いしていない。仏恩報謝の懇志《こんし》だ)とな」

ようやく話が通じ始めたと、満足げに頷いた。

「懇志か。餅を食って少々坊主らしい問答になったな。そうだ、懇志はこころざしだが坊主側が付けた名だ。蓮如上人が御文で、掟に『そむ(背)かんともから(輩)はなか(長)く門徒中の一列たるべからさるものなり』といっていることを都合よく利用し、坊主が門徒に破門するぞと脅して金を巻き上げているのだ。

破門されると、一村一郷すべてが門徒ならば村八分で命を断たれたも同然なのだ。そしていまは顕如どのも『退転なき様、各身命を顧みず、忠節を抽ぜられるべく候。若し無沙汰の輩は、長く門徒たるべからず』と、命を差し出せさもないと破門だとまで言っているのだ」

父の檄文が、『各身命を顧みず』と云々していることは知らなかった。

「わしが本山とは違った道を探し始めたのは、石山合戦が始まった頃だ。本願寺は大きくなり過ぎて教団というよりも織田に拮抗する大名のようになってしまった。顕如どのは生来聡明な門跡なのだが、悲しいかな外の下々を知らぬ。多くの民百姓はささやかな今日の救いをいま願うだけなのに、身命を顧みるなとは、何のための救いかわからないではないか。

ところでそなたの室を、長島から本願寺へ送り届けたのは誰か知っておろう。そうだわしだ。願證寺から朝倉の姫を匿っているとの知らせを受け、諸国遊行で越前の事情にも明るいところを見込まれ、身元を確かめ姫を石山へ送り届けた」

教如の正室は越前の戦国大名朝倉義景の娘である。永禄十年加賀一向一揆と朝倉義景が和睦すると本願寺顕如の嫡子教如との婚姻が約定され、のち朝倉義景が織田に滅ぼされたとき義景の妹姫は逃れ、本願寺に送り届けられ教如の正室となった。

「送り届けると九月晦日には織田軍が北伊勢に攻め込んできたため長島へトンボ返りしなければならなくなった。わしの母は願證寺の出なのだ。北伊勢侵攻が次に願證寺攻めももくろんでいるならばわしも戦わねばならぬ。ところが北伊勢でわしはあやうく三途の川を渡りかけ、百姓家で長い間三途の渡し場を行きつ戻りつしていた時に、本願寺では証専陣没とされてしまった」

右袖をまくり皮膚と肉がいびつに盛り上がった傷跡を見せた。

「そなたの言うように、生きておるぞと声を上げるのもよいが、本願寺と織田の戦に、三河を追われた三河一揆の二の舞を案じて、本山から身を引くことを決めたのだ。三途の渡し場から戻されたのも阿弥陀の思召しと、寺の外で気儘に俄か侍をしている。

まあ、わしが証専という証しの物はなにもないが、当人たちしか知らぬ話の辻褄は寸分の狂いもなく合うであろう」

男の話は腹に落ちたがまだこだわりが残っている。先ほど男が言った言葉だ。

「証専どのと得心いたしました。しかしそれがしの働き場所はここでなく他にあるというのは」

ようやく納得したかと笑う口元が薄明りの中で見えた。日の出が間近いのか闇が薄くなってきている。

「まず、門徒が信心するのはなぜかを知ることだ。そのためには民百姓を知ることだ」

「本山には諸国から多くの僧俗が上山しております」

「鄙のなまの門徒は知るまい。凶作に飢え、疫病に慄き取り立てに喘ぎとことん困憊している民百姓たちだ」

十兵衛が腰を上げながら遠くの闇を透し見た。

「寺の奥で家老たちの言うことを聞き、諸国からの書状を見ているだけでは門主の務めは果たせぬ。家老たちに都合の良いことしか上がってこない。自分のできることはそれから考えればよい」

言い終えた十兵衛が遠くに残る暗闇に小さく合図を送ると、程なく一人の男が菰を持って現れた。現れた男もことさら夜目が効くようだ。

「織田の囲みをくぐって食い物を運んできた男だ。甚助という。朝倉姫の越前美濃の山越えを案内してきた猟師だ。甚助、渡せ」

男が菰から刀を取り出し両手でささげた。

「甚助でございます」

「そなたが甚助か。奥からは、甚助がいなかったら山越えはできなかったと、よく聞かされている」

礼を述べ刀を手にしたまま十兵衛を見やった。

「これは」

「近々願證寺と織田の和議がなり、立て籠もった門徒たちは赦免されここから舟で逃ることができる。しかしこれは騙しだ。信長は門徒を皆殺ししようとして逃れる門徒に岸から鉄炮を仕掛けてくる。玉薬のない鉄砲は捨ててこれを舟に持ちこめ。最後は刀に限る」

「織田のはかりごとがなぜ」

「織田大将の中に、（和議にも拘らず鉄炮衆が集められている。用心に越したことはない）と知らせてくれた大将がいる。まあ用心のため持っていけ」

「証専どのは」

「わしは舟に乗るわけにはいかぬ。母の里だからな。よいか、血気に逸らず、門主の倅はもっと多くの門徒の命を救えることを忘れるな」

そう言い終えると十兵衛と甚助は残る暗闇の中に溶けた。


夜も明けきらぬ川霧の中を二、三人の男を乗せた小舟数隻が、長島の小さな浦から水路へと漕ぎ出した。夜明けとともに喧しく鳴く川鳥も小舟の男たちの険しい目がわかるのか鳴き声もたてず、奇妙な静寂に包まれている。櫓の音もたてずゆっくりと漕ぎながら男たちは両側の蘆の間を透かすように、伏せっている敵はいないか探っている。

斥候の小舟が水路を進み無事を確認した合図を浦に送ると、どこに隠していたのか葦の陰から多くの小舟が湧くように出てきた。兵糧攻めで年寄りや女子供が多く餓死したが、それでも小舟にはまだまだ多くの女子供が男たちに守られ乗っている。長い籠城から解放され子供たちが声を上げようとするのを男たちが鋭く制して、猜疑の目を両岸に向けている。

夥しい数の舟が川面いっぱいに溢れた時、裏切りの銃声を合図に川岸の葦を割って織田鉄炮隊が姿を現し、舟に向かって一斉に撃ち始めた。

逃げ隠れできない舟の上で多くの門徒が撃ち抜かれた。顔を吹き飛ばされ川に落ちた男は船縁を掴んで助けを求めたが、手を差しだすものもなく末期の水をゴボッと呑み川を血で染めながら沈んでいく。幼子を守ろうと強く子を抱いた女が撃たれ、外に倒れると悲惨だった。瞬時に絶命した女は、泣き叫ぶ子を堅く抱いたまま、血の川に沈んでいく。水底から子の泣き叫ぶ声がゴボゴボと上がってくるのだが直ぐに止んだ。

妻や子を庇いながら助かったという喜色を浮かべていた男たちは、肉を飛ばされ血を吹きながら倒れる妻子を前に悪鬼の相に変じた。兵糧攻めであばら骨が浮き、体を保つのもおぼつかないような男でも、この騙し討ちに薄い肉の中の血を瞬時に沸せた。

数人の男が下帯姿で刀を背に川に飛び込むと、他の男たちも同じように岸の織田鉄炮隊を目指し飛び込み、その中には教如がいた。十兵衛からもっと多くの命が救える他の務めがあると諭されたが、騙し討ちへの憤怒は抑えきれなかった。岸へ泳ぎ寄せる男たちもまた鉄炮の的となり、弾を受けた多くの男たちが沈んでいったが、男たちに筒先が向けられている間は舟への攻撃が緩んだ。男たちが岸に泳ぎ着くと、そこかしこで鉄炮隊の陣が乱れ、白兵戦が始まった。

教如も門徒たちとともに敵に刀をたたきつけながら、敵陣の中活路を切り開いていく。織田方は舟の門徒には鉄炮だけで足りるとしたのか、刀で切り結んでくる武者たちは意外なほどに少なく手薄な方角に導かれるように教如たちは敵陣の中を走った。やがて逃げ道を阻む陣幕を引き倒すと、中にいくつかの屍が転がっていた。先に攻め込んだ門徒武者たちが織田武将たちと切り合ったのか、大将らしき武将が近習らとともに討たれており、下帯姿の門徒も倒れている。

陣幕の中にいた下帯姿の門徒武者たちが、陣幕を引き倒し乱入してきた男たちを敵と見間違え（まだいたか！）と血の付いた刀を向けた。しかし押し入ってきた下帯姿の男たちが、川から逃れてきた門徒と知り男たちは刀を下ろしたが、教如はその場の肌になじまないものを感じながら、倒れている大将とおぼしき武将を刀で指した。

「そいつは？」

男の前に倒れている武将を切ったのがこの門徒なのか、その陣羽織の武将を血刀で指し示した。

「織田の大将だ。仇を取った」

「おお、信長だ」

逃れてきた門徒衆から声が上がった。

「違う、総大将でない。総大将ならもっと多くの馬廻りや側近もいるはずだ」

（もっと武者がいるはずだ）との声で我に返った門徒が我先にこの場から逃げ始め、逃げる門徒の濡れた髷や下帯姿を見て、教如はこの場に馴染めなかったわけに気づいた。先にいた男たちと教如を始めとする門徒侍たち数人が残った。残ったものたちもこの場の何かに拘ったのだ。

「大将を討つとは、いちの功名だな」

大将首に関心を寄せるように間合いを詰めながら男に聞いた。

「名のある大将だな。誰だ」

倒れている大将とおぼしき男は、細い眉の色白の瓜実顔を深々と切り下げられており、一撃で絶命させる太刀筋で迷いのない手練れの業だった。

「知らぬ。仇をとればよい」

「織田の大将と雖も、願證寺にこれほどの手練れがいるとは思わなかったのだろうな」

「おまえもなかなかだろう」

「それとも油断したか」

間合いは完全に詰めた。しかし男に隙はなく、教如は顎で倒れている大将を指した。

「この大将首を本山へもっていけば、栄達は思いのままだ。早く取れ、おまえの手柄だ」

首を勧めながら教如は不意に、この場の不首尾をついた。

「おまえは髪も下帯も濡れていないな」

思わぬ指摘に男ははっと瞬時身を固くし、思わず隙を見せた。教如は男の不意をつき一歩を踏み込むと男の肩から胸板を深々と切り下げた。かしらが討たれると、残った下帯の男たちは呆気なかった。

先に逃げた門徒たちの後を追いようやく織田陣が背後遠くなると、初めてさきの不可解な密殺に、思いを巡らせる余裕ができた。願證寺根切りという作戦のほかにもう一つの密命が企てられていたに相違ない。

織田軍は鉄炮隊のみで武者たちは意外なほどに少なく、逃げる門徒たちは手薄な方角へと切り開いていったが、その実はあの場に導かれたのではないか。その場にやせ細り下帯姿の門徒の屍骸があれば上首尾なのだ。門徒を装った下帯の男たちは密殺の刺客で、この混戦も仕組まれたものに違いない。

これだけの大きなからくりを作れるものは、総大将しかいない。いかに戦場とはいえ味方大将の不自然な戦死は、家中に大きな猜疑心を孕ませてしまう。しかし戦場で敵に討たれたようにすれば、粛清密殺は疑われることがない。信長が弟を病気見舞いに誘い出し謀殺した時よりは、数段巧妙になっていた。

他方長島では残る門徒根切りが実行され、願證寺出城の門徒たちは砦に閉じ込められ二万人が焼き

織田信長系図

- 信秀
  - 信広　戦死（斎藤義龍と通じて謀反疑い 天正二年長島一揆攻めの時）
  - 信時　殺害（家臣に殺害される）
  - 信長
    - 信忠
    - 信雄
    - 信孝
    - 秀勝
    - 信房
    - ほかに男七人
    - 五徳
    - ほかに女十五人
  - 信行　謀殺（稲生の戦で信長と敵対 清須で謀殺される）
  - 秀孝（叔父信次家臣に殺害される）
- 信康　戦死（斎藤氏との戦にて）

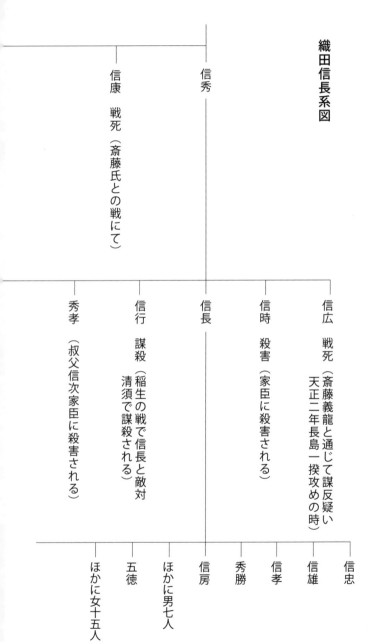

- 信光　殺害（信長清須乗っ取り加担のち近習に殺害される）
  - 信成　戦死（天正二年長島一揆攻めの時）
- 信実
- 信次　戦死（秀孝殺害後逐電天正二年長島一揆攻めの時）

- 信包
- 信治　戦死（元亀元年坂本にて）
- 信興　戦死（元亀元年長島一揆に攻められ）
- 信照
- 秀成　戦死（天正二年長島一揆攻めの時）

殺された。

この願證寺攻めは織田一門あげての戦で、『信長公記』によれば、最前線の篠橋には津田大隅守（織田信広）・津田一介（織田信成）・津田孫十郎（織田信次）らがおかれたという。その篠橋で兄の信広、従兄弟の信成、叔父の信次たちが討ち死にしたのだ。

信長の腹違いの兄の信広は、弘治二年（１５５６年）斎藤道三が子義龍に討たれると、義龍と内通し信長を倒そうとしたといわれている兄弟だ。さらに叔父の信次は信長の兄信時を殺害したが、後許されて守山城主になったといういきさつがあった。

『信長公記』にはこのように書かれている。『九月廿九日、〜心ある者ども、はだかになり、伐刀ばかりにて、七八百ばかり切って懸かり、伐ち崩し、御一門を初め奉り、歴々数多《あまた》討死』したというのだ。信長の兄、叔父、従兄弟の死はさり気なく目立たぬよう御一門歴々数多として一括りで書かれた。兵糧戦で極度の飢餓にあり裸で川を泳ぎ切った寡勢の門徒兵に、陸《おか》で温存していた織田一族あげての大将や兵が討たれたのだ。牛一は不自然さに気づいていたに違いない。

百姓浄土

造悪無碍

越前国《えちぜんのくに》の北陸道に暮れ合いの闇が迫り始めた頃、長島を脱した教如が敦賀から木目《きのめ》峠に登ってきた。木目峠には木目城、鉢伏《はちぶせ》城、西光寺丸城などの一揆勢による城砦群が築かれ織田への最前線となっている。

「誰だ！」

暗い人影に、木目城守備兵が鋭い誰何《すいか》の声とともに槍を教如従者に突き付ける。槍を胸に突きつけられた従者は憶することなく名乗る。

「越前吉崎へ向かう行脚の僧でござる。主《あるじ》の御坊は伊勢国正覚寺教悟さまと申され、それがしは供の甚助と申す」

供の男は甚助だった。

「山道を難儀し火点頃《ひともしごろ》となり申した。越前国をお守りするお城であることは重々承知しておりますが、お城の隅で夜露を凌がせていただきたくお願い申し上げまする」

夕刻素性の真偽もわからぬ男たちを城の隅とはいえ中に入れることで、守備の陣容が漏れると異を唱える門徒武者もいたが、城砦群を指揮する鉢伏城大将の専修寺賢会《けんえ》は、（吉崎行脚の僧ならかまわぬ）と木目城での一夜を許した。しかし考えるところがあったのかほどなく二人を鉢伏城大将小屋に招くと囲炉裏端を勧め、承仕《しょうじ》僧の常善に命じ白湯を振舞った。

「上がっていただいたのはほかでもない、伊勢国といわれるなら長島のこともご存じであろう。いろいろ聞かせてくだされ」

旅人は一夜の宿や軒先を借る礼として、宿の亭主の求めに応じて諸国の見聞を語るのだった。

昨年願證寺陥落で多くの門徒が根切りされたことが伝わると、ここでも守備兵の逃亡が相次いだ。主だったもので府中の右衛門二郎、大野の教願をはじめ、専修寺下寺坊主覚善など門徒のみならず坊主までが夜陰に紛れ逃散してしまった。賢会はこの窮状を加賀諸江《もろえ》の弟にあてた書状で『鉢伏城は明《あき》家《や》同然』と嘆いた。少ない守兵なればこそ長島落城の話の中に勝機を見出せないか尋ねたのだ。しかし願證寺陥落の詳しい様子は門徒兵の耳には入れるべきではなく、士気が萎えることを慮った賢会は常善一人をとどめ人払いをした。

組頭たちの退座を待つ間、賢会は白湯を手にする行脚の僧に、若いながらも茶の技量と毛並みのよさを感じた。輿に乗ることもなく供のもの一人での吉崎行脚との口上だったが、伊勢の然るべき僧かもしれない。

「失礼だが、いま一度名乗りを」

「拙僧は正覚寺教悟と申し、供のものは甚助と申します」

賢会が聞いたことのない寺だった。改宗した他宗派の寺院かあるいは道場が最近寺号を賜ったのかもしれない。

本願寺出奔以来教如という名は名乗らなかった。石山合戦のさなか本山の外で法名を名乗ることは、危難を呼び込むことにもなりかねない。教如の法名にも使われている『如』という文字は、本願寺では特別な意味がある。この時代先祖代々一文字を名に取り込むという通字《とおりじ》の例は極めて多く、『如』の一字は浄土真宗二代如信から十二代教如まで連綿と法名の一文字に使われ、『如』を名乗ることは本山門主または法位有資格者である嫡男と見られているのだ。

「伝え聞くところでは長島は鉄炮、焼き殺しで根だやしされたと」

「何万人もということです」

「万人？　この鉢伏城で百人足らずでこの城が百、二百と落ちたのでござるか」

「諸方から城に逃れた門徒衆が家々に押し込められ、火をかけられたとのことです」

教如も越前国の最前線を固める将兵の士気を萎えさせることはできず、伝聞にことよせてあらましだけを語った。大軍で包囲し兵糧攻めを仕掛けてきたこと、島を取り囲む川は軍船であふれたこと、そして和議とは空約束だったことの大筋だった。

「目と鼻の先で長島が落とされたのに拙僧は生きながらえている。慙愧と求法の行脚でございます」

囲炉裏に粗朶《そだ》を足す常善が底意なく尋ねる。

「それで吉崎でございますか」

「越後に流された親鸞聖人、越前吉崎に下向された蓮如上人の住まわれた地でなにか感得できればと」

苦し気に口元を歪める教如だが、多くの門徒兵が逃亡するにも拘わらず、鉢伏城から転戦することも許されない賢会は軽い羨望を覚えた。


鉢伏城がおかれた木目峠は北陸道の要衝である。一揆勢はこの木目峠を織田から奪うとここに観音寺城、木目城、西光寺丸城を置き、越前守護の最前線とした。城普請には、賢会の専修寺のほか陽願寺、西光寺などがかかわり、さらに賢会は越前総大将下間頼照《しもつまらいしょう》から城番を命ぜられた。要衝を死守せよというのだ。一揆に奪われる前の織田方の守将は樋口直房で陥落後逃散してしまうが、羽柴秀吉は厳しく探索を命じ、伊勢朝熊《あさま》で樋口直房を捕捉誅殺すると首を信長のもとに送り届ける。織田にとり峠に置かれた城砦の確保は越前侵攻の要だ。


「羨ましいですな。吉崎と越後。身共も戦を忘れかの地で歎異抄や御文《おふみ》を味読し聖人さまの御心に触れたくもありますが、いまの身共にはここしかござらん」

「ここのお城と仰せられますか？」

「鉢伏城でござる」

逃げることも叶わぬ思いを振り切るように、殊更強く頷いた。

「仏僧が守るべきものは、城ではなく法ではありませぬか」

「左様でござる。左様でござるが……」

賢会は腕を組み囲炉裏にくべられた粗朶の小さな炎を睨んでいたが、やがてぼそっと思いを口にした。

「やはり仏僧の冥利は、阿弥陀様と門徒の間で法を説くことでしょうな」

囲炉裏から目をあげ言い足す。

「しかしそのようなことはいまは望むべくもありませんな。諸国幾百万の門徒衆を門主さまのもとで取りまとめるには、本山・一家衆・大坊主・末寺・道場という仕組みは必要なのでござろうが、隆盛するほどに仕組みは大掛かりとなり、どこで何が決まるのやら鄙はただ従うのみ。いつの間にか説いているものが法から戦にすり替わってしまっているとは思いませぬか」

「ご本山が原因、と?」

忸怩とした後ろめたさを隠しながら聞くと、賢会は本山を是非してしまったのかと暫時口をつぐんだ。

「本山ということではなく……大名と宗門が戦をしているのは三河、加賀、越前、みな浄土真宗。その大坂の本山がいま仏敵織田と戦わなければならなくなった大本《おおもと》は、親鸞さまの説かれた教えにあるがためと思いませぬか。

つまりは阿弥陀様を一心に信ずれば悪人といえども救われる。ならば悪業をなしても信心があれば成仏に障りはない。その教えが造悪無碍《ぞうあくむげ》を生み、この戦を引き起こしているのだと言いたかったのでござる」

「造悪無碍?　でございますか」

傍らからおずおずと尋ねる常善に賢会が教える。

「悪人こそが阿弥陀様の正機《しょうき》であるとする親鸞さまの教えには、教えが興された時から異義を生みやすい下地があるのだ。間違った理解だ。漁労狩猟で殺生せざるをえないものたちや商いで利を取る商人といえども、苦行の必要もなく善行を積まずとも弥陀の誓願を一念発起さえすれば極楽往生できるというのがその意で、阿弥陀様がこの世に現れたのはまさしくこれらのものをお救いになられるためで、悪人正機というのだが」

難解な言葉と道理に常善の頷きは浅く、それを見てさらに説く。

「ならば悪事をしても誓願に一念発起すれば、成仏できる。挙句には故意に悪を造《な》せば成仏できるという異義が自然と蔓延《はびこ》ってしまった。親鸞さまのお教えからは造悪無碍も一見理《ことわり》のように思えるが、造悪して天の道、人の倫《みち》を外すことはもはや仏のお教えでもなく、親鸞さまもそのようなことはお説きになっていないのだ」

賢会が顔を常善から教如に戻した。

「吉崎の蓮如上人も早くからこの危うさに気づかれ、御文で諸神ならびに仏や菩薩を軽んずべからず、諸法諸宗すべて誹謗すべからずと仰せられている。まずは天の道、人の倫を守れと」

蓮如が本願寺中興の祖として成功したのは、親鸞の教えを平易に短く文章化した御文そして講という寄合で『四、五人の衆寄合談合せよ、かならす五人は五人なから、意《こころ》巧に聞くものなり』と仏法の話し合いを勧めたことによる。寺や道場へ定められた日に参集し、称名念仏や御文の読み上げを聴聞し、終われば酒食や世間話が門徒の楽しみであったのだろう。しかしこれがやがては政治談議になり、政道への不平不満が造悪無碍と出会うと門徒の騒擾を招いてしまう。集団をたのんで守護や地頭への反発、年貢公事《くじ》の懈怠など政治権力への過度の反抗が起きた。

元来御文というものは仏の教えを説くものだが、吉崎時代の蓮如は門徒を誡める掟《おきて》御文までを頻繁に出さねばならず、加賀守護の富樫家の家督争いの戦が極まる文明五年十一月の掟御文は十一箇条にもわたるものとなった。

『一つ　諸神ならびに仏菩薩等軽んずべからず
一つ　諸法諸宗全て誹謗すべからず
一つ　わが宗の振舞を以て他宗に対し難ずべからず
一つ　～国の守護地頭を専らにし　軽んずべからず
一つ　念仏会合の時　魚鳥を食うべからず
一つ　念仏集会《しゅうえ》の日　酒を本性を失うまで呑むべからず
一つ　～恣に博奕をなすこと停止すべし
～　』

など、五欲を断つことも山に籠もることも不要とされた在家仏教にもかかわらず、念仏集会での肉食飲酒や賭博を禁じなければならないほど、緊迫した世情とともに激越になる門徒集団を諌めなければならなかった。

浄土真宗の教えには危うさがあるのではないか、そしてその異義を超克するにはいまに増して天の

道　人の倫をも説諭すべきではないか、そう看破する賢会なればなおのことここで無駄死にさせてはならぬと教如が撤退を勧めた。

「ならば猶更、賢会殿の働き場所はこのお城でなく寺にあるのではございませぬか」

温めていた思いを旅の僧に問わず語りに口にしてしまった気恥ずかしさに、賢会が言い繕う。

「囲炉裏の火に思いもよらず存念を語ってしまいましたが、愚僧一人だけが日頃思っていた空説です。お忘れくだされ。

それはそれで拙僧はこの城を守らねばならぬのでござる」

「……ならば総大将どのにいま一度、ここ——木目峠——の後詰を申し上げては」

「総大将の差配に口を挟むのは、できぬ相談ですな」

「風聞ということを割り引いても織田の勢いは相当なものでございますぞ」

「それでも本山から命がおりたからには、わが寺門が永らえるためここで身命を懸けなければならぬのでござる」

身の破滅も覚悟の、迷いのない強い拒絶だった。

気まずい空気にこの話はこれで仕舞いとばかりに、賢会は土瓶を持ち上げ白湯を注いだ。そして話の接穂を失った教如も話柄を変えなければならなかった。

「ところで比叡山焼き討ちのとき信長が言ったという、坊主を誅する理屈《わけ》を聞いたことはございませぬか」

「いや、……しかし坊主が罰されるわけと言えば、五破戒であろうか。殺生するなかれ、邪淫するなかれ、それに飲酒、偸盗《ちゆうとう》、妄語」

「いえ、刀を佩び甲冑をつけ頭を丸めた武者を誅するのだということでございます。この理屈で織田の兵は憑き物が落ちたように刀を振ったと聞きました」

賢会は傍らに置かれた甲冑と刀に目を遣り、大枚二十一貫文で誂えた大将甲冑に羞恥を交えた苦笑いを漏らした。二十一貫文は当時米二十一石で大人二十一人の一年の食い扶持に相当する。

「これを纏えば、まさしく信長が目の敵にしている姿格好で、真っ先に狙われましょうな」

「わたしは甲冑姿の門主さまの寿像《じゅぞう》を見たことがございます」

それは本願寺絵所の絵師になる床几に腰かけた甲冑姿の顕如像だった。寺院門徒に下付される門主の絵像の法衣は墨衣か色衣であるが、この顕如像は当世具足を纏い衣の下に刀といういでたちのためにいまも強く心に残っている。ただ一度見かけただけで、その軸の下付先までは知らなかった。

門主往生後に次世門主が下付する絵像と異なり、寿像は門主が生存中に自分の姿を描がかせ寺院門徒に下げ渡すものである。現門主への帰依と教団結束のために教団創生期や法難のときに多く下付されるという。石山合戦で寺院門徒を鼓舞するために顕如が殊更勇壮で肩を怒らせた甲冑姿を描かせたのだろう。

多くの墨衣姿の顕如像は細面で筋の通った鼻梁が特徴的であるが、具足姿の顕如は福々しい丸顔に髭を蓄え、目には戦を完遂させる強い決意が見取れる臨戦感みなぎる絵像である。後日籠城派として石山で戦を続ける教如も多くの寿像を下付しているが、具足姿のものはない。

（ほぉー）と賢会は頷く。

「定めしいただいた寺は鼓舞されましような。どこでしょうな」

「そこまでは」

「この時節ならば長島願證寺、あるいは総大将下間《しもつま》頼照さまの燧城《ひうち》。長島ならば焼亡してしまったかも」

腕を組み下げ渡された先を考える賢会に、教如が道中耳にした新たな流言を言い足した。

「そのほか、織田が内通の使者を盛んに送り込んでいるとの噂も」

「海沿いの浦々や寺に出入りする輩の噂はすでに燧城にはお届けしてあるが、再度総大将にお知らせいたそう」

しかし総大将から守りを再吟味するという返書は後日になってもなかった。


燧城の総大将下間頼照とは、本願寺が越前支配のために送り込んできた本願寺家老である。

越前国は天正元年（1573）八月に朝倉が滅亡すると、織田についた国人が狭い封土に割拠することとなった。府中城将の富田長繁、一乗谷《いちじょうだに》守護代の桂田長俊、朝倉一族の朝倉景鏡の武将が反目するなかで、さらに朝倉義景の姫を内室に迎えた本願寺一揆勢が莚旗を立てた。年が明けた天正二年一月、一揆勢は富田、桂田そして朝倉景鏡も滅ぼしてしまうと越前は一揆もちの国になった。ここに越前国のおさえとして送り込まれてきたのが本願寺家老の下間頼照である。

一揆もちの国という浄土を夢想してきた末寺坊主や農民門徒に、本山から下ってきた家老が越前にさらなる負担を課したのだ。派遣先で成果を収め本山へ戻ろうとする家老と、貧しい地元門徒に終世拘わり合わねばならない地元坊主との間には当然確執が生まれる。

半年も経たずして一揆勢のなかから謀叛が起きたが、本願寺勢により成敗された。謀叛の中心となったのは『十七講』や『鑓講』だ。鑓講とは、槍を贖うためなのかまたは激烈な一揆ゆえなのか仏門の講には似つかわしくない名で、おそらくは先鋭化した戦闘行動ゆえのものだろう。

本願寺が朝倉亡き後の越前の国人同士の反目を利用したように、一揆勢と本山坊主が軋んでいる状況を信長は見逃さなかった。そしてその内通者の調略を任されたのが、木目峠を仰ぎ見る敦賀で越前侵攻の最前線にいる羽柴秀吉で、そのもとで信長側近の菅屋長頼や万見《まんみ》仙千代重元が策動していたのだ。

一夜の宿を借りた教如と甚助は朝まだきに鉢伏城を出立した。峠の北陸道に出るまでにはいくつもの土塁や逆茂木が植えられている空堀を越えなければならず、灯りを手にした常善が道を先導した。日の出前の峰々はまだ薄暗く山は色を失ったままで、透かして見える暗い樹々はあたかも奈落へ向かう亡者の列のようだが、先導する常善が黙しているのは薄闇のせいだけではないようだ。それは昨夜常善が大将賢会から教悟坊に付き従って吉崎へ下ってもよいと許されたがゆえで、いまも心が定まらぬのだと教如は見立てていた。命を無駄にする必要はない。常善の背を押すように声をかけた。

「賢会どのからお許しをいただいているのだから、このまま吉崎へ参りませぬか」

「いえ、わたくしはここで賢会さまとともに織田に一矢報いる覚悟でございます」

「一矢報いる?」

先導する常善は歩みを止め数瞬天空を仰ぎ太い息を吐くと振り返った。

「わたくしはもと叡山の学生《がくしょう》で叡山焼き討ちの生き残りでございます」

叡山焼き討ちの発端は、元亀元年（1570）の浅井・朝倉・三好・本願寺による反信長勢力の一斉蜂起に遡る。九月に石山本願寺攻めの織田軍の背後を衝いて浅井・朝倉が大津宇佐山城を攻撃する。このため織田軍は石山から急遽兵を戻し、比叡山に籠もる浅井・朝倉勢を追い出せと比叡山に迫るが整わず、激怒した信長は翌年九月比叡山を焼き討ちした。

この焼き討ちは『信長公記』によれば『〜　山下の男女老若　〜　僧俗・児童・智者・上人、〜一々に頸を打ち落され、目も当てられぬ有さまなり。数千の屍算を乱し哀れなり』という凄惨な状況であったという。

「折角叡山焼き討ちから逃げおおせたのならば、拾った命大事になされ」

「織田の大将に一太刀浴びせたいのでございます」

常善の撫肩、薄い胸板に思わず教如が目を遣った。とりたてて剛力ということはないようで、教如は止めようとする。

「しかし見たところ……」

常善の固い決意は、危惧する教如に言葉を続けさせない。

「わたくしはご坊のような偉丈夫でもなく、得物の使い方もここで門徒武者相手に覚えただけの俄か山法師ですが、命に代えても恨みを晴らしたいのでございます」

撫肩の学生上がりの僧が敵大将に恨みを晴らせるとは到底思われない。

「命に代えての法敵とは」

「坂本城主、明智光秀ただ一人」
「明智光秀？」
「将軍足利義昭様のもと奉公衆で、比叡山焼き討ちで陣中一の戦働きの褒美に志賀郡を与えられ、坂本城主となった男です」

教如が明智光秀の名を知らなかったのは無理もない。光秀の名が『信長公記』に初出するのは、三好三人衆が六条御所の本圀寺《ほんこく》を襲撃した永禄十二年（１５６９）で、元亀二年（１５７１）の比叡山焼き討ちのときの身分は将軍義昭の家臣だった。焼き討ちの戦功により坂本城主になると義昭を見限って信長家臣となった。

戦功の大小はどのようにしてはかればよいのか。それは落とした城の数やとってきた首や大将の首の数である。これには命を的に出世争いをした武将たちでも誰も文句のつけようがない。戦場ではこれを首実検に供したあと首注文《くびちゅうぶん》に記録され、後日の恩賞の証しとするのだ。天正三年越前一揆征伐で光秀・秀吉が首を二百三百と信長本陣に送ると、柴田勝家も負けじとそれを上回る数の首を信長の実検に供し、さらに越前国一揆総大将下間頼照の首も送り届けた。この功で勝家は越前国を任されることとなったのだ。

光秀は比叡山焼き討ちでは首の数や高僧の首が群を抜いていたのだ。それが故に出世の先頭に立ち一国の城主になったのだ。常善の師僧、同輩も首になったのだろう。

あくまで踏み留まる常善と別れ、二人は黙然と木目峠を越前国府中に向け下っていく。陽が稜線近くにのぼり山道の灰色の草木が色を取り戻し始めるのを待っていたかのように、甚助が口を開いた。

織田の凄まじい願證寺攻めを知っている甚助には、あの山城が心もとないのだ。

「あのお城で織田をくい止められると考えているのでしょうか。あのご坊は」

「甚助ならどうだ」

「無理でござる」

「どうしてだ」

「兵の数はさしおいて、砦に籠もると敵を待つ間に兵は余計なことを考え士気も萎えます。草木や岩になりきり獣を待ち伏せする辛さと同じでございましょう。攻める側は兵を一所《ひとところ》に集めることができ、音を立てるな、伏兵はないかと忙しく、余計なことを思い煩う暇はありませんせん」

「どのような堅固な城であっても後詰めの援軍や補給がない限り、籠城した時点で敗けるようなものだ。賢会どのも後詰めもない城では防ぎきれるとは思っていないはずだ。

　しかしな、わたしは違うことを考えていたのだ」

「何をお考えでございました」

「賢会どのはあの城ですでに捨て石の覚悟を決めていたことだ。そしてその覚悟を決めさせたのは、他でもない本山なのだ」

　山を下る北陸道の先に、今庄宿を暗いうちに早立ちしたのだろうか、前方から腰に脇差を帯び連れだって登ってくる商人風の男たち一行をみとめ、甚助は口を噤んだ。一行は門徒兵や莚旗、軍馬の蝟集するきな臭い道中の難を避けるため脇差を帯び、連れだっているのだ。男たちも下ってくるのが行脚の僧であると知り、安堵の色を浮かべ頭を下げすれ違っていった。一行が樹林に隠れると甚助が尋ねた。

「本山が捨て石を命じたと」

「いや、命じてはいない。しかし総大将が命じた城を放棄すれば、寺を潰されると思っているのだ。そうならないよう捨て石になってでも城を守ろうとしているのだ。ただ、救われるのは賢会どのが捨て石になってでも守ろうとするのは寺だけではないとわかったことだ」

山道を先導する甚助が教如を振り返った。

「坊さまが捨て石覚悟で守るべきものとは寺でございましょう。儂には嬶とわっぱでございました。わっぱのためなら山刀《ながさ》一本でも熊とやりあえます」

「わたしが守らなければならないのは門徒が集まった本願寺なのだ。長島に向かった時は守るべきは大伽藍の本願寺という思いだったが、いまは門徒あっての本願寺であり、在家仏教の本義は門徒で伽藍は二の次なのだ」

「門徒衆を守ることが教如さまの『誓願』というものでございますか」

教如は驚いたように甚助を見やり、次にさも愉快気に笑いを浮かべた。甚助は怪訝な面持ちで見返している。

「いや、いや。許せ。甚助に阿弥陀様の本願を教えられたがためだ」

教如は頭を下げ笑みを目尻に残しその訳を言った。

「甚助が言った『誓願』とは、無量寿経にある阿弥陀如来様のお誓いだ。一切衆生が救われないのならわたしは仏にならないというお誓いなのだ」

（はい）と答える甚助に教如は満足げに大きく肯いた。

「つまり阿弥陀様は門徒たちを必ず守ると仰せられているので、寺を救うとは一言も仰ってはいないのだ。阿弥陀様に代わり経を説く坊主が命を賭して守るべきは、伽藍ではなく門徒衆だ」

「そんな大それたことを言ったのですか」

「危うく大本を失念するところだった。これは賢会どのや甚助のおかげだ」

教如が振りかえると賢会たちが守る鉢伏城はいまは幾重もの山の陰になっている。その方角に向かい片手拝みを送った。


道沿いの家々は荒廃していた。続く戦乱で焼かれた地はまだそのまま捨て置かれている。そして墨衣と雖も見知らぬよそものへ向けられる敵意の目は突き刺さるようだった。

「甚助の里は越前美濃の国境ということだが、みなが息災ならばよいのだがな」

甚助は聞こえぬふうを装って答えず、教如は無言の返答に胸を痛めた。先程甚助が（嬶とわっぱが一番でした）と漏らした言葉が気になっていたのだ。程なく無答を繕おうとしてか甚助が行先を告げた。

「教如さま。実は府中の寺には十兵衛さまがおられます」

「十兵衛どのがか」

「はい」

「すると内通者がいるという話も十兵衛どのからか」

「あれからすぐに越前にはいられました」

甚助は北陸道に沿って蝟集する町家を迷うことなく府中のとある寺に入った。来訪を告げると程なく式台に現れたのは、すっかり寺侍姿が板についた十兵衛だ。顔の向こう傷は長島で負ったのだろう、戦場で怯むことなく正面から戦った証しの傷だ。

「よくぞご無事でござった。いつから越前に」

「長島が落ちてすぐだ。門徒が隠れるには本願寺領国となった越前が一番だ。おかげでいまは傷も癒え安穏としている。しかし近々に織田が攻めてくるやもしれぬのに、教如こそなぜ越前なのだ」

「十兵衛殿のお言葉がゆえでございます。法難に遭われた蓮如さまが吉崎に行かれたように、吉崎に参ればなにか得るものがあるかと」

「見知らぬ地にこそ得るものが多い」

頷く十兵衛に戦乱の迫る越前の情勢を尋ねた。

「ところで、甚助の話では、織田の調略が凄まじいとのことでござるが」

「うむ。知らせたように杉津《すいづ》砦の堀江は織田に寝返っている。堀江が総大将に敦賀に最も近い杉津砦守備を買って出たのも織田の入れ知恵だろう。でなければ、誰がすき好んで最前線に陣を張る」

「それは総大将が命じたのでは」

「頼照は願ってもないことと喜んだそうだ。そもそも堀江は元来朝倉だったが、朝倉・本願寺の戦では本願寺側に寝返り、顕如どのから感状や馬，甲冑などを賜った本願寺の忠臣だ。堀江の忠節を疑いはしない」

甚助が尋ねる。

「こんどは織田でございますか」

「それにいま越前は一枚岩になっていない。戦の帰趨では寝返るものがもっと出るかもしれぬ」

鉢伏城での相次ぐ門徒兵の逃亡、そして少なからぬ敵方への内応を知らされ沈鬱な面持ちの教如に十兵衛が話を向けた。

「ところで、この寺ではわしは寺侍の十兵衛で、おぬしら二人は浄土真宗三門徒派の僧とその従者ということにしてある」

「三門徒衆？」

「寝返りは侍だけではない。越前国中に信長の所領安堵の朱印状が出され、法華宗や浄土真宗三門徒派や高田派も織田についた。ここもそうだ」

そう言い顎で寺の奥を指し示した。


戦国時代に勢力争いをしたのは守護大名や戦国大名だけではない。仏門でも各宗派が寺勢拡大のため、門徒を動員して血を流している。宗教も俗世権力と結託しなければ、自派隆盛どころか身の安全も計れないのだった。また同じ宗派内でも反目しあい本願寺派に門徒を奪われた高田派、三門徒派などは、織田の調略により本願寺派に敵対することとなった。


身を隠すためとはいえ他宗派を騙ることは本願寺嫡男の矜持が反発させた。

「三門徒寺に隠れてやり過ごすために越前入りをしたのではござらん」

「吉崎はいま聞いた。府中ではいまから何が起きそれはなぜかよく見ておくことだ」

「戦いながらでもできましょう」

反発する教如に向かい、十兵衛は軽く嗤笑する。

「一人刀をふるって、何がしたい」

「刀はともかく、門徒を織田から救います」

「門主でもなく隠密行のおぬし一人に何ができる。敵を一人二人倒してどうなる。門徒を十、二十救い満足か。おぬしが荒法師ならそれでもいいが、次の本願寺門主となるおぬしは幾百万の門徒を救えることを忘れるな」

「どのようにして」

「わしは門主でない」

教如たちの越前入りから程ない天正三年（１５７５）八月織田の越前攻めが始まった。

厭離穢土

越前木目峠の鉢伏城大将、専修寺賢会の膝は細かく震えている。未明の風雨でしたたかに体を濡らしたためだけではない。物見によれば織田軍が峠を攻め登ってきており、半刻もせずにここは地獄になるのだ。

身震いを覚られまいと人知れず小さな木の枝を奥歯で噛んでいたが、恐怖は膝に出てきた。大将の無様な震えを門徒衆に覚られないかといまはそれだけが気掛かりだった。幸い常善をはじめとする門徒兵たちは敵を迎えるべく土塁に身を張り付け、大将の武者震いに気づくものはいない。

賢会は震える足に後生は極楽浄土へ生まれ変われるというのに、何を臆すると心中叱咤する。賢会自身そう教えられ、また自身も門徒衆に阿弥陀仏への日々の信心が定まればそれだけで浄土へ生まれ変われると平生業成《へいぜいごうじょう》を説き、厭離穢土欣求浄土と門徒を仏恩報謝の戦に駆り立てていたが、このように激しい震えと恐怖を賢会自身の現実として向き合うと、いままで説いてきた己の法話の非力を知るのだった。

しかし法話の非力に打ちのめされこの身はここで果るかもしれないが、それでも賢会の胸奥にはまだ残された望みの灯がともっているのを感じていた。それは吉崎行脚の若い僧に一夜の宿を貸し、囲炉裏の炎に誘われるまま密かにあたためてきた存念を語ったことによるものだった。

一向一揆という戦の落し穴の中で賢会がたどり着いた〈天の道、人の倫〉を彼に説くと顔を輝かせたことで、誰かが必ず憎悪無碍を克服しこの乱世のなかで親鸞の教えを花開かせてくれるかもしれないという、満たされた思いがためだ。

さらにそれを常善にも修学させるため教悟坊に付き従うことを許したが、己の憤懣に囚われている常善はこの地獄の城に戻ってきてしまった。織田軍がすぐそこまで来ているいまとなってはもう遅いかもしれないが、常善には己を人身御供で空しくすることなく何としてもこの地獄を抜け、あの行脚僧を追いこの末世の戦を終わらせてくれと念じていた。

常善は鉢伏城から逃散した覚善の弟だった。専修寺下寺の覚善は弟常善に、ともに逃げようと誘ったが、弟常善はここに踏みとどまることを選んだ。そのわけは簡単だ。常善は弟ゆえ比叡山に上がっていたが焼き討ちで越前に舞い戻った。焼き討ちへの激しい忿怒もさることながら下寺の次男三男は寺を継ぐことはできず、どこかで婿坊主となり肩身の狭い生活が待っている。ならば逃散した兄に代わり己が人身御供になろうと決心したのだと賢会は察していた。

賢会をこの地獄の娑婆に引き戻すかのように、突然激しい鉄砲の轟が賢会の耳を打った。最前列の門徒の幾人かが糸を切られた傀儡《くぐつ》のように声もなく崩れ、ほどなく槍衾の陣形を組んでいた槍衆が崩れると、破られた所から敵勢が土塁を駆け下ってきた。大将首を狙い血走ったまなこの敵武者たちが、大将を守ろうとする門徒武者と斬り合いながら間を縮めてくる。すでに賢会には敵を迎える門徒兵の雄叫びや怒号は聞こえず、いまいるのは寂とした虚空だった。

どこで甲冑を失ったのか血泥で汚れた筒袖と小袴姿の賢会が街道から遠く離れた山中を府中に向けて逃れていた。肩に受けた刀傷は急所を外れているものの出血は力を奪い、崖の昇り降りには何度も滑落する。樹に激しく躰を打ち付けるたびに、痛みで敵武者と刀を交えた時の記憶が戻る。

大兵の敵武者と何度か刀で打ち合い俄武者の賢会が難なく押され気味になると、大将を守る門徒武者の人盾ができ、なかの一人が叫んだ。

——お逃げくだされ！

承仕の常善だった。

その常善が頭から夥しい血を流しながら薙刀で敵を威嚇しつつ背後の賢会に再度叫んだ。

——ここは死に場所ではござらん！

そのあとは記憶がない。

どう死地を脱したのか一切思い出せない。

山中を逃げるうちにいつしか方角をも見失い、どこの集落が火をかけられたのか幾筋もの黒煙が山向こうに望めた。一刻も早く一揆勢と合流しなければならないが落ち武者狩りも行われているはずで、賢会は谷風で木々が枝を打ちつけあう音にも追い立てられながら府中をめざす。やがて血が乾き幾許かの落ち着きを取り戻すと空腹に耐えかね、谷間の出作小屋に忍び込んだ。小屋には目ぼしいものはなくなお物色していると突然外から声がかけられた。

「出てまいれ！」

（見張られていた！）

戸板の隙間から窺うと、正面から近づいてくる探索方組頭が手で左右の兵を指図し、手槍を構えながら近づいてくる。取り囲まれているのだ。得物はないかと戸板から身を離そうとすると組頭の旗指物が目に入った。それはよく知る旗だった。

「またれよ！　お味方でござる。越前安居《あご》景健《かげたか》様のご家中とお見受けした！」

その武者の旗指物には安居の紋が染められており、この呼び掛けに組頭も小屋に潜むものは味方だったのかと大声で返してきた。

「いかにも。ならば出てまいられよ。拙者は安居景健様が手のもの山内源右衛門と申す」

源右衛門の名乗りに応じて小屋を出て名乗った。

「拙僧は鉢伏城専修寺賢会と申す。鉢伏城が落とされたため府中をめざしておる」

源右衛門が驚いた様子で名を改めた。

「鉢伏城専修寺賢会とな。鉢伏城は織田さまにより全滅したとのこと。生き残りはご坊一人か」

（織田さま？）と奇異に感じる暇もなく源右衛門が鋭く左右に下知した。

「縄を掛けよ！」

左右の兵たちが賢会を押し倒し腕を捩じりあげた。縄を掛けられながら賢会が叫んだ。

「何かの間違いでござろう。安居景健様お味方の専修寺でござる！」

源右衛門が申し訳なさそうに言う。

「ご坊すまぬが、安居様は織田さまにお味方することになった。ご坊を府中竜門寺の織田本陣へ送る」

府中は既に織田に落とされていた。


山内源右衛門の主人、安居孫三郎景健は、朝倉義景が滅亡するまでは朝倉と名乗っていた。景健は姉川や下坂本で戦功をあげたが、それもそこまでで天正元年朝倉が滅びると織田に降伏する。さらに翌天正二年一揆が越前を支配すると本願寺側に立ち、またまた天正三年のこの織田の越前攻めでは、再度織田につこうとしていた。そのためには寝返りの証しとして大将格の首が必要だった。

信長の陣所府中竜門寺の階《きざはし》の下に、安居景健が僅かの供と長い間拝跪していた。景健にとっては二度目の降伏だが今回は鉢伏城大将賢会の首が土産だ。赦されるものとふんでいた。そこへ突然床板を鳴らして信長が現れた。

「どの面《つら》下げてきた」

南蛮胴丸具足をつけた信長が、どすんと階に腰を落すと射るような眼差しで睨み据えた。一度目の降伏のときと信長の声色は変わっていないように思う。無愛想で甲高い声は多くを言わない。景健は額をさらに石畳に擦りつけた。

「申し訳ございませぬ。しかし元々は一乗谷桂田さまと府中富田さまの内輪もめの戦、内輪もめに兵を失う愚を避けたがゆえでございます」

信長がふんと強く鼻を鳴らした音は景健には聞こえなかったようだ。

「ならば本願寺に与したのは」

「内から一揆を攪乱し上様に内応するためでございまする。杉津砦の堀江どのもかような心づもりであったかと」

「堀江も定まらぬ男だが、それでも戦の前には敦賀に誼を通じ一揆の最前線を買って出た」

「それがしは鉢伏城大将専修寺を成敗いたしました」

早く手土産を見せなければならぬ。景健は信長の眼光から逃れるように首を回し、後に控える山内源右衛門に命じた。

「源右衛門、首を上様にお見せせよ」

控えていた源右衛門は、信長の厳しい糾問に失意の風が片頬をかすめるのを感じながらも、無表情を装い言われるままに首桶から坊主の首を出した。その首は討たれたときと同様に血泥で汚れ顔の刀傷も赤黒く開き、米粉での疵隠しや化粧もない見苦しいさまに、信長はチッと鋭く口を鳴らした。

「田舎侍は首実検の作法も知らぬか」

「見苦しきさまはお許しを」

「ふん、砦から逃れる坊主を討ち果たしただけの追首であろうが。わしらが木目峠を落したのも知らぬのか」

言い当てられた景健は低頭したが、源右衛門は主人の釈明を悉く覆す信長の口吻に、主人の命運が窮まっていることをはっきりと覚ってしまった。

「いま少し使える男かと思ったが。浅い奴よ。景健は切腹申付ける。余のものは……赦す」

そう申付けると板を踏み鳴らして去っていった。

信長により供の源右衛門らは赦されたが、一揆との長い戦い、朝倉盟主義景の呆気ない滅亡、織田の仮借ない越前攻めに厭世の極みとなっていた。また赦されても次では先陣先兵として近国の敵相手に忠義を試されるという戦にも辟易していた。

源右衛門は主人景健が腹を切る傍らで追腹の刃を脾腹に突き立てた。ぎりぎりと刀を引き上げているそのとき、どこで聞いたのかはいまとなっては思い出せないが、厭離穢土欣求浄土という言葉だけが源右衛門の脳裏をよぎった。

焦土

府中竜門寺裏の竹藪の穴に投げ捨てられた夥しい一揆の首は、季節外れの熱い空気の中で凄まじい腐臭を放っている。実検を終えた首が新しく投げ込まれたためか、それとも死肉を漁っている野犬に驚いたのか、耳を聾するばかりに黒鳥がけたたましく一斉に藪の上を黒々と舞い上がった。

越前深く加賀との国境まで攻め込んだ柴田勝家は、一揆の首を携えて、信長本陣の竜門寺に戦況報告のため帰陣した。竜門寺は一揆勢が立て籠もっていた寺であったが、いまは織田軍に接収され信長の陣所となっている。府中は竹藪の多く自生する土地であり深い藪で隔てられているにもかかわらず、寺には家のなま焼けした刺すような悪臭とともに凄まじい腐臭も入り込み、廊下で信長の声を待つ勝家に書院の中から声がかかった。

「権六、早よう閉めて上がってこい、臭うてかなわぬ」

勝家も書院に入れば臭いも紛れるかと思ったが、中に入っても変わらなかった。

「昨日までに討ち果たした一揆共の首を持参いたしました」

凄まじい腐臭が勝家とともに入り込んだためかそれとも勝家の戦功が芳しくないためか、信長の顔は苦々しい。

「犬千代は千だ。一益《かずます》や権六の六百は影が薄いぞ。で、どれほどだ」

「さらに千でござる。犬千代も千ということでござるが、権六は合わせて千六百でござる」

犬千代とは、前田利家のことで信長の小姓時代には犬千代と呼ばれており、加賀藩史料『利家公御夜話』によれば、同朋衆を切った笄《こうがい》事件で信長から処分されそうになるが、柴田勝家・森三左衛門の詫び言で罪一等を減ぜられた。清須城旧臣の間では、通称の犬千代で通じている。

信長は勝家の大風呂敷に唇をゆがめて笑った。

「千六百には相当女子供も交じっているな」

勝家はぬけぬけと言い返す。

「根切りでござれば。それに逃げ帰った一揆共は最早村には帰れず山や谷に隠れ潜んでおります。そうでない土民との判別はたやすうござる」

「なんだそれは」

「本願寺が大宗派にのし上がったのは、講を作ったからでございますが、講は戦には否応なしに門徒兵を徴発できますが、敵前逃亡や負け戦さで逃げ帰るとなると、講仲間からはなぜおまえだけが生きて帰ってきたとなります」


蓮如の布教には御文が大きな役割を果したが、講が果たした役割も大きかった。元来は布教ための組織だったが、懇志金という上納金の集金組織ともなりまた戦時には門徒兵の徴兵組織として機能するという意外な働きも果した。信心のための講が本願寺から一揆蜂起の檄が出されるとたやすく戦闘集団となった。

講のなかでは相互監視が行われ、戦闘集団の色合いが濃くなるほどに鉄の規律は強化され、不服従者や異端者への私刑や粛清もあったであろう。戦で敵前逃亡するものや敗残兵には逃げ帰る場所はなく、戦乱が終わるまで山野に隠れ住まなければならない。

勝家なりの工夫に信長が破顔した。

「権六も隅におけぬな」

「ここも臭そうてかないませぬが、町中の屍骸は、ここよりももっと凄まじい有様でござる」

信長が鼻を歪めて頷く。

「臭そうてかなわぬ故、本陣を一乗谷へ移そうと思うている」


府中の町中の戦禍は凄まじかった。北陸道沿いの焼かれた町屋や寺はまだ薄紫の煙を上げ、織田兵に武具を剥がされた首のない骸ばかりか裸の屍骸も転がっている。雑兵たちは言うに及ばず、軍兵たちの目を盗むように戦場《いくさば》あらしも金目になる武具や着物を盗み、下帯さえも剥がすのだ。それらを戦場周辺に集まってきた商人たちが買い付ける。中には生け捕った女や子供を買い取る人買いもおり、戦の余禄を漁る軍兵や戦場あらしたちがそれら商人の上得意だった。

町中には、越前各地から首を腰にぶら下げ、竜門寺本陣へ戦果報告をする各隊に溢れている。高々と槍先に刺された首は一揆の大将か高名な門徒武者の首であろうか、また奪い取った兜を証として持参している武者もいた。切り取った鼻や耳を縄に通し、輪げさにしている雑兵もいる。これらのものもまた血の臭いと腐臭を運んできた。そしてこれらの中には、本陣詣での駄賃とばかりに、押し込みや女を凌辱し挙句には首や耳を刈る雑兵も少なくはない。

そのような雑兵たちが、十兵衛たちのいる寺の中に獲物を求めて押し込んできた。

青坊主たちの悲鳴と逃げ惑う喧騒に、寺を預かる十兵衛が雑兵の前に立ちはだかった。

「ここは織田さまに安堵された三門徒派の寺でござる。御墨付もござる。一揆には関わり合いはござらぬゆえ、引いてくだされ」

血の臭いに酔い目が異様に据わった兵たちのかしらが、刀を下げて階《きざはし》に足をかけた。腰の首袋に入れる首を欲しがっているのだ。右顎の刀傷と足元の確かさは殺戮の多さを語っている。

「皆そう言うわ」

そう言い放ちながら一段上がろうとする男に、教如が敵対の気配で体を膨らませた。その気配を察した男は懸けようとした足を戻し、教如の技量をはかるように睨み合う。教如が刀の鎺《はばき》を静かに緩めると、その気配を背で察知した十兵衛はかしらに声をかけた。

「門主は難を避けるために本山へ罷り申しており、拙者が寺を任されている。狼藉や火をかけぬなら、隠しおいてある米を差出してもよい」

脅せば出てくると男は口をひしゃげてほくそ笑む。

「では米と金を貰おうか」

「金はないが、まずは寺の中では刀を収めていただけるか」

穏やかな申し出に男はげたげたと笑った。

「おい、この坊主どもは、この期に及んでもまだわしらに命じるぞ」

向けた顔はそのままに背後にいる雑兵たちにそう嘲ると、男は黄色い歯を剥きだしながら構えた刀を右の脇構えにして階を一段上がった。

「偉ぶってぇ、わしらから金を巻き上げる乞食坊主がぁ」

低く吐き捨て、嘲りの顔ながら殺気は本物だった。この寺侍や坊主が尋常一様でないことを男は既に気づいている。他の兵たちも追従《ついしょう》の下卑た笑声を上げながら、一斉に三人へ槍を向けた。

じりじりと兵たちが間合いを詰めてきたが、ここで乱闘になると抜き差しならない状況になることはあきらかだった。間合いがきわまろうとしたとき、突然兵たちの背後から声がかかった。

「刀を引けぃ」

若い声と覚え、かしらは目はそのままに背後の声に応じた。

「邪魔立てするな。この首三つはわしのものじゃ」

このような荒んだ場に慣れているのか、声の主は臆せずに続ける。

「総大将様使番　万見重元と知っての返答か。ならば、おのれの名を首注文に残してやろう。おのれの名と主《あるじ》の名を名乗れ」

声の主の名乗りに兵たちは（げっ）と飛びずさり、万見に向き直った。

「これらのものは只の寺侍ではござらぬ。一揆侍と一揆坊主でござる」

「しかと相違ないか」

「左様でござる」

「なのに米と金で一揆どもを見逃すのか」

「いえ、それは方便で。あの顔の刀傷は一揆侍でござる」

「うぬの顔にも刀傷があろう。うぬも一揆か」

かしらが息を呑んだ。

「……いえ」

否定するのに一呼吸要した。

「上様陣所近くでてっとり早く首稼ぎか。今回だけはそのさもしい性根は見逃してやる。往《い》ね」

兵たちが安堵の色を顔に出しながらその場を逃れようとすると、やにわに万見の尖った声がかしらにかけられた。

「名がまだだ」

黒印状で安堵された寺社への押領乱暴が主に知れると軍紀違反で死罪は免れず、さらに町うちで首を稼ごうとしていたことが加われば申し開きの余地はない。兵たちは地にひれ伏し額を土に押しつけ、かしらが名乗る。

「……本庄貞吉《さだよし》でござる。主の名はお許しを」

「訛りは越前のものだな。ならば主はすぐ知れる。わしが言う前に言え」

「堀江左衛門三郎さまでございます」

「杉津で内応した越前衆だな。主が主なら手下も手下だな。次はあると思うな。行け」

兵たちが走るように寺から逃れ去るのを見届けると、万見は十兵衛に向き直り目で詫びた。

「このようなことは二度とさせぬ。もっとも、本陣は一両日中に一乗谷へ移るがな」

「忝うござった」

万見は、十兵衛の背後に立つ僧に声をかけた。

「そのほうは？」

教如も万見仙千代重元という侍が信長の寵愛を受け、権勢をふるっていることは知っており、両人は互いの器量を推し測るように視線を一瞬絡ませたが、教如がまず視線を外し名乗った。

「教悟と申す」

「諱《いみな》は聞かぬほうが良いようだな。十兵衛どのの手のものとしておこう」

万見が土塀の外に姿を消すと、教如は体の強張りを解き太息を吐いた。

「使番万見どのを見知っているのでござるか」

「この寺で世話になっているときに、織田の密使と三門徒派の坊主が談合する場に何度か立合った。織田方が万見重元だった」

「万見どのは信長側近の馬廻衆でござろう。そのようなものが越前の奥深くまで使者として入ったといわれるか」

「信長は今回本気だ。すべてを焼野原にしてでも越前を落とすつもりだ。こんな時に、使者が相手方の条件を一々総大将にお伺いを立てに、本陣へ戻るわけにはいかぬわな。信長の意向を最もよく知る万見が使者に立ったということだ。さすがに話は早かった」

「しかし、いまの万見どのとの関わり合い方は、単に談合の場で見知ったというものだけではないようでござったが」

「寺侍だからな。用心棒よ」

教如は合点しなかった。万見重元にとってはたかだか寺侍三人の首を狙う雑兵の争いなどは些末なことで、万見が関わるほどのことはない。それはこの寺が、いや何よりも十兵衛が万見にとってまだ必要な存在でないか。間違いなく十兵衛の仕事とは、談じ合いの場での警固ではないはずだ。

「よもや、十兵衛どのが万見どのを三門徒衆や法華衆に引き合わせたのでは」

十兵衛が作り笑いしながら逆に教如に尋ねる。

「だったらどうなる」

否定しないのは裏切りの労を取ったのだ。

「根切りされた何万もの門徒衆に詫びてもらおう」

教如が半眼となり胸を静かに膨らませると、十兵衛の顔からは薄笑いが消えた。甚助も教如の殺気が本物であると知ると二人のそばから身を引き、十兵衛に与するかのように教如に向き直った。相手が二人となったことに気づいた教如は(勝てぬ)と細く息を吐きながら忿怒を静めると声を絞り出す。

「なぜ裏切った」

十兵衛も小さく息を吐きながら肩から緊張を解いた。

「本願寺と織田の戦を早く収めるためだ。おぬしが見抜いたように、わしはここで織田へ内通するものの橋渡しをした。内通するものが多くなれば、本願寺にとっては越前での敗け戦が早く片が付き、命を拾うものが多くなる」

「そのため、戦にはかかわりない門徒衆や女子供までが、根切りで殺された。門徒衆への裏切でないか」

(まだ戦の勝ち方を知らぬな)と十兵衛は唇を歪めて嘲笑った。

「ならば、敗け戦にならぬようもっと門徒衆を鉢伏に送り込めば、織田に勝てるのか」

「兵を送れば……」

「そうして日を稼げば門徒衆の犠牲は少なくなるというのか。教如は、彼我の軍勢の差を見てこなかったのか。絶望的なものだ」

教如は、鉢伏城で僧侶の風采に似つかわしくない具足に身を固め、討ち死に覚悟で籠城していた賢会を思い出した。あの城に更に援兵を送り込んでも、織田軍を押し戻せるとは到底思えない。死を恐れぬ本願寺門徒軍と雖も、信長が巻き起こす戦国の狂風の前には所詮蟷螂の斧でしかないのだ。

石山から送り込まれた下間頼照、そして本山の奥深くで差配するものたちは、時代の潮目が見えないため、何万ともいう門徒の犬死につながってしまっている。仏門が戦で法燈を守ろうとする限り門徒の贄は増えるばかりだ。

「人切の技が卓絶しているがため戦うなと言っているのではない。おのれや人の命の在り方を説く仏は、どのような方便でも命を軽んずる教えは決して説いていないのだ」

「勝てぬ相手なら早々と矛を収めよということか」

「勝ち負けという同じ土俵の中の勝負を言っている限りは、また同じことを繰り返すだろうな。仏門は大名の土俵に上がってはならんのだ」


越前攻めによる一揆勢の犠牲は大きく、信長は生け捕り一万二千余人を悉く斬首し、諸国から侵攻してきた大名が戦利品として国々に連れ帰った生け捕りはあわせて三、四万人にもなったという。これに色を失った本願寺は信長に和議を申し入れ天正三年十月講和がなった。

しかし本願寺の講和は一時逃れだった。天正四年二月、紀州から毛利の備後に逃れた先の将軍義昭が、諸国に幕府再興の御内書を発すると本願寺はこれに呼応しまた信長と干戈を交えるという、十兵衛が看破したように同じことを繰り返す。

謀反の種

雑賀内訌

京を追われた先の将軍足利義昭が天正四年（1576）二月紀州から備後鞆《とも》の浦へ逃れると、毛利輝元をはじめとする大名に信長討伐の御内書をさかんに発し、これにより毛利と本願寺が手を結んだ。一方岐阜から安土へと城を移した信長は、毛利の橋頭堡となりかねない本願寺を黙視することができなくなりこの年五月に本願寺支城の木津に軍を向けた。

この木津を巡る戦は後世天王寺合戦といわれ、本願寺が一万の兵と数千の鉄炮で木津攻めの織田軍を迎え撃って天王寺砦に押し戻した戦である。この戦で本願寺は敵大将原田備中守直政を討ち取った。

本願寺は勝利に湧いていた。門主足下の地で敵を迎え撃って押し戻し、天王寺砦落城は寸前なのだ。さらには勝利のしるしとして敵大将の原田直政の首が本願寺に届けられた。首を討ったのは大津の教信坊という。

「教如さま、お願いがございます」

本願寺奥教如の座所に家老の下間按察使頼龍《あぜちらいりゅう》が入ってきた。教如は越前から石山本願寺に戻っていた。

「木津の合戦で軍功あったものへ感状をお願いいたします」

下間按察使頼龍は、石山合戦を牽引してきた本願寺三家老の中では比較的若くこの年二十四歳である。現代の感覚では重責の割には年若に感じられるが、当時の元服・得度の成人年齢や婚姻年齢からすると十歳以上加算するべきなのだろう。顕如の石山合戦を支える働き盛りの奏者家老として権勢をふるっている。

「わたしが？」

門主顕如が健在するにも拘らず、父を差し置いて感状を出してくれというのだ。

「それは門主さまであろう」

「いま殿さまは天王寺攻めの指揮の最中で、木津の戦で首を取ってきた如きで感状を出すほど暇ではございませぬ」

「しかし倅の教如と書いてあるよりも、門主顕如と書いてある感状のほうが余程有り難味があるだろうが」

「殿さまのお名は、一国の沙汰とか兵を起こすとかにお使いさせていただきます。それゆえ子細は家老で添状を付けます」

予め練られた案であるのか頼龍の説得に淀みはない。

「では門主さまの名で書こう」

「いえ、教如さまの名で出していただくということでございます。これは殿さまのご意向でございます」

「ならば、私なりに書いてもよいな？」

門主顕如の名を出すことで一気に畳み込んでしまおうとしたが、頼龍はここが潮時と折れた。

「結構でございます」

「で、そのものは息災か？」

頼龍が首を横へ振った。

「無傷ではございません。腕に刀傷を受けたということでございます」

「ならば養生なされよと付け加えよう」

『今日三津寺表に而《て》抜群のはたらき、忠戦のほと（程）感し入候。依之《これによ》《り》味方の勝利宗門之外聞に候。就者《ついては》累代其方昇進等可為望者也。随而、手きつ（傷）養生肝要に候。穴賢。
天正四年五月三日　　光寿（花押）
大津　教信江　』

教如の花押が書かれた感状が頼龍に下されると頼龍が検める。

「手傷養生肝要とは、それがし初めてでございます」

「いかぬか。父上やそなたへの当て付けに取ったか」

「いえ、教信には累代昇進より余程お心配りありがたきものでございましょう。教如さまの門徒への慈しみがよく感ぜられます。出奔されお人が変わられましたな」

「各所で戦で殺された門徒衆を目の当たりにし、鄙の寺々で話を聞いてきたがゆえかもしれぬ」

教如に感状発給の白羽の矢が立ったのは、理由がある。武家社会では戦で功あったものには軍忠状や感状が与えられる。これにより後日の恩賞への証拠とされるのだ。しかし仏門として殺生を十悪として禁忌する立場からは、敵大将の首打ち取りに門主感状を与えることは憚られたため、次善のものとして教如が指名されたのであろう。かくして頼龍が教如の許を訪ったが、出奔前の火の玉のような教如とは、大きく違っていたのだった。

頼龍の眼差しが軟化し敬愛の念も浮かんでいる。

「外で多くを見聞されてこられたのでございましょうな」

「吉崎で蓮如上人が仰せられた守護地頭とは争うべからずというお言葉は、この乱世ではどういうことか。異義をなくす道理は何か。上人もそれを案じておられた。そして遺戒はすぐに廃忘される、などかな」

「お考えが深こうなられましたな」

やはり前の教如さまではないと頼龍が感じ入ったように言うと、教如は面映ゆそうな表情を浮かべた。

「以前は一旦お決めになられたことは、寸分の踏み外しも嫌われておられましたが、いまは方々へのお心配りが察せられまするな」

原田備中守直政を大将とする織田軍が、本願寺鉄炮衆の凄まじい攻撃により壊滅状態で逃げ戻り、佐久間盛信の子佐久間甚九郎、明智光秀などが籠もる天王寺砦も本願寺勢の猛攻で落城寸前という飛報が京の信長に届いた。

「本願寺の鉄炮にぃ？」

激した信長が急を告げる天王寺からの早馬の使番に詰め寄った。

「左様でございます」

凄まじい形相で詰め寄る信長を前に、使番は退くこともできず額を石畳に打ちつけた。

「備中守さまの軍勢は逃げ散る本願寺勢を田の中まで追ったところ、今度は逆に隠れ潜んでいた鉄炮隊に完膚なきまでに激しく叩かれ、討ち死には備中守さま、そのほか」

「死んでしまったものはよい。直政を撃ったのは本願寺の鉄炮隊なのだな」

「左様でございます」

本願寺の鉄炮隊かとの再度の念押しに訝しく思いながらも、使番の武者は平伏したまま答えた。使番の頭の真上から信長の怒声が降ってくる。

「天王寺砦にも本願寺の鉄炮が撃ち込まれているのか」

「はい、しかも天王寺は万を超える門徒兵で攻められております。本願寺の鉄炮は原田さまの合戦の時が凄まじく、大将の号令で整然と間断なく放たれたがため、敵にまみえる前に倒されてしまったとのことでございます」

「おのれ雑賀《さいか》が」

「雑賀の鉄炮と、しかとは」

薄い唇をぎりぎりと引き結び毒づいた信長が、怒りの目を使番に向けた。

「鉄炮をひとりで放つならだれにでもできる。柵も使わずに集団で整然とこなすのは雑賀しかおらぬわ」

信長は鉄炮に詳しい。銃身が長く扱いが難しい火縄銃を野戦で整然と撃って弾幕を張ることはさらに難しく、集団調練のできていない俄か集めの鉄炮隊では、野戦では十分な働きができない。不用意に触ると引火暴発しやすく、発砲するそばでは銃身から火薬が火炎となって飛び散るなど、銃兵を前後左右に詰めて使うことは困難だったからだ。号令一下整然と間断なく発砲することができるのが、紀州雑賀鉄炮隊だった。

本願寺の軍事力を支えるものは二つある。一つが諸国から集められ手弁当で本願寺の諸役についた門徒集団である。番衆と呼ばれ本来は寺雑務や在所連絡などに従事していたものが、下るにつれて寺警備さらには軍事力の担い手となっていったものだ。

もう一つは紀州雑賀衆だ。雑賀は海上商運のため早くから鉄炮を戦に取り入れ、鉄炮の連射撃ちや馬防柵を他国に先駆けて使っている。連射撃ちでは四人一組になって一人が射手となり残りのものが弾込めに回り数丁の鉄炮を間断なく撃つ。

諸国から上山する番衆でも鉄炮を持参する門徒武者もいるが、寄せ集め鉄炮隊では命令一下整然と発砲することは非常に難しい。このため調練を経た雑賀鉄炮隊が間断なく発砲するときには実際よりも大兵団と見誤るのだ。

「鉄炮の数はいかほどだ」

「千、二千かとも。いえ、数千かも」

「猿！」

唐突に秀吉を呼んだが秀吉は当然いない。信長が風呂を使い湯帷子を着ている時間帯には家臣はいない。

（えぇぃ）

信長は軍を起こすのももどかしく、湯帷子のままで河内に向け馬を駆った。付き従うのは手兵百騎ほどで、天王寺東の若江に五月五日に到着した。翌日には諸将の率いる部隊が到着したが、それでも三千の兵しか集まらなかった。馳せ参じたのは、佐久間信盛、松永弾正、丹羽長秀、羽柴秀吉などだった。

着陣した秀吉は猿《ましら》のごとく馬を飛び降り陣中を走ると信長は陣幕の前にいた。秀吉の顔を見て重臣原田直正を失った怒りが込み上げる。

「さるぅ！」

その激高した叱声は京で第一報に接したときと変わらない。


天正三年信長は朝廷に主な家臣の賜姓任官を奏請した。このとき秀吉でも筑前守という任官のみだったが、塙《はなわ》と称していた寵臣塙直正はこの賜姓任官で原田備中守直正と称することとなり、これから期待するが一年を経ずして敗死してしまった。織田が天下を取った暁には織田家の藩屏とするため育てようとしていた矢先に失ってしまったのだ。賜姓任官に費えた金銀も馬鹿にはならない。

激したときには衆人環視の中といえども猿呼ばわりされる。小者時代にはそれでも立身と引換えと割り切れたが、軍を率いるいまは心中決して穏やかではない。忿怒を押し込めるために暗い精力が蓄積され、心中のどす黒い下地は厚く硬化する。信長は他人の鬱憤には無頓着だ。

「うぬが請け負った本願寺攻めは、勝ち戦でなかったのか」

「相違ございませぬが、いま暫く」

信長は最後まで聞かない。

「その楽な戦で直《なお》は首を取られたでないか。万一天王寺が落城したならうぬを吟味してやる」

それだけ口にすると低頭し続ける秀吉を置いて陣幕の中へ消えた。


同じような時刻、本願寺では教如が顕如と家老頼廉に詰め寄っていた。

「信長が若江まで来ているこの機を見逃す手はございませぬ。信長を討ちとれるまたとない好機でござるのに、門主さま、なぜ雑賀の引き上げをお許しになったのですか」

頼廉が顕如を一見して説明する。

「許してはおりませぬ。雑賀は断りもなく理由《わけ》も言わずに、兵を引き上げているのでございます」

頼廉が事情をよく知っているようだ。頼廉に面を向けた。

「理由もなく退くことはないだろう。銭か？」

「銭は十二分に渡しております。同じ銭を与えております近江鉄炮衆は引いておりませぬ」

では何なのだと教如が目顔で先を促した。

「……　実は教如さま、雑賀衆には昔から複雑な事情がございまして、決して一枚岩ではございませぬ。それがいま出てしまいました」

「ばらばらだというのか」

「はい。いま一括りに雑賀衆と呼んでおりますが、雑賀は海沿いに雑賀・十ヶ郷、岡側に宮郷・中《なかつ》郷《ごう》・南郷がございます。その海側と岡側で長く領地争いで反目しあっております。昔から攻めたり攻められたり、いまはさり気なく振舞っていても、腹ではそりが合わないもの同士、雑兵の喧嘩が刃傷沙汰となり、下手人を引き渡さないならやっていられぬ、引き上げだということのようでございます」

「しかし、雑兵の喧嘩ごときで兵の引き上げはあるまい。名のあるものでも死んだのか？」

「いえ」

ここで教如は越前での織田の凄まじい調略を思い出した。内部反目に乗じるのは常道だ。織田は名あるものの反目のみならず、軽輩の喧嘩でも利用するのか。恐らくは頼廉の掴んでいる事実は上辺にすぎぬのではないかもしれぬ。

「岡側の宮郷・中郷・南郷の軽輩に死に人が出たようでございます。それゆえこの三つの郷が引き上げました」

「ならば喧嘩両成敗、仕掛けたほうの仕置きはしたのか」

「いえ、喧嘩相手は逃散してしまいました」

違いない織田が喧嘩を仕組んだのだ。

「では敵前での引き上げの軍規違反の責めは取らせたのか」

今度は門主顕如が説明した。

「頼廉ともよく諮ったが、いま敵は眼の前で、兵たちに動揺を与える敵前逃亡の沙汰は後日にせざるを得まい。それよりもいまは天王寺攻めに専心すべきだ。あと一押しで天王寺砦が落ちる。明日には落ちる」

天王寺から引き上げる鉄炮隊を追い、そのわけを探っていた甚助が教如の座所に戻ってきた。

「どうだった」

甚助は鉄砲兵の姿で雑賀兵に紛れ込み探っていたのだ。

「喧嘩はやはり仕組まれたもののようでございます。逃散したという喧嘩相手を知らぬかと聞いて回っても誰も知りませぬ。新参者のようだったということですぐに途切れてしまいました」

「端から人目につかぬよう密かに時機を窺っていたのだな」

「しかし刃傷沙汰の喧嘩ともなれば、やはり顔などの特徴をおぼえているものもおり、仕掛けたほうのかしらは、右の耳から顎にかけ刀傷があったそうでございます」

「顔の刀傷など珍しくもないだろう」

「いえ、そのほかも知れました。かしらの得手の太刀筋は右脇構えからの攻めで、教如さまも知る男でございます」

「……よもや越前の？」

「そのよもやで年恰好も同じでございます。越前府中で十兵衛さまに仕掛けてきた首漁《あさ》りの本庄です」

「越前から遠く雑賀にまで潜り込んで喧嘩を仕掛けるとは何を企んでいるのだ」

「あの時はなにやら金の恨みを晴らしたいようでしたが」

害意をむき出して（金を巻き上げる乞食坊主）と罵った本庄の荒んだ顔が蘇ったが、その本庄はいまは何食わぬ顔で雑賀衆に混じり本願寺の根元を腐らせようとしているのだ。

（乞食坊主はそれ程人を豺狼《さいろう》に変えてしまうのか）

自嘲気味に頭を振る教如に甚助が報告を続ける。

「ただ不思議なことに、引き揚げた雑賀衆は天王寺からまっすぐ紀州に向かっており、織田方に呼応するような動きは全くございませぬ。むしろ雑賀入りを急ぐような風でございました」

「本庄のねらいは雑賀うちの仲間割れだけでなく本願寺への謀叛もねらっていたのだろうが、雑兵の刃傷喧嘩程度では本願寺に筒先を向けるほどにはできなかったのだな。しかし敵前逃亡の手前、もう本願寺には戻ってはこぬな」

「教如さま、残った雑賀衆で天王寺は落とせるでしょうか」

「案ずることはない。門徒衆の士気は高い」


紀州に戻る雑賀鉄炮隊からこれからは本願寺には合力せぬという内通が届き、隊列を追わせた物見からも紀州に向かっているようだとの報告が織田の陣中に入り始めた。

「藤吉郎！」

猿から藤吉郎に格上げで呼び出されたが信長の怒りは続いている。秀吉が転《まろ》ぶように信長のもとに参じた。

「藤吉郎、落とした雑賀がなぜ紀州に戻る」

ようやく画策していた調略の成果が見え始めた秀吉には、自信顔が戻り始めている。

「いまはここまでが精一杯でございます」

「雑賀を戻せ。鉄炮を本願寺に向けさせせろ」

「紀州は先の将軍義昭さまのご威光の強いところでございます。雑賀が本願寺に合力したのも、備後鞆の津からの檄に呼応してのことでございます」

「義昭にさまなど付けるな」

信長の叱声は幾分軟化している。

「都落ちした将軍の逃げ先は、一に河内若江　二に紀州由良で、まだまだ将軍の金看板が通用する地でございます。雑賀の海側と岡側の反目をついて本願寺から離反させましたが、先の将軍の手前掌を返すように本願寺へ筒先を向けることはまだ躊躇っておるのでございます。

しかし織田に落ちたも同然で戦場離脱は死罪、もう本願寺には戻れませぬ。早晩鉄炮を本願寺に向けます」

「どれほど引いた」

「雑賀の五つの郷のうち三つが引き上げ、残る鉄炮は僅かでございます。あとは万に近い百姓がいるかもしれませぬが、鉄炮もなく浮き上がった門徒など、なんのこともありませぬ」

『信長公記』によれば、五月七日織田軍は三千の兵を三段に分け、第一陣に大坂方面包囲軍、第二陣に遊軍、第三陣として馬廻衆で固め攻撃した。このとき総大将の陣にいるべき信長は突入するさい最前線で指揮をふるい、足に傷を負ったという。さらに天王寺籠城兵と合流すると信長は足の傷にも拘わらず、さらに包囲する一万五千の本願寺勢に突入し、本願寺勢を城まで押し戻し、二千七百を討ち取ったという。

この信長の陣頭での奮戦により本願寺は天正八年の降伏まで、籠城を余儀なくされてしまった。信長公記の信長勇将譚もあったのだろうが、裏にある調略が大きく効いていたのである。
一方戦線を離脱した宮郷・中郷・南郷への織田の調略は続けられ、この取り込みで翌天正五年（1577）二月に宮郷らと根来寺が、織田に合力し雑賀に攻め込むという雑賀の陣となる。これにより雑賀・十ヵ郷が敗れ、本願寺は頼みの綱とする雑賀鉄炮隊の支援が受けられなくなってしまった。

紙一枚銭半銭

天正六年（1578）十月、本願寺奥書院で、家老下間頼廉が有岡《ありおか》城主荒木摂津守村重と尼崎城主で息子の荒木新五郎村次に渡す起請文を検分している。

『一、当寺に対し一味の上は善悪に付いて互いに相談し入魂《じっこん》せしむべく候 ～ 縦《たと》え信長が相果て世上が何となり替り候共《とも》、 ～ 見放さざること相違なし。
一、(荒木村重) 知行方の儀については、惣別《ばんじ》相構えず候。 ～
一、摂津の国の儀は申すに及ばず、御望《おのぞみ》の国々の右に申す如く、 ～ 公儀並びに芸州（毛利）に対し御忠節の儀候間、存分に任ぜられるさまよう随分と才覚しむべし。 ～
天正六
十月十七日　　光佐（花押）

『荒木摂津守どの
荒木新五郎どの』

二十畳ほどの書院に顕如・家老・教如それに右筆と従僧がいるだけだが、荒木に下す起請文書起《かきお》こしの大詰めの重々しい空気で狭く感じられる。皆が粛然と見守るなか家老頼廉が、僅か三か条の書状を入念に検分しまずは顕如の意図することが齟齬なく書かれているかを吟味し、さらにこの起請文が戦局に及ぼす影響も勘案している。

「これでよい」

静かに息を吐き控える右筆に頷くと、頼廉は顕如に向き直って書状を捧げた。顕如が頼廉とともに荒木に出す条件を語り、右筆がそれを覚書に案文として控え、最後に書状にする。頼廉がまずそれを吟味したのだ。

「花押をお願いいたします」

顕如が小さく頤を引き従僧が用意した文机に向かい花押を記《しる》すと、硯箱へ筆を静かに戻しそのまま動かなくなった。傍目には墨の乾きを待っているようだが頼廉同様に今後の織田方との戦の首尾を推し量っているのだった。

「門主さま」

ややあって控えていた教如が声を発した。

「うむ」

顕如は書状に目を落としたまま答えた。教如は父の顔が向けられるのを待ったが父は喉で応えただけだった。父は書状に没入しているだけかもしれないが、出奔の挙句本願寺へ戻った教如と父との間には、いままでにはない隙間を感じるようになっていた。やむなく続ける。

「荒木どのが本山にお味方いただけるのは喜ばしい限りでございますが、しかし折角の荒木どのからの申し出、もう少し実《じつ》のある約定にしてはいかがでございましょう」

「実のある？」

顕如が書状から顔を上げると目を教如に向けた。

「門主さまが申されたのは、いかような世になろうとも見捨てない、本願寺は摂津知行を争わない、新たな知行を望むなら公儀や毛利にその労を取ろうということでございました」

顕如が鋭い目のまま小さく頷いた。

「なにか、とおり一遍の約定ではございませぬか」

「これでは不足というのか」

「はい。戦の約束ならば、（織田との気遣い候はば、加勢の段疎略あるべからず）など兵糧を送るあるいは兵を出すと一条書き加えれば、荒木どのはおおいに鼓舞されるのではございませぬか」

「こちらから頼んでの合力ではない。向こうから話があったがためだ。ならばこちらに有利な条件でよい」

「織田は越前で空約束にも近い好餌で味方を募りました」

父が苦々しく頷いた。

「荒木どのは織田との最前線となる摂津大名、なのに義挙を成就した暁には新たな知行を望むなら公儀に口をきいてやろうでは、心もとのうございませぬか」

「荒木どのは公方さまのご内書に応じたがゆえで、本願寺へは念を入れただけ、とわたしはみている。そもそも荒木どのからの合力の条件には、援軍や兵糧の融通には全く触れず摂津の知行安堵を求めているだけなのだ。毛利の援軍や兵糧のほうが当てになるというのだろう」

教如も先の将軍義昭が備後鞆の浦から、反信長の働きかけを各地へ盛んに行っていることは知っている。

「公方さまが荒木どのをどのような恩賞約束で釣ったかは知らぬが、本願寺がさらに大盤振る舞いする必要はあるまい」

「教如さま、通り一遍の返書とならざるを得ないのでございます」

筆頭家老の頼廉が教如に向き直り問答を引き継いだ。

「第一に、荒木どのがどこまで本気かいま一つわかりませぬ。本山の中では謀りごとではないかとも疑う声も少なからずございます。何分、信長に仕えるときに荒木どのは摂津から山城・近江国境の逢坂の関まで行き、細川藤孝とともに信長に臣従の申し出に行っている御仁でございます」

「細川藤孝とは公方さまの御供衆であった男だな」

「左様でございます。二人ともに機を見るに敏なものたちで、腹の中はなかなかどうして。特に細川藤孝は逢坂で信長方に変わり身するや、四日後にはもう明智光秀とともに上京を焼き払い、公方さまの二条城を取り囲んでおります。このものたち、思う以上にしたたかでございます」

苦々しく頼廉が口元を歪めた。

荒木摂津守村重は摂津池田の城主池田勝正の元家臣で、元亀四年三月には義昭に随身する信長を逢坂の関で細川藤孝とともに迎え臣従を申し出た。翌天正二年（元亀四年七月天正に改元）、村重は伊丹城を落とし、城の名を有岡城とした。新参ながら村重がほぼ摂津全域の支配を認められ破格の待遇を受けることとなったのは、摂津本願寺と西国攻略を念頭に置いた信長の布陣であった。

しかし天正四年の天王寺合戦で本願寺の猛攻をようやく凌いだ信長が、有力武将佐久間盛信を大坂方面軍に配備すると、村重への期待が薄くなった。さらに翌五年には、羽柴秀吉が毛利攻めに播磨に下ってくると秀吉の援軍としての出陣が命じられ、そして安土の信長のもとに村重謀反の疑いありとの書状が届けられるのが六年であった。

細川藤孝とはもともとは将軍側近の御供衆だった。藤孝は十三代将軍義輝に仕え永禄八年三好三人衆に義輝が暗殺されると、その弟である興福寺一乗院覚慶（義昭）を救い出し近江、若狭、越前と漂泊する。義昭は越前朝倉を経て美濃に赴き信長により上洛を果たし十五代将軍となったが、直ぐに信長と対立する。この頃から藤孝は義昭を見限って信長に接近し、元亀四年には村重とともに逢坂で信長に忠誠を誓う。

この二人の臣従の申し出のときは、織田には非常に苦しい状況で信長は別して喜び二人に太刀を与えたという。逆境の時にこそ真の味方がわかるといわれているが、信長の心境も同様であったに違いない。その村重が離反するというのだ。

「双方証人を取り交わすのだから、表裏しようがないではないか」

「さあて、いかがでございましょう。侍はいともたやすく人質を見捨てますし斬り捨てます。まだまだ胤は残っているということでございましょう」

そう口にしてから本願寺の出す人質も揶揄しかねない軽躁な言葉と気づき、糊塗するように次の話をかぶせた。

「そして第二に、これが最も大きな理由でございますが、教如さま、いま本願寺は非常に窮迫しております。天王寺合戦以来、織田の包囲で諸国からの懇志にも事欠いております。そこで殿さまが筆をとられ、この八月に『備後・安芸の末寺門徒衆に無心するのは恥じ入るところであるが、紙一枚、銭半銭でもよいので奉加いただきたい』と頼み込まねばならぬ次第で。ない袖は振れぬのでございます」

「紙一枚、銭半銭をか」

世の常として、子は親の経済は知らない。

「それゆえ金にも兵にも触らず、送るのはこの起請文のみということなのか」

頼廉が目顔でこの場をおさめるべく顕如の口添えを乞うた。

「紙一枚、銭半銭を頼まねばならぬ本願寺劣勢のいまなぜという疑念が湧くのだ。なにかあるとしか思えぬのだ。本音が見えぬのだ。それがいま程頼廉が申したように謀ではないかという理由だ。よしんば荒木どのに二心《ふたごころ》ないとしても、いま本願寺は金も兵もないのだ」

頼廉が我が意を得てつけ足す。

「遥々逢坂まで出向いた男が知行安堵だけで織田を見限るとは考えられず、心変りのわけが見えぬのでございます。

必ず何かございます」

かくして十月十七日付けの顕如の起請文は荒木村重に届けられた。

本願寺から村重に起請文が届けられてから日を置かずして、天王寺で本願寺と対峙している細川藤孝陣中からの書状が安土に届けられた。その内容は荒木村重に謀叛の兆しがあるというものだったが、信長は取り合わなかった。

村重は戦の趨勢で臣従を申し出てきた男ではない。織田が苦しい時に村重はこの信長の器量を先買いし、おのれの運を信長に託したのだ。そのような男が村重幕僚からの密告でなく、離れた天王寺の朋輩に気づかれるような下手な策で謀叛するはずがない。

しかし日が変わると同じような報告が続けて信長にもたらされた。万見仙千代が謀叛を伝える書状を信長の前に並べた。

「上さま、みな荒木どのに謀叛の兆しがあるという書状でございます」

信長は書状には目もくれず安土城から見える琵琶湖に目を遣ったままだった。まだ信じられぬのだ。

「これからの西国攻めで、いままで以上の功名も思いのままでござるのに」

信長はこれにも返さなかった。万見はこれ以上の物言いは信長の不興を招きかねないと気づき口を噤む。

ややあって信長が誰に言うとでもなく呟いた。

「村重は側に謀叛を覚られるような下手を打つ男ではない」

「本願寺への兵糧運び込みが余程目についたのでございましょう」

「わしに謀叛を企てるなら、いままでどおり何食わぬ顔でいて、一気に本陣を狙えばよい。織田陣中におればわしを容易く討てるのに、そうせずにことさら織田の外に出てこれからは敵になりますと幟を立て本願寺に兵糧を運び込む阿保《あほう》がどこにいる」

信長の顔が万見に向いた。その目にはいつもの強さがない。

「藤孝の書状だけならわしもあるいは村重の謀叛を疑ったかもしれぬが、これだけ方々から謀叛の兆しがあるといってくると却って腑に落ちぬ。皆に知れるよう、誰が荒木の紋をつけ本願寺へ舟を出す。そうでないか、仙」

「毛利が噂を仕組んだと？」

「誰が仕組んだかしらぬが芸州ではないな。織田うちで讒訴させ村重を潰すなどという回りくどい策は必要ない。村重一人を釣って中で謀叛を起こさせれば安くあがる」

「ご尤もでございます」

万見は、村重を讒訴させるため織田陣中の誰かが荒木の旗印をつけた舟を出したのかという思いに一瞬とらわれたが、信長の声がその推測を断ち切った。

「紙をかせ」

万見は背後を振り返り右筆を呼ぶ。

「武井どのをこれに」

「わしが書く」

「え、上さまが、でございますか？」

信長は自分では書状を書かないことを知っている万見は驚いた。

筆を持つと信長は逡巡も推敲もなく一気に書きあげた。なんとしても村重を呼び戻さなければならないの一念だったのだろう。

『つのかミどの　　　　　　　　　　　信長

新五郎　早々出頭尤候　待覚候

其元様躰　言語道断無是非候　誠天下乃失面目事共候　存分通両人申含候　かしく』

つのかミとは摂津守、荒木摂津守村重のことで、新五郎は村重の子息だ。大意は、その方たちのやっていることは言語道断で天下の面目を失うことだが両人の存念は聞いてやろう。早々に出頭せよ待っているぞである。

村重の翻意を促す信長の破格の直筆書状は松井友閑・明智光秀・万見仙千代重元の三人により有岡城に届けられたが、村重は野心はないと弁明しながらも信長のもとに釈明に出仕することはなかった。しかし、信長はそれでも村重の心変わりを期し再度明智光秀・羽柴秀吉・松井友閑を使者として送ったが、やはり村重は応じなかった。

村重は信長のもとに出仕すれば自死を命ぜられ殺されると危惧したのだ。信長にはそのような前例があるがその時以上に信長は狡猾だった。信長は直筆書状を与えると同時に慰諭の失敗も予想し二つの手を打っていた。

一つの手は荒木勢武将の寝返りを働きかけ、高槻城主高山右近、次いで茨木城主の中川清秀を織田方に落とした。

二つめは、有岡城近くの毛馬《けま》砦の滝川一益にあてた書状でわかる。そこでは『敵情を探知する機会もあるであろうから検使光秀とよく談合せよ』と命じている。何としてでも翻意させたいという裏腹で有岡城将兵の士気や総構《そうがまえ》の状況を知るために光秀を二度派遣し、城攻めの情報を探らせていた。

そして十二月八日第一次翻意に遣わされた寵臣万見重元らをはじめとする織田軍は有岡城への力攻めによる攻撃を仕掛ける。

申の刻（午後四時頃）織田の総攻撃が開始されるとまず弓衆が火矢を放ち、ついで鉄炮衆が銃撃する。有岡城は侍町や町屋を石垣や土塁で取り囲んだ総構の城で、中にある葦葺や板葺屋根の町屋は火攻めの恰好の的だった。鉄砲と火攻めで無人と化し無防備となった土塁や堀を難なく越えて織田軍が乱入し、逃げおくれた町衆を撫で斬りにした。

攻め込む織田先陣の中には万見重元の率いる軍勢も混じり、万見隊は敵を切り伏せながら城を目指す。周りは既に薄暮のうえ蝟集する町屋は攻め込むと易々と方角を見失うように置かれていたが、一度糾問使として城内に入ったことのある万見には城の方角はおおよそ知れていた。万見は多くの近習の中から自分が重臣に伍して糾問使の一人として有岡城に遣わされたのは、今日の城攻めのための上さまの伏線だったのかと、町家を抜けながら合点した。

荒木兵を追ってきた万見勢が攻め込んだのは城の馬場とおぼしき場所だった。馬場は遮るものもなくただ前方には柵が設えられ、黒い一群が見て取れた。敵の鉄砲隊だ。

「散れ！　散れ！」

織田軍から声が上がるのと同時に放たれた鉄炮の轟音と閃光が闇を切り裂き、町屋が焼かれる炎を背にした攻め手は格好の的となり、万見の周囲で次々と倒れた。鋭く空気を切る鉄炮玉から逃れようと物陰を物色する万見に横から声がかけられた。

「おかしら！　こっちだ」

そう呼びながら、何人かの兵が万見の躰を力任せに町屋の陰に押し込む。どんと戸板に打ち付けられると同時に、万見の脾腹に満を持した手鑓が刺突された。それは鎧を貫く手練れのものだった。

(グッ)声にならず息を短く飲んだ。

(屈《かま》りか！)

屈りとは、敵を阻むため捨て駒のように物陰に残される兵でその屈り兵が潜む暗闇に逃れたことを、万見は一瞬しまったと悔やみ、肝深く刺され夥しい血で手を赤く濡らしながらも、敵に刀を打ち下そうとした。しかし槍の石突を持っているのは、いましがた万見を物陰へと逃れさせた味方の兵で、その男の下卑たその顔には見覚えがあった。暗闇で気づかなかったが越前一揆討伐のとき、軍紀を乱したことで万見が厳しく咎めた本庄とかいう兵だった。

「おのれが！」

「ほう、覚えていたか」

「下郎が」

「おかしら！」

本庄が両腕で万見を支えるように装いながら、新たに鎧通しでえぐった。組み合いでは刀身の短い鎧通しがよい。

激しく撃ってくる鉄炮で織田勢は進退かなわず、この物陰での密殺に気づくものはいない。夥しい血を流し、万見は薄れていく意識の中で本庄に問うた。

「越前の……恨みか」

「それもある」

（？）

「おまえを亡きものにするよう頼まれたということだ」

残っていた血が沸いた。

「なにぃ」

思いもよらない依頼主の存在を聞き、半身を起こそうとしたがしかしもう力はなかった。本庄は万見が存外しぶといことを知り、鎧通しを万見の躰から抜くと刀身で塞がれてる傷口からさらに流血させた。

「長島を知りす……」

既に万見には聞こえていなかった。誰が引くのか髻が心地よく後ろに引かれ、炎に照らされた本庄の顔が漆黒の闇となった。


織田軍は有岡城深くまで攻め寄せたが守りは堅く、この戦いで寵臣万見重元が討ち死にすると、信長は戦術を変更して十三カ所の付城を築き、有岡攻めを長期戦とした。

一線

織田の惣懸りを凌いでおよそ半年を過ぎた有岡城奥会所では、荒木村重が本願寺教如と向き合っている。村重は忿怒を顔に出すことこそ辛うじて抑えたが、その声に怒りの響きが籠もろうとするのは抑えられなかった。裏切られたという思いがためだった。

「すると、本願寺からの援兵や兵糧はないということか」

寸刻前、村重は奥会所に向かいながら、本願寺顕如の嫡男教如が僅かの供とともに忍んで有岡城に到来したことを訝しんだ。援兵や兵糧舟を率いてきたわけでもなく、墨衣の坊主何人かが来ただけなのだ。よい兆しであろうはずがない。

「よもやはなから合力するつもりがなかったのではあるまいな」

毛利の摂津派兵を取り付けての離反だったが、その毛利の約定も果たされず窮地に追い込まれている村重には、双方から捨て駒にされた思いがよぎる。

「そのようなことは決してありませぬ。ただ、諸国から上山する兵や鉄炮が織田の関所で止められております」

織田包囲網のため、顕如の懇請にも拘わらず人と物が集まらないのだった。

「関所を抜けても次は本願寺を囲む織田付城を抜けることができず、多くが斬り捨てられております。織田方として本願寺を取り囲んだことのある荒木どのならばおわかりのはず」

村重は本願寺への兵糧持ち込みが近年は組織だった大量のものではなく、少人数による少量のものであったことを思い出した。水も漏らさぬ織田方の包囲網もさることながら、本願寺を支える門徒も長引く戦いに疲弊しているのだ。

「本願寺もそこまで兵糧に苦心しているのはわからぬでもないが、ならば上杉や武田の動きはいかがなものだ。越後や甲斐の寺からはどう言ってきている」

村重は、来ない鉄炮や兵糧にいつまでもこだわることは諦めた。それよりも早急に戦況を見極め、戦い方を変えなければならない。それには諸国に広く張り巡らされた本願寺の情報力が頼りだ。

村重の下問に、教如の背後に控えていた武者が平伏した。

「おそれながら」

村重の目が従者に移った。

「それがし十兵衛と申します。教如様にお仕えし諸国を探索いたしております。諸国末寺からの書状では窺い知れぬ実情も直に見聞しておりますゆえ、荒木様のご下問にお応えできるかと存じます」

武者に顔を向けた村重が、寸刻記憶をまさぐるように目を泳がせ武者に問うた。

「英賀《あが》の証専どのでないか」

村重の看破に塵ほどの動揺も表さず平然とする武者に、村重は見誤ったかと再度目を凝らした。

「違いない。余人は武者姿と向こう傷に惑わされるかもしれぬが証専どのだ。……相当の武者働きをしてきたようだな。控えているだけでは全くわからぬ。声でようやく気づいた」

別人を装う証専がまずは目で無礼を詫び、口を開いた。

「ご慧眼恐れ入りまする、お許しくだされ。摂津御家中で阿弥陀様を口にするときだけ法名を名乗っておりましたが、いまは法名を名乗ることは絶えてございませぬ。本山でも教如様のご用を務める門徒武者十兵衛で通っております」

村重は合点すると十兵衛に尋ねた。

「差し支えなくば、名を捨てたわけを話してはくれぬか」

十兵衛は苦笑いしながら引き締めた口元で謝絶の意思を表すと、村重は問い方を変える。

「いや、英賀を捨てたわけを知りたい。もと檀那の頼みだ」

これ以上素知らぬ顔もできず十兵衛が大きく息を吐いた。

「ならば。拙者は元々三河勅許院家《いんげ》本宗寺の僧でございましたが、三河一揆で徳川家康に敗れ兼持していた播州英賀の本徳寺に逃れてきたことは、村重様もご存じのこと。三河一揆は永禄六年いまから十六年も昔でございます」

腹を括るとすぐに三河時代の証専が生々しく蘇ってくる。やはり自分を変えた厭離穢土欣求浄土の戦から語らねばならない。


——八！　八じゃないか。

法体姿に甲冑を着込んだ証専が、同じ年頃の門徒武者に声をかけた。時は永禄六年（１５６３）、場所は三河松平家康の本拠岡崎城と一里ばかり離れた馬頭原《ばとうがはら》に近い三河一揆側野陣。

——おお！　十か。無事だったか。きさま、また死に損ねたな。

無事を喜びながらも悪態をつく武者の足元に証専が目を遣った。

——八、傷を負ったのか。

——かすり傷だ。戦に障りはない。

実際かすり傷程度なのだろう極僅かながら足を庇う姿は余人には見分けがつかないだろうが、幼い時から竹棒で戦遊びをしてきた証専は見破った。

八と十とはこの幼馴染が呼び合う名だ。証専の諱が教什《きょうじゅう》というためこの幼馴染の門徒武者には十《じゅう》と呼ばれていた。他方の武者は本多弥八郎正信といい、証専は八と呼んでいる。八は代々浄土真宗門徒の家系で幼少から本宗寺に出入りすると、歳が近く共に勝気な二人は竹馬の友となった。二人ともこの一揆のときは二十代半ばで、意気軒高な時期だ。

——うむ、それしき八には深爪と変わりないわな。飲め、深爪ごときはすぐ失せる。

弥八郎の傷を案じた教什が秘蔵薬を飲めとばかりに腰の竹筒をすすめると、弥八郎が片頬を緩めた。教什の破戒ぶりをよく知る弥八郎は竹筒の秘蔵薬のなんたるかは承知だ。

——ありがたい。春寒で夜は指がこごえる。

二度ほど喉を鳴らしたあとふぅと息を吐き、岡崎城のある乾の方角に目を遣り、軽くなった竹筒を教什に返しながら言った。

——お城もなかなか手ごわいな。

——こちらが一つになっていないからだ。同床異夢だ。いま松平さまに莚旗を立てているのは、寺、一揆衆、武士。相手は一人だが戦う理由がそれぞれ違うのだから纏まらぬわな。

——儂のお仕えする酒井忠尚さまが松平さまに反旗を翻したのは、昨年六月のこと。佐々木上宮寺が上さまに兵糧米を奪われた、不入を破られたと騒動を起こしたのが十月。事を起こした訳も時もみな違う。

その通りと縦に首を振る教什が突然顔を歪めた。

——どうした？　傷か。

弥八郎が案じ顔で教什を見ると、右腕に巻いた晒が血を滲ませている。教什は歪んだ顔のまま腰に巻いている晒を左手で解こうとしたが、埒のあかないさまを見かねて弥八郎が手を貸した。晒は旗指物を裂いたもので門徒ならよく知る言葉が墨書きされているのを弥八郎は素早く見取った。

——巻いてくれ。

右の袖を巻き上げて弥八郎に差し出した。

——お前のほうが余程酷いぞ。

——なぁに、酒で血が騒いだだけだ。

弥八郎が呆れ顔で晒を取り換えると教什に晒の正体を当てた。

——この晒は寺の旗指物だろう。血と泥で汚れていたが厭離穢土と読めるぞ。

弥八郎は血で汚れた晒を巻きながら、声を潜めて教什を叱った。

——厭離穢土欣求浄土。儂でよかったものの、ほかの門徒衆ならばいかな院家土呂どの、本宗寺証専どのでも見咎められるぞ。芳しくない戦で皆頭に血がのぼっている。

——そんなものは血止めにしか使えん。

——叡山の源信上人のお言葉でないか。血迷ったか。

——呆けてはいない。正気だからこそ腹が立つ。

弥八郎が巻いて小さくした晒をしげしげと見る。

——旗にか？

——そうだ。それにこんなことを考えついた奴にだ。この旗のせいで戦が余計酷くなっている。

憤怒の顔で酒を呷ろうと竹筒に口を当てたが空だった。

――くそ。

竹筒にも悪態をついた。

――なにを怒っている、これはお前もよく寺で説いていたではないか。

――門前の小僧だがな。

気を鎮めようと厚い胸をいっぱいに膨らませると、怒りは幾分か和らいだ。

――習わぬ経を読むだ。竹棒ばかり振り回していても、親父の説教を横で何遍も聞いていれば自然憶える。信心念仏で六道の穢土から解脱し、極楽に往生できるとな。

――地獄・餓鬼・畜生・阿修羅・人間・天人の輪廻から逃れられるということだな。

――八、戦でこれを錦の御旗にするとどうなると思う？

教什の言わんとすることに気づいた弥八郎が瞬刻片眉を吊り上げた。

――穢土から逃れられる……奮い立つ。

――奮い立つどころではない。あの旗は、苦ばかりの娑婆から浄土に行けると、戦場で門徒の背中を押しているのだ。門徒は、仏のために死ねば浄土に行けると、嬉々として敵に向かう。松平側の浄土宗門徒も同じだ。

それはこの世のものとは思えぬ戦だった。

(なん　まん　だー　なん　まん　だー)

合戦の攻め太鼓や鉦が激しく打たれると厭離穢土欣求浄土と墨書きされた一揆勢の旗の下から称名の声が上がると同時に、松平側の上和田砦へ矢が放たれた。矢はざあーという激しい夕立ちを思わせるような矢唸りをたて砦守兵を刺し貫く。両陣の矢戦の間も双方の念仏の声は途切れない。弓衆後方に控える門徒兵たちがこれから始まる白兵戦に臨み、極楽往生の念仏を称えているからだ。

矢が尽きると門徒兵の群が逆茂木の植えられている空堀を飛び越え柵を押し破り、砦の中へとなだれ込む。と思う間もなく兵たちの怒声や咆哮に続き悲鳴と絶叫が起こり砦の中は地獄と化した。

雄叫びとも称名ともしれぬ怒声を挙げながら、剛毛の付髭がついた猿頬の武者が敵に槍を突き立てる。夥しく血を流す敵は首を取ろうと馬乗りになった武者の下で、唇を震わせ声にならない念仏を称えている。

(なまんだ)

(なんまだ)

同じ念仏を称えながら首を取り首を取られる戦場は、凄まじい光景だった。いま思い出しても肌が粟立つ。


厭離穢土欣求浄土とは、平安中期の比叡山天台宗の僧源信が著わした『往生要集』にある言葉だ。その当時は観想念仏が主流だったが、源信は往生要集で阿弥陀如来の名を称えれば浄土に往生できると説き、浄土宗の先駆となった。

源信に続く法然はこの教えにより専修念仏を説き浄土宗を興した。この法然のもとに、天台宗叡山を下りた親鸞が入門し、法然の念仏為先をさらに進め、念仏を専修しなくとも信心さえあればよいと信心為本を説いた。在家仏教である。自然浄土真宗の教えにも法然・源信の言葉も引用され、教什も厭離穢土欣求浄土を説教に用いたのだ。

――なら、お前はなぜ厭離穢土を説いた。

――わしも寺ではこれをよく説法した。地獄の娑婆を生き死にして転生するのでなく、信心称名で六道から解脱して浄土に往生できるとな。しかし戦場でこれを掲げさせた奴らは仏のために死ねば浄土に行けると、門徒の死を煽っているのだ。死を恐れぬ兵は強い。こんなことのために、わしは厭離穢土欣求浄土を説いたのではない。

強く唾を吐いた。


三河一揆の戦は徐々に松平方に有利となってきた。家康が家臣に知行安堵や徳政を認めたためだった。この時の徳政の判物には『永代売・借米銭、今度敵方ニ成者、借儀為何儀候而、～　被官人ニ至迄、一切納所なく可被取事』と、敵になったものからの借米借銭は一切返済しないでよいとした。家康はそれにも拘わらず一揆勢との和睦条件として、一揆寺院との間で『前々の如し』とした約定を取り交わした。つまり旧のとおりに在国布教、既得権益を認めたのである。このため双方から借米借銭を返せ返さぬの悶着が起きると、一転家康は武装解除してしまった一揆勢に厳しく臨む。


戦は終わったがまだ騒擾の風は吹き荒れている。その風に抗いながら教什が自坊の一角にある焼け残った鼓楼に向かっている。ここの納戸には足に槍傷を負った弥八郎が隠れ潜んでいるのだ。程なく鼓楼の歪んだ戸板を憚るように開け、暗がりに（わしだ）と名乗ると弥八郎の声が返ってきた。

――どうした。

——ここを発て。弥八郎の旅装束を持ってきた。金もある。

——なにがあった。

——三河では浄土真宗が禁じられてしまった。寺を潰しわずかに残ったものにも火をかけ、逆らうものは容赦なく切られている。

借米借銭をめぐる家臣団と寺院側との悶着は、双方納得せず強談判になっていると弥八郎は聞いている。

——話が折り合わなかったのか。

——松平さまは家臣団の言い分を取った。それゆえ三河では浄土真宗を禁教とする。改宗するならよし、せぬなら三河追放ということだ。

——ここも火をかけられるのか。

——他寺《ほか》はみな伝手を頼って国外に逃げた。こっちは昨日皆を三々五々出立させたが、今日にも火をかけられるやもしれぬ。わしらは播州英賀へ行く。一緒に来ぬか。

——いやわしは賀州へ行く。

——加賀か。百姓の持ちたる国だな。

——籠もりながら考えていたのだが、三河では門徒勢は敗れたが、賀州では門徒が国を治めているというではないか。それを聞いて一揆が治める国というものを見たくなった。

加賀一向一揆の発端は古く、蓮如の越前吉崎下向の文明三年（１４７１）頃まで遡る。応仁の乱は加賀にも及び、加賀守護の富樫正親と弟幸千代が東西に分かれて戦い、正親は一揆勢の援軍により幸千代に勝利する。蓮如は本願寺が巻き込まれたこの戦に嫌気がさし、越前下向からわずか四年で吉崎を離れてしまう。

一方、富樫正親は本願寺門徒勢の死を恐れぬ戦いぶりを目の当たりにし反転一揆勢を追放しようとするが、逆に長享二年（１４８８）高尾城で正親は滅ぼされてしまう。以後加賀では百姓の持ちたる国が続いている。

——どのみち三河には居れぬしな。

声もなく笑う弥八郎に尋ねた。

——足は大丈夫か。

——うむ。

この戦の槍傷がもとで、少しばかり跛行する弥八郎を案じたものだった。

姉川合戦の絵屏風がいまに残されており、徳川総大将家康の傍らの大将旗には『厭離穢土欣求浄土』と書かれている。この大将旗が掲げられた理由は明らかだ。越前に限らず三河でもこの旗のもとに兵を糾合し、門徒武者や門徒が戦に利用されたのだ。寺や武家に都合の良い極楽往生の教えに嫌気がさした証専は、天正元年九月織田軍の北伊勢攻めで陣没したと誤報されると、証専の名を捨て本願寺とは袂を分かったのだ。

三河一揆時代まで遡り村重に名を捨てたわけを語った。英賀を仏の教えから見放したというわけではなく、宗門の戦に嫌気したという十兵衛自身のわけだったが、しかしまだ村重の腹には落ちないことがある。

「戦を嫌うゆえといいながらもまだ本願寺にいるでないか」

十兵衛は本願寺から遣わされた教如の従者なのだ。

「いまは左様でございますが、教如さまは本山奥に安座することがございませぬ。戦のない本願寺を開かれるお方とお仕えしておりまする」

十兵衛は、関東布教にかかわった宗祖親鸞や吉崎など諸所に移り住み教えを広めた蓮如上人の外の世界に向かう性向を、教如にも見出していたのだ。

十兵衛が村重の下命に応え、彼の地で得た越後・甲斐の動向を縷々説明した。

「かように上杉、武田ともに織田討伐の動きはありませぬ」

「ならば軍の触れを出すような気配もないのか。触れを出すだけでも織田は兵を向かわせざるを得ない。さすれば摂津は手薄になる」

「しかしいまはともに先の上杉、武田ではありませせぬ。謙信どのの後釜をめぐり養子同士、景勝どのと景虎どのに戦が起き、そこに甲斐武田、相模北条が絡んでくるやで、景勝どのが越後をまとめたのがようやく今年の春。国を二分した戦と恩賞の差配で織田どころではございませぬ。

武田も景虎どのを支援する北条の頼みで越後に兵を出したものの、結局は上杉・北条・徳川を敵に回してしまい、これもまた織田どころではございませぬ」

「まずは身内の敵というのだな。……どこでも落ち目になると内患が一気に出てくるな」

村重が自嘲気味に笑った。いまとなっては織田に反旗を翻したおのれの直情径行を嘲笑したのだろうか、それとも高山や中川が早々と村重を見限って信長へ鞍替えし、高山たちの村重評価はおのれが思うほど高くなかったことを自嘲したのだろうか。

教如が渋面の村重にそうではないと取り成す。

「荒木殿には将軍様の命に応じられたという立派な大義がございます」

「将軍に応じたことは次の次だ。一番の理由《わけ》はやはり差配への不満と讒訴だが、別離の背中を押したのはほかにある」

そう返すと村重は腕を組み目を庭に遣った。盗み聴きを防ぐために会所の障子は開け放たれており、時折熱を帯びた風が入ってくる。ややあって意を決したかのように教如に顔を戻した。

「……辟易したがためだ」

「辟易？　戦でございますか」

「わしが言っても、一度もなまの信長に仕えたことのない教如殿にはわからないであろうがな」

なまの信長の為人《ひととなり》は知らないが（辟易）ということでは思い当たらぬこともない。

「あるいは天正五年に松永久秀どのが天下の名品を破却されたことと通ずるものがあるのかと」

辟易とは嫌悪に通ずる。

松永久秀とは、畿内と阿波の国を支配する戦国大名三好長慶《ながよし》の元家臣で、長慶の死後は三好三人衆とともに長慶の甥三好義継を担いでいたが、やがて久秀は三人衆と対立する。このため久秀は織田信長の上洛に合力し、信長から大和の国の支配を認められる。

しかし元亀三年（１５７２）反信長勢力に呼応して三好三人衆らとともに反旗を翻すが、西進する武田信玄の病死、翌天正元年（１５７３）浅井・朝倉の滅亡により信長に降伏する。さらに久秀は天正五年にはまたもや本願寺攻めから離脱し信貴山城に籠城してしまう。

信長は松井有閑を派遣するが使者に会おうともしない。ここに至っては止むなしと織田軍は信貴山城を包囲する一方で、佐久間信盛が久秀の持つ名器平蜘蛛は天下の名品ゆえ城外に逃すよう勧めたが、久秀は選りにもよってその名器平蜘蛛とともに自害した。

松永久秀という引合に村重は教如から目を外し、松永久秀が信長に二度も反旗を翻し剰え信長垂涎の名品とともに滅んだ事情を思い起こした。

「松永の一度目の反旗は畿内や近江越前といった近国勢と語らったもので、わからぬでもない。しかし二度目は上杉を頼みとしていたようだが遠国すぎるな」

村重は目を戻した。

「当時上杉は賀州まで攻め入っておりましたが、加賀でも遠いと？」

「遠いな。それにあの戦は冬も間近で、おそらく上杉は戦線を伸ばす気は毛頭なかったのだ。そしてそれを読めぬ松永ではない。本意は違うところにあるのかもしれぬ。やはり二度目の離反はわしと通ずるものがあるかもしれぬ」

自問の口調を改め教如に問うた。

「ご坊は何だと思う」

「……」

教如の無声に村重も黙る。それは将軍義昭の命に応じた義挙であるとの教如の言葉を（かようなもの）と嗤笑したばかりに思わぬ本音話となり、どこまで語るべきか逡巡したためだった。

黙する二人に一叢の熱い風が流れ込むと、村重は庭へ僅かに目を遣り重い風に向い不快げに口を開いた。

「倅や皆には、信長と袂を分かつわけをこう言ってある。一つは差配への不満だ。摂津は本願寺と極ごく近くで、西国毛利や四国の入り口でもある。しかし信長は本願寺攻め大将を佐久間信盛に据えた。ならば西国攻めを荒木に任せるのかというと大将は藤吉郎だ。功成ったときに一番の恩賞は佐久間や藤吉郎に取られる。信長は心底ではわしを信じておらぬ荒木を便利使いする気だ。これで皆得心してくれた」

「先ほど讒言も口になされましたな」

「本願寺への兵糧舟の讒言騒ぎで二度と織田陣中には戻れなくなった。皆腹を括った」

「もしや……退路を断たれた？」

村重がふっと息を吐くと庭から教如に目を戻した。その目にはもう迷いの色はない。

「背中を押した本当の理由はあの世まで持っていくつもりだったが、このような鍔際ゆえ、何処かで然るべきお人だけには言っておくべきだろう。さもなくば、平蜘蛛とともに滅んだ松永のようにただ面白おかしく雀が囀るだけだ」

「他言はいたしませぬ。阿弥陀如来に代わりお聞きいたします」

小さく首をまわし十兵衛に声をかける。

「外すがよい」

しかし村重は腰を上げようとした十兵衛をとどめた。

「かまわぬ」

英賀本徳寺の証専も然るべきお人なのだ。

「便利使いされているのはわしだけではない。明智光秀も木下藤吉郎も柴田勝家もそうだ。器量ゆえいつも前線に送られ多くの血を流して働いている。信長の下では鬱憤晴らしのように女子供も殺さねばならず、多くの首や血を見てまともなはずがない。仕事に応じた苦衷や恩賞への不平も持つようになる。これが溜まりたまり、みなどす黒い下地をもっている」

「しかし、明智・羽柴は小者から大将に出世し柴田も重用されて、信長への忠義は不動でございましょう」

なにが盤石なものかと村重は嘲笑った。

「恩賞や出世が続くいまはな。しかし日の本が無尽であろうはずがない。しかもわしよりも長い下地があるため、些細なことでわし以上の変節があるかもしれぬ」

「また離反が起きると？」

「とは限らない。皆おのれを押さえる……偽ることに長けている。わしや松永はおのれに正直すぎた。信長が赦免と引き換えに渇欲した平蜘蛛とともに松永が自害したのは信長への面当てで、平蜘蛛を粉々にして足で踏みにじりざまあ見ろと高笑いしている松永が見えるようだ。信長を相当に忌み嫌っていたのだろうな」

「信長のなにがそうさせたのでござろう」

「松永の理由は知らぬ。

わしも地獄のこの娑婆、おのれが生き残るためには屍の山を築くことも民百姓を殺すこともある。敵の女房子供を殺すことも、武運なければおのれの女房子供が殺されることも、やむを得ぬ。敵を討ち果たすまでだ。

だが戦が終わればしまいだ。信長のように敗将の首を玩ぶことはせぬし、憂さを散ずるため民百姓を根だやししたことは一度たりともない。信長は人切稼業といえども一線を越えているのだ。御坊はどれだけの差があるのかと嘲笑うかもしれぬが、わしにはわしなりの超えてはならない一線があるのだ」

「憂さを散じるとは鬱憤晴らしということでございますな」

『信長公記』にはこのような鬱憤を晴らすという趣旨の記録が散見される。

元亀二年比叡山焼き討ちでは『数千の屍算を乱し、哀れなる仕合せなり。年来の御胸朦《きようもう》を散ぜられ訖《おわ》んぬ』と、胸の鬱憤を晴らした。天正二年長島攻めでは『男女二万ばかり、幾重にも尺《さく》（柵）を付け、取り籠り置かれ候。四方より火を付け、焼きころしに仰せ付けられ、御存分に属し、岐阜に御帰陣なり』と存分に憂さを晴らしたという。

「地獄の判官でさえも亡者の生前の罪を裁くのみで、憂さ晴らしはせぬ」

「また必ず次の反旗は翻りましょうな」

再び村重は庭を見やったが教如はもう村重の視線に誘われることはなく、村重の横顔を見ながら言葉を待った。長い間無言でいた村重が短く言い切った。

「いつか誰かが必ずやる」

この日の本で恩賞や出世を餌に根切りの殺戮を続け、一転恩賞と虐殺の天秤が均衡を失えば、織田軍団は必ず破綻するしかないのだ。そして破綻の多くの種がすでに蒔かれていると村重は言うのだった。

血の海　血の川

天正七年（1579）九月、織田軍の猛攻をしのいだ荒木村重は有岡城を忍び出て尼崎城へ逃れてしまった。村重に反旗を翻され、剰え今度は村重に易々と逃げられた信長の鬱憤晴らしの皆殺しの仕置が始まる。

まず怒りは有岡城に残されたものたちに向けられた。天正七年大晦日が近い十二月十三日尼崎近くの七松で荒木家臣の妻子や若党あわせて六百人以上が処刑された。さらに信長は、京の法華宗妙顕寺に送った荒木一族や主だった武将の妻子などの仕置を命じる。仕置は十二月十六日、場所は六条河原と定められた。

妙顕寺から引き出された女たちを乗せた車が洛中をひかれ六条河原につくと、すでに多くのものたちが仕置を見ようと河原に群集していた。禁裏御蔵職《みくらしき》の立入《たていり》宗継もその中の一人だった。立入宗継一族は歴代御所に酒餞を納める商人だったが宗継の父の代に禁裏御蔵職となり、宗継の代になると朝廷と織田家の取次のような職務も担当するようになった。宗継は御用や商談のため出来事や様々なことを覚書に残しており、この覚書を宗継の子孫が改装し、『立入左京亮《さきょうのすけ》入道隆佐《りゅうさ》記』とした。

　宗継が後方から見ると仕置の後の亡骸引き取りを頼まれたのだろうか墨衣の僧たちの一団もそこここに見える。それらとは離れて念仏を称えている僧もいた。やがて凄まじい仕置が終わると群衆は血生臭い寒風に追い立てられるように声もなく足早に四散したが、宗継はそのまま一人念仏を称え続ける僧に近づくと、静かに背に向かって声をかける。

「もうし。……土呂さま」

　振り返った僧は瞬時険しい目を返したが、すぐにその光を収め訝し気に答えた。

「お人ちがいでは」

　風雪に晒され炎暑で焼かれたためか振り返った顔は赤銅色で、大きくはないが古い刀の傷痕もあり荒法師のような面差しで、声をかけた家継も一瞬人違いかとも思ったが、すぐに不審の面持ちの僧を前に人目を避け他聞を憚るように低く言葉を続ける。

「いえ、土呂本宗寺様に違いございません。墨衣を纏っていても荒武者のような気配は昔と少しも変わっておられませぬ。……証専さまでございます」

　無言を続ける僧に、宗継は名乗りを失念していたことに気づいた。

「失礼いたしました。それがし御蔵職立入宗継でございます。……二十年ほど前になりましょうか本願寺の門跡成りに続き、本宗寺様にも朝廷から院家の勅許が下されました時、諸役を務めさせていただきました立入でございます」

　これ以上とぼけられぬと心得た僧は小さく人目を避けるように含み笑いをして、人違いを装ったふりを謝した。

「いかにも。このような場所柄ゆえ要らぬ用心をいたしました」

「ならばそれがしの陋屋で薄茶を点てさせていただきますゆえ、お気を静められるが宜しいかと」

　商家の立入屋敷は貴人接待のため離れに茶室がしつらえてあった。大晦日間際の商いの喧騒もここには届かず、冬枯れの庭は人の儚さを思い出させ客と亭主双方が無言で薄茶を喫する。証専は茶に一口二口ばかり唇をつけると目は庭に遣ったままで、心はここにないようだった。

「仕置されたお方は存じ寄りのお方でございましたか」

　証専が僅かに頷くと話は途切れた。しかし宗継は証専が黙して語らぬつもりであれば宗継の誘いを受けぬはずといいましばらく口を噤んでいると、やがて思案が成ったように証専が口を開いた。

「無声お許しくだされ。思いがほかへ行っておりました。いかにもお仕置きを受けられた方々に阿弥陀様の教えを説きました。……村重どのご側室たし様、おちい様、おさい様」

「念仏を一心に称えられていたお姿には、そのようなご事情がおありでしたか」

「宗継どのこそよくぞあの中でそれがしと気づかれましたな」

「御上の御用の足しになればと日頃世の出来事を書き留めておりますが、その癖で町衆の様子や噂話に、人さまよりも気を配っているためでございましょう」

　後日、宗継は六条河原の仕置を立入隆佐記にこう書き残した。

『かやうのおそろ（恐）しき御せいはい（成敗）ハ、仏之御代《みよ》より此方のはし（初）め也。〜津国にてせいはい（成敗）やきうち（焼打）はた物（磔）、京にての車さき（裂）、上下卅六人、以上六百人計《ばかり》御成敗候か』

惨い仕置は立入宗継をさらに思いもよらぬ人物につなげる。

太田牛一が、仕置検分役丹羽長秀に従い尼崎から京に入ると、禁裏御蔵職の立入宗継の屋敷から使いが来た。使者の口上では京の良き酒が入ったので一献差し上げ、摂津でのお役目をお慰めしたいとのことであった。牛一には到底慰労が目的と思われなかったが、この立入宗継という人物のあしらいには気配りが必要である。昨年村重が寝返ったとき、信長は同時に本願寺との和議仲介を朝廷にも働きかけると、朝廷は庭田重保と勧修寺晴豊を本願寺へ送ったが、この勅使に随身して勅諚を実質伝えたのがこの立入宗継だったからだ。

使いが摂津のお役目と口上したことで、牛一は宗継が尼崎七松の御仕置のことを聞きたがっているのかとも思った。しかし尼崎の様子は牛一よりも風説のほうが詳しく速く届く、なにか秘められた意図があるに相違ない。荒木一族に対する信長の過酷な仕置を考えると、牛一と雖も心して処さなければ要らぬ疑念を持たれてしまう。京雀どもの噂り話として、あくまでも酒の席の座興にしなければならない。牛一は摂津の酒と肴を持参して宗継の屋敷を訪れた。

牛一も筆忠実であるが商いもする宗継は世情にも詳しく、酒の肴の巷説には不足しなかった。しかし盃を重ねても、宗継が口にする話は京の雀が噂る四方山話ばかりで、摂津成敗の慰労との触れ込みにもかかわらず一向に摂津に話が向けられない。これは宗継が今日の本題を切り出すことにまだ迷っているのだ。あのような仕置きのあった後ただ世評を借りて肴にするだけが目的ではないはずで、牛一を呼びつけるに相応うなにか驚くような種《ねた》を仕込んでいるはずだった。それを知りたい、物書きの牛一としては抑えがたい衝動だ。牛一は腹を決めると折敷に盃を（コト）と置いた。小さいながらも鋭い音でもう酒は十分だと伝え、宗継に水を向ける。

「この京の酒はいつ手に入れられた」

「……十六日でございます」

京都お仕置きの日である。

（やはり。仕置きの暗喩であろう）

「摂津の酒は十三日に手に入れた」

牛一の返しに薄くにやりとする宗継をさらに焚きつけた。

「お声をかけていただいたが、持ってまいった酒はいま少しお口に合わなかった様子。日を改めもっと良き酒をお届けするとして本日はお暇しよう」

「申し訳ございませせぬ。せっかくお招きいたしながら、亭主の心配りが不十分でございました」

宗継は牛一が盃を置いた音で反射的に手にしてしまった徳利に気づき、注ぎ先を失った徳利を両手で温めながら言った。

「酒を求めた日が悪うございました。酒の風味が損なわれてしまいましたのもかの過酷なお仕置きゆえでございましょう」

そう言うと牛一の反応を確かめる。牛一が小さく頷くさまを見てさらに踏み込む。

「摂津守本人へのお仕置きならばいざ知らず、一族のものや下女半者《はしたもの》まで御成敗とは哀れなものでございました」

「摂津も不憫だった」

不憫との言葉で牛一も宗継と同じ側にいると確信し、宗継はようやく今日の隠された本題の扉を開けた。

「摂津守の側室、――たしどのと申されました――そして女房たちは観念して、――武家の妻女として普段よりお覚悟を定められておられたのでございましょう、恨み言は一切口にされませなんだ――御立派に首を打たれましたが、下女や召使は酷いものでした。わたしは御髪《おぐし》をといただけでございますと泣きわめく女もおり、ひとしお哀れでございました」

「見に行ったのか」

「六条河原のみならず車が引かれてゆく道筋にも多くの雀が群れ、石につま先立ちするものやそれでも見えぬものは木に登るような有りさまで、お仕置きには慣れている雀どもも粛として声もありませなんだ」

「摂津はもっと酷かった。十、二十ではない。六百以上だ。これが鉄炮で撃たれ、あるいは槍や長刀で成敗されるのだ。都で流された血は川とのことであったらしいが摂津は海だ」

宗継は返す言葉を失い、目の前には赤くねっとりと波打つ血の海が拡がった。

「そして五百は家に押し込め火をかけるのだ。まだ生きている魚を焼くと火の上で跳ね回るが、人も同じだ。いや余計酷い。髪が焼け身は火の衣を纏っているようなもので、取れもしない炎の衣を掴み取ろうともがく。ひとを焼く炎は赤ではない。赤黒く渦巻く地獄の業火だ」

六条河原の比ではない地獄絵図が甦り宗継は息もできない。

「乱世を平均《へいぎん》するにはあとどれ程の贄がいるというのであろうかのう。まさしく一将功成って万骨枯るでないか。わしら物書きは斃れた万骨を廃忘してはならぬの」

牛一が一将とたとえた大将は言うまでもない。踏み込んだ言葉に背を押された宗継は、鮮烈によみがえった仕置き場の惨劇から逃れるかのように懐に手を入れた。

「実は太田さま、ただならぬものを手に入れました」

宗継はゆっくりと懐紙を出すと牛一の前にツーと滑らせた。

（？）

牛一は膝元の紙から顔を上げ目顔で尋ねる。

「どうぞお手に」

言われるままに手に取り、書かれている文字を目で追う。それは歌だった。宗継が書いたのであろう懐紙の筆跡は達筆ではあるがなぜかいくらか乱れている。

「これは？」

「京で御仕置されたものたちの辞世でございます」

その種明かしに牛一は再度貪るように懐紙の歌に目を落とした。

みかく（身欠）へき心の月のくも（曇）らねはひかり（光）とともににし（西）へこそ行《ゆけ》
たし
隼人の女房　荒木娘

露の身のきえのこ（消え残）りても何かせん南無阿弥陀仏にたす（助）かりそする
　おちい　たし、つぼね京どの
世の中のうき（憂き）まよひ（迷）共書すて（かき捨て）て弥陀のちかひ（誓）にあう（会）そ（ぞ）うれしき
　ぬし　荒木娘
なけ（嘆）くへき弥陀のおし（教）へのちかひ（誓）にて光とともに西へこそ行

懐紙の歌に目を通すと、毅然として首を打たれた女たちの歌に託した深い慟哭を読みとろうと次は無声で吟じる。やがて牛一は無音の吐息を長く漏らし、懐紙から目を上げた。

「これをわしに見せる存念は？」

「はい。太田さまは上さまのお近くで諸事を書き留めておられるお方、どこにも知られていない荒木一族の辞世は得難いものでございましょう。先ほどのお言葉で死出の旅に出ざるをえなかった女たちの痛哭を後世に伝えなければならぬと、踏ん切りがつきました。それが太田さまが仰せられた万骨の訓戒にも適うものかと」

「しかしこれをどのようにして」

懐紙を手にしたまま家継に訊ねた。次々とわく疑念を問いただすことにこの懐紙の歌に執着する心内が透けて見える。

「太田さまとはいえそれは知らぬほうが御身のためかと。ただ南無阿弥陀仏・弥陀の誓いなどがよまれていることにお気づきになられましたか」

「南無阿弥陀仏・弥陀の誓いなら浄土宗か」

牛一は天台宗寺僧から還俗して信長に仕えたもので仏門にはいささかの造詣があるが、むろん宗継はそのような出自は知らない。

「弥陀の誓いなるものは、経の無量寿経に書かれております。この無量寿経を説くのは浄土系ということでございます。と、わたくしもこれを見せられた御坊の受け売りでございますが。その宗派はご家中では禁句でございましょう」

牛一が唾を呑み込み深く頷く。


釈尊の説いた仏教は時を経て様々に分かれた。大きくは信心のありかたを己の解脱に置くか、衆生の救済とするかで小乗仏教と大乗仏教に分かれ、あるいは厳しい修行での成仏か弥陀如来の本願による往生かで聖道門と浄土門という流れが生まれた。

さらにその拠る経典のちがいによっても宗派が生まれ、天台宗・日蓮宗は法華経を経典とし、真言宗・臨済宗・曹洞宗のそれは般若心経であり、浄土宗・浄土真宗は無量寿経・観無量寿経・阿弥陀経の浄土三部経を聖典としている。

浄土宗・浄土真宗は、この無量寿経に書かれている阿弥陀仏の四十八の誓願に重きを置いている。その第十八番目には念仏往生の誓いがたてられており、それは衆生が称名をとなえても極楽に往生できぬのであれば、仏にはならないという阿弥陀仏の誓いである。これをもとに一心に本願を信じ念仏称名するなら極楽往生すると説くのである。五濁《ごじょく》の娑婆をもう輪廻することなく極楽の仏に生まれ変わるという教えは、獄で処刑を待つ身には安心《あんじん》の支えだったのであろう。

首を打たれる女たちは、わたしの名を称名するならば必ず極楽往生できるという弥陀の誓いを信じ歌に詠み、刑場に消えたのだ。牛一はこれまで都と摂津での身も凍る仕置を、荒木に裏切られた信長さまの憤懣ばらしと考えていたが、上さまは村重やその側室が浄土真宗であることを何らかの方法で知り、本願寺への恫喝としたのではないか、と憶測することもあながち荒唐無稽なことではないとも思うのだった。

考えがここに至り、牛一は本願寺が見え隠れするこの紙の重さに気づいた。しかもこのようなものは尋常な方法では手に入らない、それだけにこれらの辞世の歌を書き留めておきたい、いままで書き留め続けてきたものに厚みを加えたいというのが、物書きへの断ちがたい誘惑だった。はからずしも誰も知らない金鉱脈に行き当たったのだ。

腹をくくった牛一は、金打《きんちょう》を打つ代わりに居ずまいを正し口調も改めた。

「無論この歌の出どころは太田一命に代えても秘匿いたす。秘するためなら喜んで首にもなろう」

牛一の誓約に家継が安堵した様子を示したが、家継はさらに慎重だった。

「この懐紙にはわたくしの首がかかっておりますゆえ差し上げることはできませぬし、この家の紙も墨もお使いいただくことはお断りいたします。ご自身の懐紙と筆で書き写しくだされ」

「しかし、このようなものがいかにして立入どのの御手許に」

この辞世の歌の由来を確かめなければ書き残しておいても意味がない。無論出所の名や経緯は直接には聞けないであろうが、話の辻褄が合うかを確かめるだけでも良い。それが聞けなかったら都の辻に書かれた落首と大差ない。そのようなものを書き残しても意味はない。

「これを見せていただいたお方は浄土真宗英賀本徳寺所縁の御坊で、荒木さまご側室に請われて、阿弥陀仏の教えを説いていたとのことでございます」

家継は思いもよらず詳しく語った。牛一が誓詞を約したがためだった。

「本山に預けなかったのか」

「一族が京へ送られた寺は法華寺でございますが、寺もそのような歌を預けられても迷惑とそのご坊に預けたということでございます。女たちも託すのはやはり親身になってくれたお方がよいのでございましょう」

さらに裏を取るべく尋ねた。

「その御坊と立入どのは？」

「ご尤もでございます。更にわたくしに託されたのは、そのお方とわたくしが御上を通じて少なからずご縁があったからでございます。永禄二年本願寺が勅許門跡となりそのお方の三河在の寺も勅許院家となったおり、――尤も三河のほうは三河一揆のときに徳川さまに焼かれてしまいましたが――本願寺や院家が宮中に少なからず勅許の報謝をなされました。その頃禁裏御蔵職としてわたくしが織田さまに出入りしていたのは、太田さまもご存知のところでございます」

荒木一族の女たちの辞世の歌が獄から流れて牛一の元まで伝わってきたいわれが知れた。腹に落ちると牛一は袂から小さな紙包みを出した。切銀が入っている。いつもいくつか持ち歩いているものだ。この心遣いがあるので牛一には織田家中に限らず様々なところから話が漏れ聞こえてくる。

「このようなものが見れるとは夢想もしていなかった。ついては些少だが」

首の飛びかねない懐紙をそれぞれが懐深くに隠し終えた安堵からか、宗継は破顔して指先で紙包みを牛一のもとに滑らせた。

「お返しするのは失礼ではございますが、御上ご用の傍ら些か商いもしておりますし、このために首が飛ぶような真似をしているわけではございませぬ」

宗継は笑いながら剽《ひょう》げて首を掌で二度三度叩いた。滑らせる指先で紙包の中の貫目を読んでしまったのだ。

「私の首は高こうございます」

「失礼でござった。ではなにゆえに？　御上のお使いをするとはいえ立入どのも元来は商人《あきんど》、利なくしては危ない橋は渡らぬであろうに」

「恐れ入ります」

そろえた指先で軽く額を打った。立派な商人だ。

「なに、大したことではございませぬ。いままで同様お館でお会いした時には（宗継、今日は上さまに何の御用だ）などと心安くお声をかけていただくだけで結構でございます」

破顔してそう言う家継だが、もっと大きな見返りを狙っている。信長の近くで尾張時代から物事を書き留めている牛一が昵懇に声をかければ、朝廷と織田の交渉事は最初から温和な雰囲気の中で始められる。顔見知りは多ければ多いほど有利で、さらに二人の密事の共有は身の安全の担保にもなり、十分に危ない橋の見返りは取れるのだった。

このようにして尼崎と京での荒木一族の仕置は二人がそれぞれに書き残したのだが、二人の二つの仕置の書き様には微妙な違いと、似たような評価があるのだ。その違いは実際に立ち会った仕置場が違うためだ。牛一は尼崎での仕置きをこのように書いた。

『槍・長刀を以て差し殺し害せられ、百廿二人の女房一度に悲しみ叫声《さけぶ》、天にも響《ひびく》ばかりにて、見る人、目もくれ心も消えて、かんるい（感涙）押え難し　～　家四ツに取り籠め草をつませられ焼き殺され候。風のまは（回）るに随ひて魚のこぞ（拳）るさまに上を下へとなみよ（波寄）り、焦熱（地獄）・大焦熱（地獄）のほのほ（炎）にむせび、おどり上がり飛び上がり』

と書きしるし、処刑が始まると次に磔柱に架けられる女たちの凄まじい号哭や、火をかけられた家の中で女房や若党たちが、炎の上で魚が激しく跳ね回るかのような描写には、地獄絵が蘇る。

一方六条河原での仕置の様子は、

『彼たしと　～　帯しめ直し髪高々と結ひ直し、小袖のゑり押え退きて尋常に切られ候。され共《ども》下女半物《はしたもの》共は、人目をも憚らずもだえこがれ泣き悲しみ哀れなり』

と短く記しているのみである。尼崎での処刑は酸鼻を極める情景を彷彿とさせるが、京での仕置は尼崎に比べると淡々とした表現だ。

一方、宗継は尼崎での処刑を、

『家を二間（軒）つくり二間之家へ追い込み、裏表よりやきくさ（焼き草）をこみ火懸やきころさるゝ。其刻尼崎表に久左衛門女房をはしめ、九十七本はたもの（磔）をあげられ候』

と、牛一に比べ簡単に書いており、六条河原の仕置については、

『十二月十六日五ツ時分に車にてわたされ候。上下京の見物くんしゅ（群集）数しらす（しらず）。涙をなかしめ（目）もあてられす。かやうのおそ（恐）ろしき御せいはい（成敗）ハ、仏之御《み》代《よ》より此方のはし（初）め也。～　津国にてせいはい（成敗）やきうちはた物（磔）、京にての車さき（裂）、上下卅六人、以上六百人計《ばかり》御成敗候か』

と仕置出発の時間や車裂きの刑まで記した。

そしてこの仕置きに似たような思いを持った二人が、牛一は『生便敷《おびただしき》御成敗、上古よりの初めなり』宗継は『仏之御代より此方のはしめ也』と似通った言葉の使いまわしをしている。まさしく摂津の太田牛一・都の立入宗継が直にその眼で見聞した凄まじい御成敗への実直な思いを表白し合ったためだった。

本願寺籠城

御叡慮

天正八年（1580）の三月十五日から十九日まで、信長は近江八幡奥《おく》の島山《しまやま》で鷹狩に打ち興じていた。しかし鷹狩だけにかまけていたわけではない。頭の中では本願寺籠絡への戦略が激しく渦巻いており、この鷹狩は次なる手の始まりだった。

初日の十五日には信長自慢の鷹が披露され、新雪のように輝く白鷹そして小物から大物まで獲物を選ばない猛々しい乱取《らんどり》という名の鷹が信長の手から放たれた。この名鷹の噂を聞き付けて多くの見物人が集まりその中には信長からこの鷹狩に招かれた前関白近衛前久《さきひさ》がいた。

近衛前久とは信長・秀吉・家康と同時代の公家で、五摂家筆頭の近衛家に生まれ関白という公家最高の官職にも就き、この時代朝廷の威光が著しく衰微していくなかで並みの大名以上に武家や本願寺にも深くかかわり、戦国時代の節目に隠し釘のように予想もつかぬ人物たちを結び付けている。

永禄十一年信長に擁立された足利義昭が入京すると前久は大坂へ出奔してしまい、元亀三年までの四年間石山に寓居する。この間の元亀元年二月に教如得度、九月に石山合戦が起き、この頃前久は教如を猶子《ゆうし》としている。教如十三歳、前久は三十五歳だった。前久に吹いた戦国時代の熱風は、後年青年となる本願寺教如にも当然吹く。高い山を登った熱い風は一転下るとさらに熱くなる。

天正七年十二月荒木村重謀叛に強い衝撃をうけた信長は、朝廷を動かし公家庭田重保、勧修寺晴豊の二人を和睦の勅使として本願寺に送った。この時は御倉職立入宗継が従行を命じられた。しかしこれには応諾がなく翌天正八年三月朔日には先の勅使二人に加え、前関白近衛前久を勅使に加え本願寺に送りこんだ。派遣された前久が京へ戻ってくると信長の鷹狩への招きだった。


前久がいる表書院に狩衣の信長が入ってくると信長は前久の前で胡坐をかき、手にしていた皿を置いた。

「これを当てよ」

この皿は鷹狩宿所の長命寺善林坊の庫裏から手ずから運んできたものだ。信長の表情には客を饗応しようとする和みのかけらもないが、前久には信長が極めて上機嫌であることが知れた。

当時の食事は元服前の若者が調えるもので主人が自ら運び配膳するのは極めて稀である。主人が自ら皿を運び配膳するというのは賓客をことさら歓待する信長の常套手段で、永禄十二年公家の山科言継が三河徳川家康を訪れるため岐阜城へ立ち寄った際、同様な歓待をうけ日乗《にちじょう》（日記）に『驚いた』と書き記している。

天台宗の寺内には焼いた鳥の香ばしい匂いが籠もり、坊主たちの断ちがたい煩悩を信長は楽しんでもいるようだった。皿の上には鳥を炙った肉片が載せられている。皿に並べられた小さな焼鳥は様々な鳥の肉だが全部合わせても鳩よりも小さい。鳥は羽をむしると小さく、いか程にもならない。それを明かせと言うのだ。

「肩で離された手羽先が左右で二つ、腿で離された脚がこれまた二つ、あとは串になった皮と胸肉で、これは一、二羽を八つ裂きにしたものではございませぬな」

「荒木仕置きの皮肉か」

信長は無表情で言う。六条河原での荒木一族仕置きは凄まじく、前久も車裂きの仕置があったと聞いている。この極刑は罪人の四肢を車や牛で引き裂くというもので八つ裂きの刑ともいわれたが、徳川家康はこのような厳刑を嫌い天下人たる征夷大将軍の用いる刑ではないと遺訓している。それほどの酸鼻極まりない処刑であったのだろう。

「いえ、いまや将軍とも目される信長様に誰が雑言を申し上げましょうや。それに、今日お放ちになった白鷹は天下人たる証でございます」

軽く話を逸らし、皿を押し戴き炙られた肉を近くから吟味し始めたが、いま何気なく口にした白鷹という言葉に俄かに気づき顔を上げると、そこには前久を固く凝視している信長の目があった。その目にはやっと鷹の鳥であることを知ったかという嗤笑の光があった。包丁書の流儀なぞ信長は拘らず、この皿に並べられている鳥たちには鷹が噛んだ食み跡もないが、客人をもてなす信長なりの心づくしなのだ。

「白鷹の鳥でござるか？」

「わしは名物しか放たぬ」

当時の日本料理の奥義を著した包丁書『四条流包丁書』によると、食材には序列がある。美物（美味《うま》いもの）の上下として『まず上は海のもの。中は河のもの。下は山の物』とされ山の鳥は下とされていた。まずいというのである。しかしこれには例外があり鷹が獲った鳥は鷹の鳥と呼ばれ、海のものにも勝る最上位の食材とされていた。そのため鷹の鳥の食べ方には独特の作法が生まれ、またその鳥を賓客目前で捌く場合は鷹の鳥であることを証するため鷹が噛んだ食み跡が上になるよう俎板に置くとされていた。

「白鷹の鳥ならば吟味して食さねばなりませぬな」

そう返しながら前久は再度目を落した。脚には爪がついており翼はその大小でと、名を言い当てるにはさしたる困難はなかったが、最後の一片は二度三度口にしてもわからず肉は残り少なくなってきた。

「どうした、食い終えてしまうぞ」

信長は悪戯《わるさ》が首尾よく功を奏した悪童のような笑みを両頬に浮かべた。軽口をとばし初めて客を和ませる空気を醸した信長に救われるように前久は降参を口にした。しかし口にした降参の言葉は、「名を忘れ申した」だった。前久は皿を置き、両手を膝に戻し軽く頭を下げた。負け惜しみの強い前久だがこのような機転は信長の愛するところだ。

「そう来たか、ならば度忘れとしておこう。鶴だ。以前にも近衛どのには鷹の鶴を遣わしているはずだ」

天正六年正月に信長は鷹狩りの獲物である鶴を朝廷と前久に贈っている。前久への別格の配意が窺われる。

「申し訳ござらぬ。その時は、信長様の鷹の鶴ということで福分けとして方々に配り申した。残った僅かの肉を家中で食するためには羹《あつもの》の汁にすれば皆にわたるということで、面目ござらん」

再度詫びる前久に、

「そうか」

と短く赦し、この年の十二月には信長は生きた鶴を前久に贈っている。

前久は胸中安堵し、包丁書に則り指二本でつまみ上げた最後の小さな肉片を咀嚼しながらも、この鷹狩に招かれた理由を考えていた。白鷹や乱取という名物の披露あるいは鷹の鳥当ての座興が目的ではないはずで、本願寺へ派遣された三月朔日以降和議交渉に進展があったのかもしれない。いつもにはない信長の機嫌のよさを思うと本願寺が和議を受け入れたのかもしれないが、そのようなことで前久を呼びつけることはない。必ず叱責か新たな難題であるはずだった。

(ならば三十六計)

鳥の皿が下げられるのにあわせ、さり気なく暇乞いをした。

「鷹の鳥当ては信長様らしい凝った趣向なれば、鶴に劣らず前久がまっしろき白旗でござった。稀代の名物も拝見し十分に楽しませていただきました」

本題を出すために前置きが長くなることは仕方がない。多言の中に本意をしのばせるのだ。

「また図らずも露見した鶴の福分けも御赦しをいただいたことで、これにて御暇乞いの潮時かと」

だが許しの声はなく寸分も動けない。

「近衛どの」

（やはり）腹の中で唸った。

「これにて矛を収めよという帝の御叡慮が出ても、本願寺はまだなにが不服なのだ」

「何ゆえでござりましょうや」

「織田に本願寺を攻め滅ぼす兵馬がないと思っているのか、まだ盛んに諸国へ書状を送っているというではないか」

本願寺が末寺へ有岡城や三木城が攻め滅ぼされたことを伝え、門徒に兵糧、鉄炮、玉薬を用意し上山せよと盛んに檄を出し、また家老下間頼廉も故人を弔う年忌や月忌の法事をやめてでも、紙一枚銭半銭でもよいから送れと督励しているのだ。

一方前久は先程意図せずしてふと漏らした（皮肉か）という信長の言葉に、信長自身の仕置きへの後味の悪さと世評への気遣いを感じ取っていた。

「摂津守ご成敗の都雀どもの囀り話を申し上げても宜しいでしょうか」

信長が先程見せたなごみの表情は既になく、その顔からは是も非も窺えない。

「斯様な御成敗は嘗てないことで、荒木以上に信長様を苦しめた本願寺は降伏するや長島や越前のように根絶やしされ、それでも飽き足らず犬猫まで首を刎ねられること必定と、かまびすしく囀っております」

「犬猫の首もよいな」

「お戯れを。本願寺にはいま恐怖と不信しかございません。そのためには、和議の暁には決して二心はないということを得心させることでございます。兵よりも鉄炮よりも、表裏なきことをわからせることのほうが近道でございます」

「そのために、勅使として近衛どのを遣わした。教如とは格別に昵懇であろう」

内心舌を巻いた。教如との猶子関係まで承知しているのだ。信長に嘘は言えない。

「猶子とはいっても教如どのとわたくしの間だけのこと、本願寺という大宗派の中では二人の働きなど如何程にもなりませぬ。確かにいまの信長様のお力で、石山本山を攻め滅ぼすことは容易きことでございましょう。

しかし諸国の末寺門徒を、一つ一つ根絶やしできましょうか。万一《まんいつ》できても人が絶えた領国は何のなりものもございませぬ。本願寺が諸国に一揆を命じたように、本願寺を取り込んだならば次は本願寺から諸国に、もう戦はしないと号令させることが、信長様らしい戦ではございませぬか」

響くところがあったのか、顔はそのままだがもう信長の眼に前久は映っていない。

「お命じになるまま、好き勝手の言上御許しくだされ。これにて御暇させていただきまする」

退出する前久にもう声はかからなかった。


京に戻るや後を追いかけてきたかのように近衛邸に信長の書状が届けられた。三月十七日付の起請文であり、そこには、本願寺の恐れていることや猜疑心はよくわかった。正親町《おおぎまち》天皇の叡慮や近衛どのに仲介させる以上は、決して約定を表裏することはないので本願寺が得心するよう努めて欲しい、と書かれていた。

他方同日付で庭田重保、勧修寺晴豊の両勅使にも、信長から本願寺に示す和議の七条件が知らされた。

『一つ　惣赦免とする。
一つ　往還の末寺は先々のとおりとする。
一つ　加賀は返付する。
一つ　退城は七月とする
〜　　　　　　　　　　』

これにより本願寺は、和議退城するという閏三月五日付けの誓詞を勅使に提出した。

しかし、程なく前久は信長が本願寺和睦を希求した本当の理由を知ることとなる。あのときの信長の軽躁とも見える前久への応接に（なんとご機嫌なことよ）と驚いたが、その手掛かりは美濃からもたらされた。それは天正八年三月に甲斐武田で人質となっていた信長の五男信房が、武田勝頼から織田へ送り返されたのだ。

織田信房は、元亀三年信長の叔母おつやが嫁いでいた東美濃岩村城主遠山景任《かげとう》が、嗣子なくして死去したため信房が養子に入った。その後十一月に岩村城が武田武将秋山虎繁に落とされると元亀四年信房は甲府に人質として送られていた。

人質信房の返還の経緯はこうである。勝頼は天正六年、越後上杉謙信の死後の上杉家の家督相続争い御館《おたて》の乱に干渉するが、結果は相模北条と敵対することとなってしまった。すると北条は徳川と結び甲州を挟撃しようとする。このため勝頼は織田との和睦を模索し、その関係改善の切り札として人質信房を返還したのだった。見返りもなく転がり込んできた我が子の人質返還に信長は上機嫌だったのだ。

そしてここからが信長の真骨頂だった。信房という人質を思い煩う必要がなくなったうえ、上杉・北条・徳川に敵対してしまった甲斐武田を討ち滅ぼす腹を決めたのだ。そのため甲斐に向いた織田の後ろを守るため本願寺講和を急いだのだ。

失跡

天正八年（１５８０）閏三月五日に本願寺と信長が和睦したことで、およそ十年という石山合戦が終わるはずだったが不手際が生じた。この和睦で信長は軍に停戦命令を出したが、柴田勝家は北加賀に侵攻し能登、越中国境にまで攻め込んでしまった。そしてこの勝家の侵攻は、信長の二心の証として本願寺に急報された。

これに激しく反応したのは教如だった。石山を出て拠るべき城を持たない本願寺を攻め滅ぼすことは容易いことで、和睦破りの危惧払拭には双方の信義しかないのだが、長島や越前での信長の戦い方を知る教如にすれば信長の信は心許無いもので、加えて勝家の北加賀侵攻だった。教如は信長の牽制に雑賀宛急ぎ援軍を送るよう書状を発したところ父顕如の知るところとなり、教如が父に呼び出された。

「光寿、これはどういうことだ」

父の御座所に入るや尖った父の声が飛んできた。

「雑賀に兵を送れとはいかなる存念なのだ」

父と母の前に腰を下ろそうとする教如の目に、父のもとに置かれた書状が見て取れた。父の言葉からすると教如の雑賀宛書状を書き写したものに相違なかった。顕如の前に座すると、父は待っていたかのように書状を指し示した。

「紀州からの内報だ。教如さまが援軍を送るようにとの書状を寄越してきた、門跡様は承知なのだろうかといってきた。光寿もご勅使に退城の誓詞を書いたではないか。どういうつもりだ」


勅使に出した誓詞とは、本願寺三家老下間仲之、下間頼龍、下間頼廉が署名血判し勅使に渡したもので、織田との和議の約定を受け入れるというものだ。この三家老の誓詞で本願寺の和議受諾となるのだが、顕如はさらに同日付で『天皇の叡慮で赦免された以上は表裏、抜公事、別心なきよう申付けた。もし違背あるときは家老三人に与えられる神仏の罰を顕如も甘受する』と勅使宛に誓詞を書き渡した。正親町天皇の仲介ということをことさらに書いて担保としたのだ。最初教如も誓詞を書くが、手渡し直前に撤回し、逆に雑賀衆に籠城援軍を送れと書状を発したのだ。

父の怒りは書状を発したときから覚悟の上だ。

「父上、わたくしにはどうしても信長が約定を守るとは思えませぬ」

「今回は、有り難くも御叡慮によるもので、いかな信長も正親町天皇を担ぎ出した以上は簡単には表裏することはない」

「では、賀州に柴田が攻め入った咎は問わぬのでございますか。表裏しないというなら、柴田勢を南加賀に引き揚げさせれば信ずるに足りましょうが、それも梨の礫ではありませぬか。それゆえ表裏に備え雑賀に援軍を頼みました」

「しかし光寿、加賀に拘っていては和議が潰れてしまいましょう」

母が割って入ったがこのように本山諸事万端に口を挟むことは、いまに始まったことではない。この和議の是非を諮る衆議にも母如春が門主顕如とともに『権門を恐れず心中の存知の旨趣残らず申し出づべし』と、遠慮することなく存念を申せと督励し評定をまとめている。

「裏切りを見て見ぬふりですか」

「討たれた命が戻るものではありませぬ。目をつぶりなされ」

「さようでございます。戻ってこぬ命なればこそ門徒の命を守ることが仏門の務めでございましょう。反故表裏は信長の常套です」

「ならば、約定反故はどこか。言ってみるがよい」

「長島を退散する衆への攻撃でございます。赦すとしながら鉄炮の的、焼き殺しでございます」

是非する余地はなくうむと肯く。

「ほかには?」

「越前大虐殺、叡山焼き討ち」

「越前も叡山も表裏ではあるまい。確かに数え切れぬ僧俗・老若男女を根切りと称して殺戮しているが、それは信長が無慈悲、没義道《もぎどう》ということで、信長の約定違反ではあるまい。他には？」

「……ありませぬが、加賀攻めはまさしく表裏でございます。没義道の男なら約定違反は意に介するところではございませぬ」

「没義道の相手ゆえこの度の御叡慮にかけたのだ」

意に適ったように教如が急き込んだ。

「没義道とわかっておられるなら、雑賀の鉄炮衆を」

「早まるな。私と光寿の違いは、信長が御上をどのように見ているかだ。帝は武力こそないが日の本では武家や民百姓にとり武力を超えたお方なのだ。信長といえどもそれは無視できない」

「力がないゆえ、旗幟を明らかにせず日和見で今日に至っているだけではありませぬか」

非礼の言葉に口を開こうとする夫を如春が小さく手で押しとどめ、強い口調で諌めた。

「主上さまに不敬を申すものではありません。門跡に列せられたものの口にする言葉ではありませぬ」

「朝廷は古来より時勢に抗うことなく、その時々の方策で良き方にと切り抜けたが故だ。世を知らぬもの、歴史を知らぬものはこれを日和見と見るかもしれぬが、叡智というべきものだ。天の道に適っているがゆえ、連綿と命脈を繋いでいるのだ」

如春の実父は公家の三条公頼なのだ。

「主上さまを難じているわけではありませぬ。父上、本願寺は俗事に関わり過ぎたのです。このため十年も無駄に血が流されました。上人さまの王法為本に戻るべきでございます」

「蓮如さまは御文でこう仰っている」

顕如が軽く背筋を伸ばした。聖典や御文を唱するときの癖だ。

「大坂といふ在所、むつかしき題目なんども出来《しゅつらい》あらんときは、すみやかにこの在所退出すべきものなり」

教如が顕如に続ける。

「これによりて金剛堅固の信心を決定《けつじょう》せしめん。御文四帖目《しじょうめ》第十五通でございます」

顕如は教如の精進ぶりに満足そうに頷いた。知っていれば話は早い。

「蓮如さまの仰られているように、信長が石山の地を欲しがるならくれてやればよいではないか」

「この度の戦端を開くにあたり、蓮如さまの争わずというお言葉を押し切られたのは、父上ではありませぬか」

この言葉で十年前非戦派の争わずという諫言を押し切った記憶が蘇った。

「あの時はよもやこの戦が十年もの長きにわたるとは露も思わなかった。討ち死にした門徒のためにも、それに法燈を絶やさないためにもこの機会を逃してはならんのだ」

母が畳みかけるように言葉を添える。

「光寿、殿さまは親として申されておられるのです。子が従うは当然のことでございましょう。王の理《ことわり》を説くならそして上人さまの法を言うのなら、親子の道、人の倫《みち》はあたりまえのこと、雑賀への書状を早ように取り戻しなされ」

「わたくしも法燈を絶やしてはならぬとの思いは父上と同様です。母上の言われるように親子の道、人の倫も自明のこと、なれども、信長は必ず仕掛けてきます。法燈血脈を絶やさぬため、父上母上のお言葉なれど従えませせぬ。お赦しください」

教如が額を畳に擦りつけるように低頭し座を立つと、顕如はその背中に非戦派の諫言にも拘わらず兵端を開いたおのれの姿を重ねた。武家なにするものぞとゆえのない自負だけが充溢していた時のことで、それは元亀元年（１５７０）の九月だった。顕如は十年前の石山合戦開戦の記憶をなぞる。

時は元亀元年、この年七月に阿波から渡ってきた三好三人衆勢八千人は、本願寺と川ひとつ隔てた野田、福島砦に立て籠もっていた。その砦を攻めたてる織田の大軍が灯す夥しい篝火を顕如は長い間物見櫓から検分していた。播磨本徳寺証専、家老下間頼廉が横に控えている。ほどなく家老の声かけで三人は櫓を下り、連枝衆や他の家老が待つ評定の間に足を向けたが、評定所に連なる奥書院の前で証専が（評定の前によろしいか）と顕如に声をかけてきた。

親鸞以来在家仏教として僧の肉食妻帯・有髪俗体が認められている浄土真宗であるが、門跡成りした本願寺や血縁寺院（院家）の僧は剃髪墨衣と定められている。三河を逃れ播州本徳寺に入った証専も剃髪墨衣ではあったが、その衣の下には岩を纏ったかのような筋骨が包まれ長い遊行で烈風に晒した面差しは、撫肩痩身の仏僧にはないもので、刀こそ帯びていないが体に漂う気は武者のものだった。

顕如は、三河一揆を戦った証専からは織田討つべしとの声を予想していたが、奥書院でまず口火を切った証専の建議は、猛々しい風貌とは異なっていた。

――顕如どの、本山から兵を出してはなりませぬぞ。

横に侍する頼廉が尋ねた。

――なぜでございます。

この問いで家老頼廉の開戦への是非は明らかになった。

――まもなく三好は落ちましょう。さすれば織田は返す刀で本願寺に仕掛けるは必定でござる。三好が落とされる前に撃って出て、織田を挟撃すべきでございましょう。

――ならぬ。もう落ちる寸前の三好に挟撃なぞ望むべくもない。

――いえ、織田が三好に向き合っている後方をつけば勝機はござる。

――そもそも蓮如上人以来、大名とは戦ってはならぬ、世俗のことは世俗の王が定める法に従うという王法為本が本願寺の心得であろう。そなたの言うことは、お上人のお説きになられた御文とは真逆でないか。

浄土真宗中興の祖、八代門主蓮如は文明三年（1471）五十七歳のときに、越前国で吉崎道場を開いた。これは延暦寺と争いを避けての越前下向であり、吉崎では親鸞の教えや門徒の心得を説き明かした御文を出し、諸法諸宗を誹謗するべからず、守護地頭を軽んずるべからず等々、他宗や在地の権力者との争いは避けるよう説いた。

しかしこの融和・非戦の教えは越前国では効なく、一揆が戦に深く関わり合いを持ち始めると僅か四年後の文明七年には吉崎を捨て、京都山科へ移った。この争わずという教えは後世にも伝えられ山科本願寺が日蓮宗徒に破却されると、本願寺はこの石山へ移ってきたのだ。

――お上人のお教えは、愚僧も承知しております。しかし本徳寺さま、たかだか三好が立て籠もる砦を討つのに、かくも大兵で攻め立てるのは不思議と思われませぬか。信長の本意はここ本願寺でございますぞ。

——城を攻めるには、攻め手は守兵の三倍必要だというから、三好八千に対し織田の二万三万は、大軍だとも言えまい。第一、織田には公方さまがおわし、大義はあちらだ。朝廷勅許の門跡本願寺が、将軍に弓をひく逆賊になってしまうではないか。

頼廉は逆賊という言葉でも動じない。

——公方さまはやむなく軍を進めているだけでござる。今年一月には信長が公方さまに五ヶ条の条書を突きつけ、今後は天下のことは信長が仕切るというのでは、むしろ逆臣は信長でございましょう。

——世情民情に疎い公方さまのいま迄の御内書はなきものとし、これからは信長の添状をつけるべきという程度で、忠・不忠を言うのは早計であろう。

証専は埒のあかない頼廉から顕如に向き直った。

——顕如どの、なんとかこの戦をせずにすむ手立てはないのでござろうか。人切りを生業とする武家と長袖の仏門との戦の先は見えている。わたしは三河土呂を失って思い知った。本願寺も同じ憂き目を見る。

頼廉は飽くまで兵戈を言い張る。

——信長は石山の寺を明け渡せと言ってきているのでございます。

——出ていけばよい。いままでも争いを避け越前吉崎、山科そして石山と寺を移しているではないか。

——本徳寺さま、この本山の荘厳なお姿は、門徒衆の信心の大きな助けでございます。門徒衆には金色に輝く阿弥陀堂を透かして極楽浄土が見えるのでござる。それに諸国から上山する門徒衆には、この地は便のよろしきを得ております。気候は温暖で、穏やかな瀬戸の海の舟も事欠きはしませぬ。

──衰微の極みにあった浄土真宗が越前吉崎で盛り上がったのは、伽藍でもなく往来のよろしきがゆえでもない。吉崎の冬は吹き荒れる雪と荒れ狂う海だ。

あくまでも抗論する証専に対し、頼廉は顕如に救いを求めた。

──お殿さまはいかように。

既に意中を決めている顕如は、衆議に妹聟の証専を陪席させることで、本願寺最大の難局に一家衆にも諮ったという事実が欲しかっただけなのだ。しかし頑強に言い募る証専に口を開かざるをえなくなった。

──本徳寺どのの言われるように、わたくしも石山だけが仏の国とは思いませぬ。信心を得て阿弥陀如来様に帰命すれば、そこが仏の国であり浄土でござる。しかし日々生活におわれる門徒衆には、信心を揺るがずに持ち続けることは難しゅうござる。やはり荘厳な堂宇がここにあればこそ、信心が保てるのでござる。

──殺生は堕地獄のもとと我々は説法しておるのに、同じ口から人を殺せとは到底言えぬ。どう説くのだ。

──仏敵には許されるのでござる。弥陀の代官たる門主の言葉は弥陀のお心でござる。

──百姓をむざむざ死に追いやるようなものでしかない。

証専はまだまだ食い下がるが、評定所では皆が待っており潮時であった。

──きれいごとは申し上げますまい。わたくしとて、兵禍で身命尽きるもの少なからずは承知してござる。しかし戦で身命尽きても極楽往生、蓮の台《うてな》のうえに生まれ変われるのでござる。これこそまさしく善因善果と申すべきもの。そしてここで、織田が三好に向いているこのときに織田を叩けば、早く戦を終わらせることができるのでござる。得心くだされ。

そう言い残し、顕如は頼廉とともに評定衆の待つ場に向かうため座を立った。

評定所では生き仏の決定に異をとなるものはおらず、顕如は織田打つべしと命じた。早く戦を終わらせることができると証専に説いたが、この戦は十年にもわたってしまった。

雑賀への援軍書発出をめぐる顕如と教如親子の内輪揉めから日が改まった翌日の深更、教如は十兵衛と向き合っている。十兵衛は急遽紀州門徒へ出した顕如書状の写しを手にして教如のため大意を口にする。

「教如が紀州の門徒軍を呼び寄せたことは、門主はまったくあずかり知らぬことである。大敵を前の内輪揉めは仏法が絶えてしまう。皆々よくよく分別されよ、だ」

教如たちがその写しを読んでいる場所は、寺内町場末の諸国から上山する門徒を寝泊りさせる旅籠の離れで、そこへ十兵衛が呼び出したのだ。顕如書状の日付は三月二十日、今日である。今日発出された書状の写しが、深更だが早くも十兵衛の手許にある。証専という僧は本願寺史からは消えたが本願寺奥にまだまだ隠然と影響力をもっているのだ。

「織田はこの書状を見て、こう思うだろうな。門主は約定どおり紀州鷺森へ退出するが、石山には籠城派が鉄炮で籠もっているゆえ、迂闊に手を出すと敦賀の二の舞、袋の鼠になるとな。その間に鷺森では陣容を整えられる」

紀州へ攻め入れば、東は紀伊山地、南は熊野灘、西は瀬戸内海そして北の石山籠城衆、袋の鼠の怖さを知る信長は手を出せない。十兵衛が教如の暗然とした顔に気づいた。

「その顔では悲喜交々《こもごも》というところか」

「いままで父と幾度も激論をしたことはあったが、寺の外へ内輪揉め不孝者とまで言われることはなかった。相当なお腹立ちだったのだろうな」

「なればこそ織田にはこの籠城が怖いだろうな。籠城派は本気だとな。早く戦を終わらせるためには、やむをえないだろう」

教如はこの籠城の目的に再度気をふるい、短く嘆息して憤激する父の顔を頭から追い出す。

「戦を早く終わらせるということならば、十兵衛どのが越前府中でやったことを覚えておいでか」

「さあて？」

十兵衛はとぼけたが、構わず続けた。

「戦を早く終わらせるための計略もいまはわかる気がする。猪突だけでは事の成就はないことも。しかしそのため不孝者となるのは辛いものだ」

「戦は槍鉄炮だけではない。手練手管のほうが大きいかもしれぬ」

「我々が僅かな籠城衆だけで企てていることは、後世の門徒からは蟷螂の斧と笑われるかもしれんな」

気弱になった教如を十兵衛が叱咤する。

「なにを軟弱なことを言っている。鷺森が落ち着くまでの便法でないか。半年もあればよい。大教団を率いていくものが小気《しょうき》なことでは衆生を救うことはできぬ。仏門が清浄な身でなければならぬ、破戒はならないというのは空論でカラ念仏でしかない。生を受けた瞬間から死ぬまで五濁《ごじょく》まみれが人なのだ。それをお救いになられるのが阿弥陀様であろうが」

昂って説諭したが、おのれの檄した声に我を取り戻した。

「些か昂った。坊主に説法だった」

戯言でひとり苦笑しおのれを落ち着かせる。

「諸国の幾百万の僧俗を率いていく門主は手練手管も必要だということだ。手練手管という言葉が悪いなら方便だ。親鸞聖人もお使いになられた方便法身《ほっしん》の方便だ」

方便法身とは阿弥陀仏の姿を絵画や彫刻で表したものいう。

元来仏とは悟りであり、それゆえ仏の身は色も形もなく人が姿を想像したり認識できるものではない。これを法性法身《ほっしょう》という。しかし我々衆生は仏の悟りを観想することは困難であり、教導の便法としてその姿を絵や仏像に表したものが方便法身だ。後光を発し柔和なお顔という方便で、我々は後生や極楽を思い浮かべることができる。

しかし方便法身には落とし穴がある。絵に描かれた仏や彫刻された仏像は極楽の荘厳や清浄を表現するために美術が追及される。このため人々の関心は表象された美の世界にとどまりやすく、荘厳な大寺院に参詣し美しく慈愛溢れる仏像に礼拝するだけで、法に触れることなく安心《あんじん》に浸ってしまう。人は、巨木や岩塊、御来光や入日、大海や峻峰にでも礼拝合掌し寺院参拝は物見遊山になりやすい。

このような陥穽を避けるため、親鸞は南無阿弥陀仏という漢字六字を本尊とした。しかし親鸞といえども方便としての絵画や木像を否定はしていない。蓮如も同様で、『木像よりは絵像、絵像よりは名号』と浄土真宗の名号本尊を説いている。名号が一番であるが絵像でもよい、絵像でも難しいなら木像を拝んでもよいと言っているのだ。

「親鸞さま蓮如さまでさえも教導のために、あの手この手と阿弥陀様の絵や像を使っておられるではないか。戦国の世で浄土真宗が生き残るためには、あの手この手、手練手管も必要なのだ。それが新門の務めだ」

顕如たちが紀州へ退城する日を明日に控えた四月八日、教如の部屋に正室の三位が訪れた。

室の後ろには乳呑児を抱いた八杉喜兵衛と甚助が従っている。越前から逃げ落ちる三位を守って付き従ってきた越前国河合庄の二人の郷士、八杉喜兵衛、野尻治部左衛門と道案内の猟師甚助はそのまま本願寺で仕え、喜兵衛は室の傅役に、甚助は十兵衛の手のものに、野尻治部左衛門は下間頼龍の家臣となった。三位が教如のもとに嫁して七年、いまは子を産み落ち着いた美しさを纏っていた。和議が成ったとはいえ信長の機嫌ひとつで石山が戦場となるかもしれず、教如は母子《ははこ》を紀州へ送る手筈を整えておいた。

部屋に入ってきた三位は、赤児を抱いた八杉喜兵衛を後ろに控えさせ慇懃に出立の挨拶を述べる。懇ろな挨拶は子と二人分であったのだろう。

「明日、御門跡さま、北の方さまとともに紀州へ下りますのでお別れに参りました。何卒教如さまには阿弥陀様のご加護がございますように」

三位の眼差しには、明日という日はわからぬこれが最後かもしれぬという一途な光があったが、案ずるには及ばぬと教如は口元をほころばせ挨拶に応える。

「改まった挨拶恐れ入る。向こうは良きところで気候も温暖と聞いており、息災に待たれよ。信長の表裏がなければ直ぐにでも会える」

「織田はやはり兵を差し向けてくるのでございましょうか」

「わからぬ。しかし石山よりもまだ鷺森が安心できる。頼みの綱の紀州門徒はまだまだ健在だ」

夫の説明に憂色を消すと、喜兵衛に抱かれた赤児に目を遣った。

「吾子《あこ》を抱いてやってくだされ」

三位に促され喜兵衛が教如のもとに赤児を抱いていった。（よぉい　よい）とあやしながら運ぶ喜兵衛にとり、この女児は孫同然なのだ。滅んでしまった越前にはもう訪う一族もなく三位とともに生死を共にしてきたことで、喜兵衛には片時も離れられない娘と孫娘なのだ。

「よぉい、よい」

思わず喜兵衛の口調をまねてあやしたことに気恥ずかしさを覚えながらも子を抱いたまま、控える喜兵衛に懇ろに頼んだ。

「喜兵衛、門主様の意向に逆らった倅ゆえ、向こうでは暫く苦労を掛けるやもしれぬが室を庇ってくだされ」

「もったいない。老骨に鞭打ち身命に代えてでも、お二人をお守りいたします」

教如の頼みに感極まったかのように喜兵衛は平伏した。律儀な喜兵衛らしい物言いに教如は安堵の笑みを浮かべさらに甚助にも声をかける。

「甚助、無事に送ってくれ」

甚助は教如の厚い胸の中に抱かれている児に向けていた柔和な目を教如に戻すと、獲物を追う猟師の鋭い眼差しとなった。

「必ずや」

教如が抱いた児の口に軽く指をあてると、赤児は乳と思ったのかその指を吸おうと唇を動かした。初めてなしたおのれの子に慈しみをかけるほどに、長島で織田の鉄炮に撃ち抜かれた女が赤児とともに沈んでいった情景が蘇る。あのような殺戮は二度と繰り返えさせてはならない。しかしそのための力による敵対はすでに望んではいなかった。

「どうぞ教如さまもご息災で」

女というものはくどいものよと微笑みながら返す。

「紀州では父上母上がついておられる、万にひとつも案ずることはない。いままでは何としても織田を討ち破ることだけを念じていたが、いまの私は寺を守り門徒を救うことが本願で、そのためにも身を慎んで必ず紀州へ行こう」

なにが三位に響いたのか、悦びの色を浮かべた。

「ご立派なお心がけでございます」

そう言うと名残を惜しむように、おもむろについた両手に額をつけ三位は暇乞いをした。教如が赤児を喜兵衛に渡しながら（頼みますぞ）と声をかけると、喜兵衛は赤児をひしと抱いた。

明日の午頃か本願寺の多くの僧俗を乗せた雑賀の舟が出帆する。海が荒れなければよいが、いまの教如の思いはその一つだけだった。

門主一行が紀州へ船出して数日が過ぎた。顕如ほか北の方、家老下間らの退城した石山は一挙に広くなったように感ぜられた。残った籠城派のものたちは士気も高く、家老下間頼龍を筆頭に有力寺院の大坊主たちにより籠城陣立ての衆議と調練が行われていた。

下間三家老の中で籠城派に転向したのが下間頼龍である。石山退去のこの和議のときには三家老の一人として和議文書に連署すると、その見返りとして顕如から家老たち子々孫々までの変わらぬ処遇を約する書状を受け取り、さらに信長からは各々黄金十五枚を贈られている。それにもかかわらずこれらの恩賞を棒に振って頼龍は教如と共に籠城し、これ以降教如に随身する。

籠城衆が守りを固める石山本願寺へ顔色を失った甚助が戻ってきた。汗と土埃で汚れた旅姿のままで教如のもとへ参じたさまから、不測の事件が起こったことがしれた。

「三位さまがおられませぬ」

「なに？　織田か」

紀州に織田の軍勢が先行して伏せっていたのか。

「いえ、道中にも紀州の浦にも織田はおりませぬ。不思議なことにご自分で身を隠されたようでございます。そのことでおつきの乳母から三位さまの書状を預かっております。教如さまにと」

呼びにやった十兵衛が入ってくると、甚助は纏っていた着物の襟を解くと中から油紙に巻いた書状を取り出した。それを教如に差し出す甚助に十兵衛が訊ねた。

「まずお姿を見失った時のことを申せ」

「はい、三位さまのお供をして舟寄場まで行くと、供のものは別の舟にということで次の舟に乗り込みました。そこから御一家衆の舟を見ると三位さまのお姿が遠く見えたので、――よもやご自分でお姿をお隠しになるとは思わなかったので――お姿を見て安堵して次の舟で紀州へ向かいました」

　教如が聞く。

「すると見えた姿というのは」

「おつきの乳母でございました。乳母は（お許しくだされませ、三位さまに命じられるまま仰せに従ったものでございます）と泣いて詫び、船に乗るときにふみを預かったとのことでございます」

「舟に乗らなかったのか？　ふみに何か書いてあるかもしれぬ」

　開いたふみを斜めに読む教如の顔が見る間に蒼白になった。読み終えると次はふみの真贋を検めるように一字一字を目で追い、それが妻の手になるものであることを確かめた。読み終えると真一文字に唇を引いたままふみを十兵衛に渡し、気を鎮めるかのように瞑目した。書いてあることは失踪を上回る驚天動地の内容だった。

「御免」

　十兵衛はふみを手にすると甚助にもわかるよう声にする。

「一乗谷絶え　やくじょうと雖も　おいつくしみかけられ　身に余る喜びに御座候。織田にくしの苦界も　あみたさまにすくわれとも　ひきかえわらわがかた（騙）りの罪業に　仏罰をおそれおののく日々に候」

「騙り？　でござるか」

　そう問う甚助の言葉に十兵衛は手許から目を上げ（よろしいか？）と教如を見やると、教如が目だけで頷く。

「父きみ曰く　朝倉のち（血）たやさぬため　なんじも妹人《いもひと》の名を名のり　かならずいずれかほんかんし（本願寺）さまにか（嫁）すべし　と仰せ付け被れ候。

妹をかたり　剰えしんと門主さまたはか（謀）りし罪あさからず　向後ひな（鄙）にて念仏さんまいとせん」

読み終えると甚助にかみ砕いた。

「これによると越前を逃れるとき、姉姫も妹姫の名を名乗り、運に恵まれ本願寺に逃げおおせたいずれかが妹姫として教如さまの室となり、朝倉の血を残す。しかし新門さまを今日までたばかった罪に耐え切れず身を隠した、ということだ」

十兵衛はふみを教如に戻すと長島願證寺で三位に拝謁した時の情景を思い起こした。越前大野から美濃国境の山塊を越え長島願證寺に逃れた三位一行を石山本願寺へ迎える使者となったのが、証専だったのだ。

そして十兵衛がその時の顚末を教如に語り始めた。


願證寺入りした証専は、裏書院に連なる部屋で朝倉義景の娘（三位）に拝謁した。容姿を改めた姫は朝倉滅亡の悲報を既に聞き及んでいるであろうにも拘わらず悲嘆の欠片も見せず、本願寺使者である高僧証専の挨拶を受けた。

猟師に伍して山越えしてきた気丈さは既に失せ、結んだ口元に芯の強さが僅かに窺い知れるだけだった。この姫の面持ちや高僧を引見する挙措は今成りの付焼刃で身に付いたものではなく、何代も世代を重ねてきた高風が育んできたものだ。

——姫さまにおかれては息災に願證寺に御着到なされ、祝着至極でございます。

——妾を逃すため多くの命が潰えました。本徳寺さまにお念仏をお唱えいただければありがたく存じます。

——さすがは本山顕尊さまの御内室となられるお方、慈愛のお心のお持ちようご立派でございます。なれど此度の朝倉義景さまの御無念いかほどかと。

証専は故意に教如の名を顕尊と言い誤った。顕尊は弟である。

——父上のご無念をはらすためには、本願寺さまと父上との約定を果たすことです。

そして軽く小首をかしげた。

——それに本徳寺さま……妾が父上から聞き及んでいる本願寺さまは、御次男さまではなく御嫡男教如さま。

（試しておられるのか？）嫣然と笑みを浮かべ、続けて教如の諱《いみな》も言い足した。

——光寿さまと聞いておる。

——これは失礼いたしました。左様でござった。顕如さまのご法嗣さまたちは、みな御立派な方々故よくお名を間違えまする。

大仰に手を頭に遣った。

——よい。朝倉の証も持たず、僅かの又者を従えての願證寺入り。妾を見極めようと考えるのは無理なからぬことじゃ。

証専が仕組んだ功詐は難なく看破された。

──さように受けられたのであれば御許しくだされ。越前遊行の折、風の吹くままに美濃国境の道場まで説教に参ったのが縁で、姫さまをお連れする大役を命ぜられたが故でござる。

──美濃国境の道場とは、穴馬《あなま》か。

──そうそう、その穴馬でござった。

姫が語った朝倉義景の為人《ひととなり》や一乗谷の寺の消息や風物などは、僅かな間とはいえ証専が彼の地で見聞してきたとおりであった。

一行の無事な願證寺入りを喜ぶ口上の裏で、証専は密かな大役を果たすと、供の八杉喜兵衛に向かい逃避行を労った。

──八杉さま、姫君さまにお仕えする身としては、本願寺教如さまの御内室さまになられるとは申せ、お美しい方を石山へお送り出されるのは定めしお寂しいことでございましょうな。

姫を伴い追手から逃れるという大役を果たした八杉は、願證寺での安息の時を過ごし、鄙の郷士の顔に戻っていた。

──真に、追手と山越えに難儀したがゆえその分安堵と寂しさはひとしおでござる。

──さようでございましょうな。姫さまのお美しさは越前の国ではみなよく存じ上げるところ。なおさらでござろうな。

──いやいや。我々下々のものは姫さまを拝顔することなど、とてもとても。姫さまにお目見えさせていただいたのは、あの時が初めてでござる。姉君さまをお預かりした南無光坊も同様でござろう。ましてや御屋形のある一乗谷と河合庄は遠く隔たってござる。もっと近郷なら眼福に与れたことでござろうにな。

そう言い破顔する八杉は好々爺の面持ちだったが、証専は淡い疑問を感じたものだった。

（お姿を見たこともない、ならば誰が妹君であると？）

――姫さまの随身を命じられた福岡石見さまはよくぞ八杉さまに事細かに下知される暇がございましたな。

――細かなことはお聞きする暇はござらなんだ。土民どもが取り囲む中、福岡さまはこれまでと身共を呼びよせられ、（いまは仔細を話す暇もないが、このお方は妹君の姫様である。石山本願寺教如さまに嫁がれる大切なお方、何としても本願寺にお連れしてくれ）と、朝倉のお印をいただくことも叶わず、まことに慌しくその場を逃れました。

――なぜ姉君さま妹君さまを別々に逃されたのでござろうか。

――土民の目を避けるため姉君さまたちは一足先に逃れたということでござった。いま思うに妹君さまを逃されるためでござったのであろうか。

朝倉直臣の福岡石見さまから直に妹君の姫さまであると聞いているのならば、妹君のお印がなくとも違いない。八杉の説明に証専はようやく得心したが、なぜかこの八杉との遣り取りが証専の記憶に残っていたのだ。


その時のことを語り終えるといまも残る疑念を口にした。

「三位さまが朝倉の姫さまであることには、何ら不思議はなかったが、ただ、福岡さまはなぜ姫さまの随身を又者ばかりに命ぜられたのか……直臣に命ぜられるのが一番筋が通ずるのだが」

甚助が口をはさむ。

「それがしは八杉さまらは山慣れをされておられる方ばかりで、姫さまの山越えにはうってつけの方々と思っていました」

「福岡さまは姫さまを存じあげない郷士に命じ、別々に逃れさせればことを成就しやすいと企てたのだろうが、よもやこのようなからくり……」

十兵衛は謎解きをしながら自分が要らぬところまで嘴を挟み始めていることに気づき、後は言葉を飲み込んだ。

「奥のふみが真ならば、これは朝倉の大殿が一族の血を残さんとしたがゆえのもので、室にも喜兵衛にも何の科もない。むしろ約定を果たさんとしたのは健気なことではないか」

教如は自分を得心させるためだったのか独白のように言った。口にすることで思いは定まり甚助に目を向けた。

「すぐに追うてくれぬか」

「はい」

「既に日も経っているゆえ難儀かもしれぬが、乳呑児を連れての足弱ゆえそう遠くまでは行っておらぬかもしれぬ」

「わしも行こう」

「お願いいたす」

「ご内室さまは、おそらくは加賀あるいは美濃高山を目指しているやもしれぬ。いずれも一乗谷と遠くない。甚助は加賀へ向かい、わしは美濃高山へ向かおう。いずれもその地に詳しい」

教如が二人に付け加えた。

「親鸞さまがお説きになられた悪人正機とはまさしくこのことなのだ。一切衆生は生きていく限り五戒を破らざるを得ない悪人だが罪業に気づき称名を唱えれば赦されるのだ。阿弥陀様がお許しになるのに、わたしが許さぬはずがない。そして朝倉殿の今際の言いつけに子がそれに従ったのは無理ならぬことで、私は寸分も騙られたとは思わぬ。奥に追いついた時にはこの理をよく説いてくれぬか」

二人はしかしついに三位たちを見つけることができず空しく戻ってきた。教如の知らぬ妻の伝手《つて》があったのだ。

この失跡事件を解く興味深い資料に『大谷嫡流実記』がある。大谷嫡流実記とは同時代の記録ではないが、江戸時代末期京都の両替商津國《つのくに》屋神田信久が二十年間にわたり東本願寺の史料文献を渉猟し著した本願寺大谷派の系図であり、軍記物とは異なり大谷派系図としては最も信頼されている。そこには

『教如上人第一女《むすめ(は)》　法名妙空　母ハ朝倉義景女　号三位どの　～　大阪石山御籠城ノ時兵乱ヲ避ケテ　三州（三河）吉田城主　酒井忠次ニ母子共預ケラル　母三位どの出羽庄内ニテ卒去　妙空ハ信州川中嶋ニテ卒去　則西厳寺ニ其墓アリ』

とあり、教如室は三河酒井忠次に母子共預けられたというのであるが誰が預けたのかは神田信久にもわからなかった。籠城派が公然と依頼したのであれば兵乱後籠城派または酒井忠次いずれからか動きがあるはずであるが、それはなく母子ともにさらに遠く出羽国まで行っている。

不思議はまだある。教如室を三河吉田城主酒井忠次のもとに預けようと画策できるものは限られている。三河では永禄六年から天正十一年まで浄土真宗は禁教にされており、天正八年石山退去に際し急遽三河国内で酒井忠次に接触を試みることは非常に困難であろう。そのためには禁教以前から徳川家重臣に縁のあるものでなければならず、しかも短時間で忠次に無理難題を承知させることができる人物でなければならない。

文字瓦

前久の浄土

籠城派を仕切る教如は妻の失跡にいつまでもかかわっていられなかった。天正八年（１５８０）四月の顕如の紀州鷺森への退去にあわせ、籠城派、退城派双方が諸国末寺門徒の自派取り込みを働きかけなければならなかったからだ。一方信長は硬軟織り交ぜて石山包囲網を絞り、五月籠城派に呼応した摂津味舌《ました》勝久寺を攻め多くの僧俗門徒を殺した。次いで七月半ば過ぎ近衛前久を教如の退城談合のために石山に遣わした。

前久持参の条書を読み終えた教如がその書状を前久に返すと、前久は瞬刻その書状に目を落した。この条書は信長の和議条件を前久が書状にしたものだが、書状を床に擦るように押し戻す教如の手から、これでは受け入れられないという強固な意思が見て取れたからだ。

「京からの御足労ありがたきことでございますが、和議には安土どのの心がいま一つ見えませぬ」

『一つ　人質を遣わすこと
一つ　末寺往還は先々の如くあること
一つ　賀州は退城後違約なければ返付すること
一つ　町人等は立置くべきこと
一つ　八月十日までに退去すること』

条書からは教如のもっとも拘っていた表裏なき信長が見えてこないというのだ。

「信長さまの考えがわからぬ、といわれるか」

「その時々の機嫌で転変するのでは信を置けませぬ。一月に降伏した播磨三木城の別所長治は自刃させながら、十年にもわたり戦ってきた父たちには黄金を与えるという厚遇。厳しく処断する信長と和睦を祝する信長、いずれが信長でございましょう」

「いや機嫌に任せてのことではなく、上様には本願寺が別格であるがためであろう」

「別格？」

「うむ、並の大名よりもいや大々名よりも気配りをせねばならぬ相手ということだ」

教如が軽く首を捻り嗤笑する。信長との戦いの中で一度たりともその兆候があったためしはない。

「近衛様のお言葉とは思われませぬ。願證寺や越前で門徒を根切りしております」

「石山本山だけは違うのよ。門主さまが別格といってよいのかもしれぬ。そうでないか、尾州だけが門徒のおらぬ国と思うか」

「願證寺が滅んで門徒衆は絶えてしまいました」

「織田将兵の中にも隠れ門徒はおる。上様はそれを微妙に感じとっており、門主さまだけは滅ぼせないのだ。それゆえ目と鼻の先の石山との戦に十年もかかり、和議には祝儀の黄金を進呈した。家老にまで与えられたというではないか」

「母上にも贈られました」

「和議評定を取りまとめたのが如春尼さまと、京にも安土にも聞えている」


和議評定は、有力家老が挙って反対し難儀を極めた。必ず追撃してくるとあやぶむ家老たちの説得に如春尼が大きな働きをしたのだ。そのときの働きが安土にも聞こえ、和議祝儀として顕如に次ぐ黄金二十枚が下された。如春の女丈夫《じょじょうふ》の働きはまだまだ本願寺を左右する。

「母上の働きも大きいものでございましたが、一番功を奏したのは父上の家老あての誓詞でございます。門主が家老たちに子々孫々までの引き立てを約束されたがためで、あれでみな和議に鞍替えしました」

前久には初耳だったのか、ホゥと軽く口を窄《すぼ》めた。


「父上がなされたのは、度々誓詞を書くように申し付けていることは『迷惑の由申し候』『たとえ各身上に不慮候とも子々孫々まで別儀あるべからず』と家老たちに一筆書き与えたのでござる」

「不慮のことがあってもということは、門主さまも安土どのに二心ありうることも危うんでおられたのであるな」

「それゆえこれはただ宛先を変えて書いたものにしか見えぬのでございます」

しかし顕如和議に続いて籠城派教如との和議についても信長が急いでいることを京都所司代村井貞勝からも知らされている前久は、和議受入れを強く勧める。

「安土どのが和議を急いでいるのは知っておろう」

「はい。いままで武田と同盟していた北条が、徳川と同盟したことで、武田を攻めるのはいましかない。そのためには背中の本願寺と和議しておかなければならないということでございましょう」

「和議を求めているのは織田。条件をつけるのは本願寺。だからといって安土どのが誓詞の書き直しをされることはなく、八月十日までと日限が切られていることは、それを過ぎればもう翻意を待ってはおらぬぞ」

そうなれば甲州攻めを急ぐ信長は激怒し、いままで以上に徹底した焦土殲滅作戦が仕掛けられることは想像に難くない。長島や越前の比ではないかもしれない。

教如が絞り出すように認める。

「おそらくは」

「なら、どうなされる。このままでは越前味真野《あじまの》衆の二の舞で、門徒が釜茹、車裂の憂き目にあおう。味真野では一揆千人余りが釜茹になったというではないか」

この越前味真野での釜茹刑は天正三年八月の織田軍の越前制圧に端を発する。この時敗れた越前一揆が加賀に逃亡すると、それを追い柴田勝家らが加賀南部まで攻め込んだ。これにより織田信長は当時能登、加賀北郡まで支配していた越後上杉謙信と直接敵対することとなった。そして翌天正四年五月には謙信の越前侵攻を期して越前在所の一揆残党が蜂起するのである。当時は前田利家・佐々成政・

不破光成の三人衆が天正九年頃まで置かれ、前田利家が残党仕置に釜茹刑を使った。『信長公記』の太田牛一にとっても釜茹も車裂でも、あまり筆の進まないことであったに相違ない。しかし思いもよらぬところからその惨い処刑の事実が明らかになるもので、車裂の刑は立入宗継が『隆佐記』に、

『津国にてせいはいやきうちはた物、京にての車さき（裂）、上下卅六人、以上六百人計御成敗候』

と書き残して、信長の車裂の極刑の事実は後世に伝わった。

さらに前田利家の釜茹刑も驚くべき方法で後世に伝わった。昭和七年越前国味真野にあった佐々成政の小丸城乾櫓跡《あと》の史跡発掘中に丸瓦が出土し、その一枚には箆《へら》で前田利家が一揆門徒を釜茹で処刑したと刻まれていたのだ。

『五月廿四日いき（一揆）おこり前田又左衛門尉殿いき千人ばかりいけとり（生捕）させられ候也　御せいはい（成敗）はりつけ　かま（釜）にいられあふ（ぶ）られ候哉　如此候　一ふて（筆）書とゞめ候』

この瓦自体は近郷池上《いけのかみ》の瓦職人が焼いたのだろうが、箆書きの手慣れた筆跡から知れるのはそれを書いたのは文字に慣れ親しんだ僧、あるいは職人に箆書きの無理を頼めるかしら分のものであったのだろう。同時に発見された丸瓦には納めた瓦職人の在所名が線刻されているが、それに比べこの文字

瓦の筆跡は深く刻まれており、それは凄惨な仕置きを後世に伝えんとする強い意志の表れだ。それは文字瓦の冒頭『此書物後世《かきものこうせい》に御らん（覧）じられ御物かた（語）り有るべく候』と書き始められていることからも明らかである。仕置後何者かが文字瓦を小丸城乾櫓に葺いたことなど和議談合の時の教如と前久は無論知らない。

「越前味真野の仕置、ご存じでございましたか。四年も前のことでござる」

「なに人から聞いただけで、味真野一揆生き残りのかしらの常善と申すものが安土でようやく捕まり、六条河原で仕置きされたとき村井貞勝さまからいろいろと」

何気ない話だったが教如は雷撃を受けたように身を強張らせた。

「いまなんと申されました」

「生き残りの一揆僧常善が六条河原で処刑された。村井さまからそのものの罪状をいろいろと聞いたと申した」

「その僧ならば知っております。そのものは元は叡山の修行僧で、信長の叡山焼き討ちを逃れた後は鉢伏城の一揆衆に加わり、わずかながら言葉も交わしました。……そうでございましたか」

「村井さまの話では安土どのの命を狙った咎で処刑され、絶命するまで安土どのや日向どのへの恨み辛みを叫んでいたというが、不憫と思わぬか。叡山、鉢伏城、味真野一揆と奇しくも三度命を拾ったのに、最後はこの世の怒り恨みの地獄の業火で我が身も滅んでしまった」

「極楽往生すればよいのでござるが」

織田の越前征圧後も一揆残党を糾合し戦い続けた常善に、忸怩とした後ろめたさを胸の底に隠して往生を祈った。

「極楽往生？　死んで極楽往生してなんとしよう」

唐突に前久は片頬を吊り上げ教如の言葉を皮肉った。

「余は輪廻も信ぜぬし仏に生まれ変わるという浄土も信じておらぬ。常善とやらは死の間際も怒り恨みに囚われ、瞋恚《しんに》の地獄のままで終わったがゆえに不憫と申した」

「阿弥陀様はそのようなものでもお救いになるのでございます」

教如の知る公家たちは顔に表情を顕わさないものが多いが、このようなときには前久は思いを隠しもせず口調も町衆と変わらない。

「畳一枚の蓮の台で鎮座するだけの仏になってなんとする。わしには経の中にしか書いてない極楽などにありがた味なんぞ思ったことはない。ほかならぬお聖人も、行ったこともない極楽なんぞ早く行きたいとは思わぬこの娑婆のほうがよほどよいと仰っておられるでないか」

「どこでそれを」

それは門外不出の歎異抄に書かれている話であるが、上手の手から水が漏れるように流布していたのだろう。

「それは忘れた。末期も怒り恨みに囚われていた常善とやらにはこの世は地獄でしかなかったのであろう。一度しかないこの娑婆が極楽でなければ生まれた甲斐がないでないか。そうであろうが。いま生きているこの世を極楽にするのも地獄にするのも人の心なのだ。瞋恚に囚われたものにとってはこの世は生き地獄なのだ」

前久は目の前に戻された条書きに気づくと唐突に手にし、訝しがる教如を前に平然と二つに破り捨てた。慌てて教如が片手で制止の態をとる。

「なにをなされます」

前久は先ほどと同じように片頬を歪ませたが、今度は苦笑いだった。

「なぁにこのようなものは織田の使者として遣わされた余が安土どのの言葉を書いただけのもので、正式な約定はまだ安土だ。十年も安土どのと戦を続けなお籠城を続ける教如に、このような約定で得心せよということが無理なことは来る前から承知だ。ならばこれでどうだ」

そう言うと前久が懐から折紙を教如の前に差し出した。教如は折紙と前久を交互に見比べ尋ねた。

「何でございます」

「まあ一読されよ」

手にするとそれは前久花押の据えられた流麗な墨蹟の覚書だった。

『
覚
一つ　当所居成之事
一つ　諸末寺還住之事　付寺領之事
一つ　在々所々可被立置事　付往還之事
已上
前久（花押）』

「これは？」

「余の名で書いた」

「先ほどの約定と大した違いはござらぬが」

にやりと口元を緩め前久が明かした。

「さよう。ただし安堵を請け負うものは異なる。余の覚悟はわかるであろう。書いてはないが帝の臣前久なのだ」

教如が再度折紙に目を落とすと、京の能筆家とも見間違うほどの前久の花押で、黒々とした墨蹟からは逃げも隠れもしないという覚悟が見取れる。

「文字にされた約定はとりたてて目新しいこともございませぬが、近衛様が約定なされるお心は重うございます」

「日切《ひぎれ》が過ぎたならば安土どのの腹は定まっておる。わしが死ぬか坊主が死ぬかの一つしかないとまで言い切っている。余が仲介し余の名で誓詞を進呈する以上は安土どのに決して表裏させぬ。猶父《ちち》を信じよ。常善が命を差し出して示した轍を踏んではならぬ。

瞋恚を捨てられよ」

かくして信長と教如の和議は成ったが、十年にもわたる戦の余燼は続く。

佐久間追放

天正八年八月顕如に続き教如も和議により紀州へ退去する。しかし籠城派が石山を離れるや本願寺から出火し、本願寺は灰燼に帰してしまった。この直後、信長は自筆の咎書を信盛に送りつけ、信長に三十年以上も仕えてきた佐久間親子を追放してしまう。本願寺攻め大将の佐久間信盛に積年にわたる怠慢があったというのだ。さらに日を置かずして、古くから天下布武を支えてきた林秀貞・安藤守《もり》就《なり》・丹羽氏勝らも追放し、織田家中に激震を起こした。

この吃驚すべき重臣追放は丹波在の明智光秀にも日をおかずしてもたらされ、光秀の前には信盛に送り付けられた十九ヶ条にわたる咎文の写しが拡げられている。その写しを挟んで家老の斎藤内蔵助利三《としみつ》がいた。利三が入手してきたのだ。

こまごまと十九ヶ条にもわたり信盛を指弾する信長の咎文を光秀は憮然とした面持ちで何度も読み返し、ようやく写しを置くと信長の呵責ない責めに消沈してしまった思いを押え込むように腕を組んだ。信長の底意がどうしても解せないのだ。光秀が組んだ腕を解くを待って利三が口を開く。

「本願寺を焼いてしまったことを後から責められ、挙句に追放とはずいぶんと無慈悲な仕打ちでございますすな」

「迂闊なことを言うでない」

思いとは裏腹に静かに諭した。

「それよりもどこでこれを手にいれたのだ、それに日付もないではないか」

「松井さまのおところでございます」

「本願寺明け渡しの際、佐久間どのとともに遣わされた松井有閑どのか」

「左様でござる。その松井さまが佐久間どのに引導をお渡しに行かれたのでございます。事の子細をあれこれ聞きまわっておりますとご使者であられた松井さまのもとで、書き写し苦しからずとその場で控えを写させていただきました」

十九ヶ条にもわたり書かれた咎文は長く、信長の怖さが透けて見える。

「他人《ひと》さまに宛てられた咎文を覗き見ることに躊躇しておりますと、松井さま家中が申すには、上さまからは信盛の轍を踏まぬよう、みなに触れるがいいとのお言葉であったということでございました」

「轍を踏むな、か」

「それゆえ何人もの使いが松井さまのところで書き写されていったとのことでございます。一罰百戒でございますな」

「ならば誅するのは佐久間どの一人でよいと思わぬか」

「佐久間どの一人でよい？」

「信盛どのの嫡男信栄どのも同様の憂き目を見ている。それに佐久間どのと同時に林秀貞、安藤守就、丹羽氏勝も追放された。東に武田・上杉、西に毛利を控え兵は一兵でも欲しい時だ。いままでなんのお咎めもないのになぜいまでないといけないのか」

安藤守就とは美濃三人衆の内の一人で、先頃まで稲葉一鉄の家臣であった斎藤利三にとってはよく知る武将で（そう言えば）と利三が付け加えた。

「信長さまがお若い頃駿河と戦っているときに、舅の斎藤道三どのから援軍として遣わされたのが安藤守就さまでございました。美濃三人衆とまで言われたお方が怯懦で働きがないとのいわれは通りませぬ、齢若《としわか》の時の恩義あるお方でございます」

「尾張衆には上様直臣という慢心もあったかもしれぬが、筆の勢いのついでに気難しい、無愛想、吝嗇、蓄財などと十九も咎められるのも辛いものだな」

無愛想と言ってからなぜか秀吉の顔が浮かぶ。

（なぜ上さまはお追従笑いの皮一枚下の顔がおわかりにならぬのか。無愛想は咎の理由となるのか。わしは愛想笑いはできぬが仕事は十分に果たしているではないか。

上さまはお若い頃から傾《かぶ》いたいでたちや所作を好み、人の意表を突くことを好まれていたと（太田）牛一から聞いたことがある。確かにお側にはかようなものも多くお召し抱えられてはいるが、傾奇者だけでは片田舎清須から都までのしてくることはできぬ。確かに上さまのご器量ゆえではあるが、愛想笑いはできなくとも身命を張ってきた家臣の賜物ではないか。それが佐久間どのや安藤どのではなかったのか）

その鬱屈した思いの光秀に気づかず利三が続ける。

「本願寺を焼いてしまったいきさつも定かでないのに佐久間さまの落ち度とするのは即断過ぎませぬか」

「だがな、十九にわたり細々とあるが、失火の責めはどこにも書いてないのだ」

（え？）と利三は再度写しを貪るように読み、ややあって顔をあげた。

「確かに。失火の責めを匂わせるようなことも書いてありませぬな。この五年間格別の働きがない、大敵《たいてき》本願寺相手に武力も調略も使わず、相手は長袖の坊主なれば信長さまの威光で退去すると考えていたのか。とあります」

「この五年間というと天正三年越前平定、四年には天王寺合戦で佐久間どのは第一陣で出陣して本願寺一揆を籠の鳥にしている」

「ではなぜ？」

「こんなことも咎めておられた」

光秀は折紙を取り上げ、言わんとする箇所を目でさがした。

「……一つ　先年朝倉攻めで難渋している刻　己の吹聴を言うのみならず剰え席を立ち面目を失わせた。さらに　一つ　三十年奉公するのに比類なき働きをしたということは一度もない、とな。蒙った屈辱や軍紀違反は忘れぬ。そして三十年仕えてきた譜代でも弊履《へいり》のごとく捨て去る」

「長々と十九ヶ条もあげつらっておられるが、佐久間どのを追放した本意はここにあると？」

いやそれも本意ではない、今回の追放はその一つの枝に過ぎない、もっと何か太い幹があると光秀は思う。

「恩義は感じぬ、恨みは忘れぬ、手柄はたてろ。……奉公は厳しいものだな」

目元に暗い影を刷きながら利三に命じる。

「東国西国攻めでこれからもっと多くの将が必要になるのに何人も放逐するはずがない。必ずや上さまの底意はほかにあるゆえ再度探っておけ」

「承知いたしました」

利三が御前を退くと光秀は琵琶湖対岸におわす主に向かって低く呟いた。

「次の天下人となられるご器量とお仕えしたが、このような仕儀は猜疑心しか生まぬことがおわかりにならぬのか」

戦果を挙げても、次はいつ何時信長の思いもよらぬ咎がわが身に降りかかるかもしれない。暗澹とした面持ちを隠しようもなかった。

鬼子

造悪無碍

深更鷺森御坊奥書院で一人筆を使っていた顕如の手が止まった。庭の隅にかすかな音があったのだ。物音も絶え清浄な夜気の中で揮毫していたのは『帰命盡十方《じんじゅっぽう》无碍《むげ》光《こう》如来』の十字名号だ。

十字名号とは、浄土真宗僧俗門徒にとり阿弥陀如来本尊を意味し、これを表装して仏壇に掛ける。この石山合戦では諸国の多くの寺院門徒に多大の犠牲を強いており、その慰謝のために下す十字名号の掛軸を多く作らねばならなかった。

十字名号を書く時にはいつも厳粛とした心持で向かうのだが、硯の海で墨を含ませ陸で鋭く研がれた穂先が紙にあたるとき、刀は持ったことはない顕如だが刀の切先にも似ているのではないかと思うのだった。筆の毛先が紙にあたる刹那、紙の抗う力を見極め穂先に気を込める。白い紙に黒い墨が切り込まれるその瞬刻無心となり五感だけが鋭く研ぎ澄まされ、その時は草の寝息も聞こえる。

城砦化していた石山本願寺と違い紀州鷺森御坊は、動座して日も浅く門主顕如に害をなそうとするものには、警護番衆の目を盗み押し入ることは不可能ではない。闖入者は最初番衆の耳目を避け、草をも踏まぬよう夜陰を伝って侵入してきたが、書院の僅かな明かりを見つけると静かに気配を現すとで書院の主に害意はないことを知らせた。程なく黒い影は廊下に登り端座すると遣戸の戸板に囁く。

「父上」

漆黒の闇から現れたのは教如だった。

八月籠城派教如は信長と和議すると紀州に下り、そこから鷺森の顕如の勘気を解こうとしたが目通りを拒絶されていた。

顕如と教如の仲違いは、この年の三月退去に異議を唱え籠城した時から始まっている。教如は石山在城のときから、顕如に『存分可申上《ぞんぶんもうしあげるべく》やうも不叶《かなわざる》御事にて候』と、籠城の本意を説明しようとするのだが門前払いをされていた。ここ鷺森でも何度も頼龍を遣わしさらには書状を届けるのだが面会の機会は与えられず、挙句教如は衆目を避け深夜父のもとにやって来たのだ。

密かに訪ってきたものが教如であると知ったが、顕如は微塵も反応しない。教如は父が聞き逃したのかとさらに小さく名乗った。

「光寿でございます」

教如は、父の無音の拒絶はもとより見越していたが、外で父の怒りが解けるまで待つわけにはいかない。
「ごめん」
小さく声を発し部屋に滑り込むと、教如はその場で畏まった。顕如はといえば文机の前から膝をま
わすことなく背を向けたままだった。父の背に向かって平伏する。
「織田との和議により紀州に下ってまいりました。いままでの不孝をご寛恕くだされますよう」
畳に額を押し付けたまま父の赦免を待ったが、赦免の言葉どころか深夜不審者のごとく訪れた無礼
を咎める声も一切ない。しかし父の黙殺を嘆じてはいられぬ。
「御立腹は重々存知しております。しかしすべては本願寺を恙なく紀州へお送りするための方策でご
ざいました」
教如の詫びにも黙したままの顕如は巨大で堅固な石垣のようで、言葉は空しく跳ね返される。目通
りするまでは許しを得るべきことをあれこれ考えていたが、父の無言にせめてこの一つだけでもと腹
を決めた。
「本山護持とはいえ数々の行状は許さぬ、紀州に侍ることも許さぬと仰せられても構いませぬ、お願
いの儀はただ一つでございます。お聞き届けいただけるなら……わたくしの破門も厭いませぬ」
強く歯噛みし父の背を見据えた。
「このたびの籠城に関わったものどものご勘気だけはお解きくだされ」
法嗣の破門という思わぬ申し出に顕如の柳眉が僅かに動き、ややあって顕如が膝をまわした。
「按察使《あぜち》了明だけは赦さぬ。彼奴はいたつらもの（奸臣）だ」

按察使了明とは下間按察使頼龍のことで、按察使とは通名で了明が法名である。頼龍は下間一族の下間頼廉・下間仲之とともに石山合戦を指揮し、天正八年閏三月の織田との和議受け入れのときにもこの三家老が和議覚書に署名し、石山合戦を終わらせている。しかしそのあとすぐに翻意し教如の大坂籠城に与したため顕如から勘気を受けていた。

「按察使に咎はございませぬ。本山籠城の総大将は教如でございます。総大将一人がご処分を受ければ、残った兵は許されるではありませぬか。家老が自裁するのなら大将がご沙汰を受けぬ道理はございませぬ」

頑なな父に籠城の真相を打ち明けるときが来た。

教如の底意は赦免を願う書状にも書くことはならず、余人を交えず対面してしか口にできないのだ。それが深夜一人で父のもとへ参じた理由の一つだった。

「按察使にも口外してはおりませぬが、籠城は本山を紀州に逃れさせるためのそれがしの術策で、余のものはわたくしに従っての籠城でございます。彼のものたちに咎はございませぬ。術策を弄したわたくしが責めを負いまする。何卒按察使たちをお許しくだされ」

顕如の強く横に引いた唇が開かれるには数刻が必要だった。

「籠城の本意は斯様なところであろうと夙に思ってはいた」

教如の口から籠城の本心が明らかになったことで顕如の一刻な風が和らいだが、仲違いの距離は少しも縮まっていない。

「雑賀への援軍派兵の書状を紀したときなど、御上をあげつらい私をことさら怒らせようとしていたではないか。御叡慮により和議がなった以上殿軍を残す口実に内輪騒ぎを装った。そうであろう」

やはり父は気づいていたのだと、熱くなった目頭を気取られないよう教如は額を床に擦った。

「それゆえ紀州宛の書状では内輪揉めとした。家老たちは、はっきりと門主さまへの謀叛と書けと申したがな」

「かたじけのうございます」

しかしまだ立腹の種があるかのように、顕如の渋面は寸分も軟化していない。

「が、斯様な内輪騒ぎで思わぬものが出てきた」

「思わぬもの？」

「ほかでもない。按察使が門主相続を企てていたことが露見した。私の隠居を企てていたのだ。おまえは知らなかったのか」

教如は四月に甲州の坊主衆宛に、籠城への粉骨砕身を懇請する書状を発したが、門主相続など触れたこともない。この書状には家老頼龍が副状を添えているのだが委曲までは承知していなかった。頼龍が先走って逸脱したのだ。頼龍の副状が残されている。『新門跡さま御意には、～　叡慮へも達って御理に及ばれ、其上御一宗の御相続ありたき御憶念に候』とある。新門跡にあっては各方面に依頼しまた天皇にも無理をお聞き入れ願って、本山を相続したいとお思いになられていると書いたのだ。これが顕如の逆鱗に触れた。

門主相続の企てを知っていたのかと問われ（はい）と答えれば謀叛とされ、（いえ）と答えても教如の力量が問われ相続の資格なしとされる。教如は返答に窮した。

「……」

この時代自裁は武門に限ったことではない。返答によっては挙句には自死を命ぜられるかもしれぬ。しかし顕如は相続の企ての糾問をさらりと終らせた。返答の如何によっては本願寺の命脈が抜き差しならない仕儀になることを、顕如は慮ったのだろう。

そして新たな吟味を口にした。

「ところで、石山の本山が焼け落ちたことは知っておるな」

「は？」

「おまえの手のものの仕業ではないのか」

「いえ。引き渡しを受けたものたちの粗相火《そそうび》でございましょう」

「佐久間盛信どのが引き渡しを受けたのち本願寺が焼け落ち、すぐあと佐久間どのが追放された。これだけだと織田の失火かもしれぬ。しかし引き渡されるや火を灯してまで寺を検分する必要はない。あったとしても僅かで済む」

教如には話のすすむ先がみえ始めていた。

「引き換え、寺のものなら線香・燈油を扱いなれており、逃れた後自焼きすることもできる」

籠城派の仕業と疑っているのだ。

「鷺森ではそのようにみるものが少なからずいるのだ」

「わたくしが火を放って何の利がありましょう。織田との和議でも寺内安堵の約定に拘ったわたしが、門徒や町衆の家を焼くようなまねはいたしませぬ」

「よもやと思い尋ねているのだ。おまえが申すように石山を焼いても何の得もない。むしろ町衆の反目を招くだけだ。だがな、利がないのは織田も同じなのだ。そのままならば運びきれなかった米・味噌・塩も使える、また織田の城として使える、瓦木材を解体利用することもできる」

「織田の落度としか思えませぬ」

「信長は佐久間追放にあたり咎文を書いたが、失火を責める条はないのだ。織田一の大身を追放するのだ、佐久間どのに落度があったならそれも咎文に書けば、追放も無理ないことと家臣どもの動揺は少なくなる」

　父の推論は理に適っている。

「しかしたとえ籠城衆の落度であっても、あの合戦の最中致し方ないこととお赦しなされるべきではございませぬか。浄土真宗本義は（恕《じょ》）でございます」

「恕とな。むろん阿弥陀如来様がすべての悪業、あらゆる悪人をお赦しになるのは恕だ。

　しかし本山を預かる門主としては勘気を解くわけにはいかぬ。赦す、許すとばかりしていたら諸国幾百万の末寺門徒の上に立つ本山はたわいもなく瓦解する。造悪無碍が息を吹き返してしまう。造悪無碍は親鸞聖人さま砌《みぎり》からの内に孕む鬼子なのだ。阿弥陀様は恕《ゆる》しても、誰かが誅さなければ示しがつかぬ。そう思わぬか」

　思わず父の側へ一つ膝行した。

「しかし、身共は決して自焼きを命じてはおりませぬ」

「たぶん光寿はそうであろう。光寿が籠城の時に『聖人数代の御座所が彼の者共の馬の蹄に穢されることがあまりにくちお（口惜）しい』と、石山の地に格別の思いを持っていることは知っている。それは私も同じだ。しかし巷では自焼きしたと流言され、末寺門徒も籠城衆がとみるものが少なくない。石山本山の金色《こんじき》の阿弥陀堂に極楽浄土を見る門徒衆を納得させるには、していないという証を見せることが必要だ。さもなくば赦免するわけにはいかぬ」

これ以上話すことはないと顕如は文机に向き直った。

出紀州

取り付く島もなく鷺森御坊を出た教如は、赦しを与えなかった顕如の怒りや、大教団を統べる理に思いを巡らせつつ、薄闇のなか供の舟が待つ紀の川へと鷺森を西へ向かった。舟で和歌の浦へ戻るのだった。夜が明けるまでにあと四半刻もない、寒々とした心持は夜明け前の薄闇と寒さゆえだけではない。

作為の証を立てることはできるが、不作為の身の証はできない。顕如には僧としてのみならず、門主としてこの大教団を統べていく俗世の責務があるのだ。教団が巨大化していくにつれ、念仏集団といえども多くの俗事に関わらねばならない。しかし俗事に関わればかかわるほど念仏の紐帯は薄れ、家老や取次が門主迎合を専らとし、俗世の権力と財力は仏法護持の意味を誤らせているのでないか。

雑多思いが尽きぬ教如に突然川風が血のにおいを運んできた。と同時に教如は自分が刺客の間合いに入り込んでしまい、敵はすでに凄まじい殺気を漲らせていることを瞬時に覚った。舟で待つ供のものたちの気配は絶えている。

（しまった）

待ち伏せを見抜かれた刺客が叢の陰の闇から現れた。

「だれだ？」

構えながら低く誰何する声で刺客の間合いは一瞬止まったが、手の槍は教如の心の臓を外すことなくピタリと据え、今頃気づいたかと教如を嘲笑った。

「ぬかったな。考え事をしていたのか腑抜けだったぞ」

「何者だ」

「邪魔立て、するな」

教如の記憶を呼び起こすようにゆっくりと続ける。

「この首は、わしのものだ」

（なに？）

（ケェー）怪鳥のような奇声を発し、教如が思いあたったその時を狙いすまして裂帛の刺突が繰り出された。辛くも第一撃は教如の袖を貫いただけだったが多くの敵を刺突してきた戦場の手練れの槍だった。

「おまえは！」

「坊主のくせに手練れだな」

必殺の突きを外された刺客は、次は穂先を教如の身体の一点に留めることなく、的を探して小刻みに動かした。教如は防御の型を決められず、極めて不利な態勢だ。

「越前府中の首稼ぎか」

にたりと歯を剥き出しながら薄笑いする。

「あの時はただの一揆坊主と思っていたが、よもや本願寺門主さまの倅とはな。長いこと一人になるのを待っていた甲斐もあるというものだ」

睨み合いながら次の突きの間合いを外すため足を引きながら挑発した。

「確か、本庄、貞吉《さだよし》、主は越前堀江」

「さすが切れ者だな。その倅を殺された門主さまの嘆く顔が楽しみだわ」

引いた分だけ本庄も足をすすめるが、穂先はぶれることなく迫ってくる。紀の川の滔々とした流れの音がもうそこに聞こえる。

「もう後はないぞ。百姓の金にたかる乞食坊主がぁ」

乞食坊主と嘲る言葉に本庄の荒んだ意趣が見えた。

「さだよしと大層な名を名乗っているが、もとは越前の百姓で、名はさだか、さだきちだな」

刺客の怒りを誘ったが、出自を言い当てられても穂先はぶれず、獣の牙のように光っている。

「怒らせようとしても無駄だ。昔の名は女房子供を殺られてからは捨てた。いまはただただ坊主への恨みだけだ」

「女房子供が殺られた？」

「くそぉ」

本庄に一瞬要らぬことを喋ったという後悔と女房子供を殺された男の業火が見えた。

「そうだ、織田についた富田や朝倉を一揆が滅ぼした後、本願寺の坊主どもが年貢を貪り、これでは違うと莚旗を上げると女子供まで皆殺しだ。わしはあの鑓講の生き残りよ」

「まて、本山はかようなことはしておらぬ」

本庄は無知を嘲笑った。

「下々のことは何も知らぬのだな。じきに陽も上がる」

要らぬ話はこれまでだと本庄は槍を引きしごきながら穂先を教如の胸板に定めるや、次は外さぬと必殺の気合を発した。

「死ねぇ！」

全身に憤怒を漲らせ刺突する手槍が、蝮の鎌首のように跳んできたかのように見えた。と、その時銃声が響き本庄の側の木葉がピシッと飛ばされた。共に身を引いた二人が目だけを音の方向にやると、川岸につけた舟に鉄炮衆が片膝立てで次の照準を探している。

「くそ！」

手練れに未練はない、本庄は槍を引くと林に残る薄闇の中へ逃げ去った。

家老下間頼龍が（鑓講は確かに誅罰されたそうでございます）と教如に説明した。

「事の始まりは朝倉義景が滅んで、本願寺、織田が越前を奪い合った頃で、本山から遣わされた下間頼照さまが織田侵攻の備えとして木目峠、鉢伏、杉津に砦普請を命ぜられましたが、門徒には荷が大きかったのか、挙句には謀叛が起きたということでございます。そのとき誅されたのが十七講・天下《てが》衆・鑓講衆などで」

本願寺奥には届いていない講の名といきさつだ。

「知るものが織田の皆殺しにあったため詳らかではありませぬが、彼奴が申すように鑓講成敗のとき女子供も殺されたのかもしれませぬ」

「違いない、殺されたな」

越前の一揆同士の凄まじい内訌を知る十兵衛は険しい顔で言い切った。

「俄かには信じられませぬな」

そう言う頼龍とは異なり、あの憤怒の槍を向けられた教如は違う。

「鑓講の生き残りが紀伊にまでやって来て本願寺に仇をなそうとするのは、よほど強い恨みだな」

「恨みだけではあるまい。誰かが彼奴の顎足《あごあし》の面倒を見ているに違いない」

「顎足でござるか」

十兵衛の聞きなれない言葉に頼龍が訊ねた。

「我々を紀伊まで追ってくるには、飯も食わねばならぬし路銀も必要だろう。誰かがやつの怨恨を利用し金を与えて送り込んでいるはずだ」

「誰でございます」

「織田だろうな」

「恐らくは」

十兵衛が肯いた。

「鷺森か雑賀ではありませぬか」

鷺森御坊の籠城派への仕打ちを知る頼龍は身内を疑った。

「私が紀伊入りしたため、ともに困惑していることは違いない。信長に口実を与えてしまう疫病神が来たとな。しかし鷺森御坊や雑賀の城に入れなければ何とか口実はつく」

合点した頼龍が音を立てて膝を打つ。

「成程、そして目立たない浦にでも追いやれば言い繕うこともできますな」

「だからわたしを亡きものにしようとする理由は弱い。ひきかえ刺客は元越前鑓講の生き残りで織田に寝返った堀江の兵だ、刺客に仕立てるのには織田が一番近い」

「ならば石山を焼いたのも奴の仕業、いや織田の仕業では」

教如はかぶりを強く振った。

「織田に焼く理由がないのだ」

「ならば彼奴が一人で？」

「奴にも理由はない。本願寺と織田との戦に紛れ、本山失火のように時折説明のつかないことが起きる。だれかが次の次をもくろんで細工しているのかもしれぬ」

その教如の言葉に十兵衛が続けた。

「按察使どの、六月に信長が佐久間・松井に本願寺攻めを命じたとき（籠城はもう続けさせぬ、信長が死ぬか坊主が死ぬかどちらかだ）とまで言ったという。その意向を忖度し、一揆の芽を摘むためいまは無腰の教如さまに軍勢は要らぬ、刺客で十分と誰かが送り込んだとも考えられぬか」

「念仏三昧の徒には、なんともはや」

寺の外で跋扈する魑魅魍魎の凄まじさに頼龍は大きく嘆息した。

教如たちは父の頑なな拒絶と迫りくる危難に追われるように紀州を出た。

邂逅

越前と美濃を隔てる険しい山塊の雪深い谷を男が越前大野から国境に向かって登っている。マタギ姿で雪輪《かんじき》を履いているが、この冬の厳しい寒さで踏みつける雪は粉のように足元から抜けていく。遠目には白い海原を泳いでいるようにも見える。熱い息を吐きながら休みもせず、男は憑かれたように粉雪を踏み続け、身体が火照るのか時折雪を掬って頬張る。おそらく蓑の下の着物は少なくはない汗で濡れているかもしれない。

マタギが守らなければならない雪中での歩き方を忘れたかのように登っているこの男は、冬山で体を濡らす怖さをよく知っているはずの甚助だった。長く険しい勾配を登りつめ、甚助は息を整えるために立ち止まり初めて振り返った。既に大野庄は屹立する山塊に隠れてしまっていたが、先を急ぐ甚助は、出立して幾許も進んでいないような焦燥感と里での事件に深い溜息をついた。

「よもや大野とは」

甚助は溜息の返しで大きく息を吸うと、教如一行が籠もっている穴馬《あなま》半原《はんばら》村へ向け再び雪の中を進み始めた。

教如一行は紀州で顕如との合流を拒絶され、刺客に追われるように甲斐をめざした。甲斐を目指したのは母如春の差配であった。如春は武田信玄の室となっている次姉に、嫡男教如の庇護を依頼する書状を密かに送ってくれており、その縁を頼みとしたのだ。それが天正八年（１５８０）秋である。

しかしこの時は、織田に敵対するものには時機が悪かった。武田の人質となっていた信長の五男信房が甲斐から織田のもとに返され、武田勝頼が信長との和睦を模索していた頃なのである。このような折に教如一行の甲斐入りは、大きに迷惑顔され先触れの書状も黙殺された。かえって信長への手土産ともなりかねない。それゆえ教如一行は甲斐近くで突然甲斐入りを断念し、かつて十兵衛が行脚したつてを頼っていまは越前国境穴馬に潜居しているのだ。

教如の部屋に十兵衛と頼龍が参集した。大野から戻ってきた甚助が（三位さまを見つけました）と告げると、一座から驚喜の声が上がり頼龍が尋ねた。

「よもや越前国とは考えもしなかったが、仔細を話せ」

「按察使さまのいいつけで、教如さまの絵像裏書にお使いになる油煙を購いに大野へ参りました」

教如と十兵衛にまず大野に下ったわけを口にした。

絵像というのは阿弥陀仏や親鸞聖人、蓮如上人などの姿を掛軸にし寺の内陣や仏壇の宮殿《ぐうでん》にかけるもので、この絵像の裏には像の名称・下付門主法名花押・年月日・願主が裏書きされる。裏書はその絵像由緒の確実な証明となり、これにより下付門主と願主寺院との系列が証され紐帯が確固たるものとなる。この逃避行の間でも教如は二十数本の絵像に染筆している。それらの願主の殆どは信長の支配する尾張・美濃、家康の三河から遥々越前に来ている。織田・徳川の本拠地でも浄土真宗はひそかに信心されているのだ。

油煙とは油煙墨のことで菜種油を原料とする。これに対し松の細片を燻して作るのが松煙墨という。油煙墨のほうが煤の粒子が細かく上等品とされ、阿弥陀仏の掛軸裏書に使われる墨は当然それに相応しいものが使われる。

「お店《たな》で按察使さま言いつけの品を吟味し、何気なく目を上げると奥から三位さまと小女が出てまいりました」

先を知りたい頼龍が性急に尋ねた。

「それで声をかけたのだな」

「まずはわが目を疑い、驚きのあまり声も出ず、次に思ったことは、訳あって」

甚助は目で微かに教如の許しを請う。頼龍は失跡の理由までは知らされていない。

「訳あって身を隠された本願寺の御内室さま、こちらも織田金森さまのご支配地で迂闊に素性を明かせない立場ゆえその場はそのままそ知らぬ顔でやりすごし、後を追いました。すると町から離れた富《とび》島《しま》庄というそうでございますが、――場所はここから大野に谷を下りつづけ、ちょうど長い谷を抜けたあたりでございます――　そこの寺に入っていかれました。聞くと寺は南専寺といい、この寺の住職賢宗は越中から入ったようで、三位さまはその娘ということでございます」

「越中から入った住職の娘？　なら他人の空似であろう。暗がりで見誤ったのではないか」

頼龍の指摘に一瞬甚助は遠くを見る目となったがすぐに強く首を横に振った。

「いえ、某も越中は腑に落ちないところですが、越前から長島に逃れるあいだ、そしてそれ以来お仕えしており、離れたところからとはいえお顔お姿を見誤ることはございませぬ。そうでございましょう。十兵衛さま」

最後は賛意を求めるように十兵衛に話を向けたが、十兵衛は一人険しい顔で中空を睨んでいるだけだった。それを見て甚助は先程来十兵衛が一言も言葉を発していなかったことに気づいた。常に甚助の言葉にも的確に返す十兵衛には珍しいことで三位発見がよほどの吃驚すべきことであったに違いない。

「遠くを見分ける目は誰にも負けはしませぬ。それは十兵衛さまもご存じのとおりでございます」

再度促されようやく十兵衛が目を甚助に戻した。

「……わしは甚助の目を信ずる。三位さまもなかなかのお方だ。越前の国境の寺に身を隠しているとは誰も思わぬわな。しかし、事は簡単ではないぞ」

「たやすいことでございます。密かにお迎えにあがりお連れすればよろしいではございませぬか」

十兵衛がその理由を言った。

「本山には義絶され剰え刺客に追われ、諸国を秘回する身には妻や子は足手まといにしかならぬ」

「その昔親鸞さまは恵信尼さまを伴って越後から東国へ向かわれました。苦も楽もともにする、在家妻帯とはそういうことではありませぬか」

「その通りだ。しかし祖師さまのときは赦されて東国に向かい、教如さまの場合は織田の刺客まで追ってきている。万がいち三位さまやお子まで害されたならばいかがする。本庄は妻や子を殺されたというではないか。同じことを企てないとは限らぬ」

妻や子への危害の引き合いに、この一行が追われる身であることを思い出し甚助は黙した。甚助も朝倉姫の逃亡手引きをしたとき、越前に残してきた己の女房子供の消息も絶えてしまったのだ。

しかし本願寺で俗事を仕切っていた頼龍の考えは違い、教如に膝を回す。

「拙僧は何としてでもお戻りいただきたいと愚考いたします。お子を連れての出奔で、本願寺の血脈を継ぐお子がおりませぬ。三位さまさえお戻りになられれば次は男子《おのこ》にも恵まれましょう」

頼龍は本山法燈の相続まで考えている。それももっとも十兵衛は短く笑った。

「按察使どのは何としてでも血を繋がねばならぬという家老の立場で、難儀を承知でお迎えすることを勧めている。ならば、ここは教如さまのご存念をお聞きするのが第一であろう」

同座の皆が顔を教如に向けると、教如は寸刻の瞑目ののち口を開いた。

「皆のすべてが正しい。会いたいが危難には遭わせられない、法脈を継ぐ嗣子も必要だ。しかし素《す》の光寿としては是非もなく会いたいし、時がたてば嗣子も生まれるかもしれぬ。皆には労苦をかけることとなるが大野に下ろうと思う」

乞うように教如が両手を膝に据え頭を下げた。

十兵衛は手で強く膝を鳴らすと（よし）とこの場を纏めた。

「教如さまがそう思われるのならば我々に否応はないし、いつまでも穴馬に世話になっているわけにもいかぬ。一度大野に下ろう。そしてご内室さまやお子のことは、諸方の情勢を見極めながら考えればよい」

そう言うと決を採るべく皆を見渡し念を押した。

「このことを承知しているのは、ここの四人だけだ。ご内室さまとお子に危害が及ばぬようにするには、同行の供のものと雖も決して口外してはならぬ。南専寺という末寺は偶々《たまたま》身を隠すために入ったということにいたそう。そういうことならば教如さまにはお気の毒だが、いま雪を掻き分けてまで大野に下る理由はなく、雪が解けるまでお待ち願う。教如さまご来臨の先触れは雪が緩み始めた頃按察使どのに行っていただこう。このような策でよろしいな?」

十兵衛の献策に皆が頷いた。


かくして翌天正九年早春教如たち一行は穴馬半原村を下り大野富島南専寺に向かった。頼龍の手配により随行は目立たないように数ヶ寺に分かれて身を隠し、教如はそのまま南専寺の奥に案内された。旅装を解きややあってから南専寺住持賢宗が教如にあてがわれた部屋を訪った。まず教如が礼を言う。

「世話になります」

控えている下間頼龍が次いで賢宗に声をかけた。

「またご内室さまが当寺で庇護をお受けになっていた由、重ねてお礼申し上げる」

威儀を保ちわずかに頭を垂れ謝意を述べる。

「我々もこの度ほど阿弥陀様のお導きを感じたことはござらぬ。石山籠城の折騒擾を避けるためとはいえ、よもや越前にお隠れになっていたとは。加えて織田支配の大野の地で賢宗どのの娘御として体裁を繕われていただいたとのこと、お心遣いありがたき次第でござる」

「よもや新門様のご内室さまとは露も知らず万端不行き届きお許しくだされ。そうとわかっておればお知らせする手筈もござったでしょうが」

額を畳に押しつけたままの賢宗に教如が声をかけた。

「まずはお手をお上げくだされ」

恐れながらと面を上げる賢宗に穏やかな笑みを浮かべて尋ねた。

「して室は？」

「今日、半原から下りてこられるとは露にも思わず……」

「穴馬のものたちが申すには、今年は雪解けが早いとのことであった。成るほど里はすっかり芽吹いておりますな」

一行の予想外の下山のためであろうか、春の息吹にも拘わらず賢宗の表情には陰が浮かんでいる。

「ご内室さまは拠所《よんどころ》ない所用で寺を空けておりますが、いま呼びにやらせておりますゆえ程なく」

先程来憂色を浮かべている賢宗に教如が尋ねた。

「いかがなされた。迷惑だったか」

「いえ、滅相もない。鄙の末寺には過ぎたご光来で。百《もも》さまが戻れば　――当寺では百とお呼びさせていただいております――　お会いすればわかりますが……実は以前のことを一切覚えておりませぬ」

「覚えていない」

「言葉の端々から朝倉さま所縁のお方とは知れましたが、当寺に辿り着くまでのことは何も覚えておらぬのでございます」

頼龍が納得顔で大きく二度三度頷いた。

「それで得心いたしました。先触れで来たとき、わたくしを見ても黙然とされておられ（はて？）と思いましたが、かような事情がございましたか」

教如にはまだ尋ねたいことがある。この寺には赤子が醸す乳臭い空気が感じられないのだ。

「赤子は？　子が一緒ではありませなんだか。それに供のものがいるはずですが」

「いえ、お独りでございました……娑婆では傷心のあまり一切の覚えをなくしてしまうこともよくあるものでござる。あるいは逃れるときに」

ここへの道中どのようなことが三位の身に起きたのであろうか。

やがて教如の許に上がってきた百は、既に自分が本願寺新門教如の内室であったことを聞かされていた様子であったが、その顔には夫との再会の喜びの色は薄かった。しかしそれ以外は、三位に相違なく鷺森へ送り出したときと寸分の違いもなかった。子をなくした悲嘆を思い出させず鄙で過ごすことと、記憶を取り戻すことの良否はわからぬが、教如はここで当分の間妻を見守ろうと自身に言い聞かせた。


この天正九年の一年間教如は越前の大野南専寺に滞在していたが、無聊を託っている暇はなかった。教如の大野潜居は程なく広く末寺門徒の知るところとなり、各地から相次いで教如を慕う末寺門徒が絵像裏書の染筆依頼にこの地を訪れ、教如は多くの軸に裏書をしている。また、大野郡六呂師《ろくろし》の高地を遊行し、ここにある道場を訪れた際『敷地の高嶝たる有様を御一覧在《あっ》て、雲乗寺と寺号』を与えている。

しかしこのような教如の染筆や寺号授与は鷺森本山の怒りを招いた。本山へ入るべき懇志金や染筆礼金が教如派に流れているのだ。このため鷺森本山は末寺門徒のみならず絵所までにも忠誠の誓詞を求め、教如派のための軸製作を禁じた。

一方大坂から本願寺を駆逐した信長は、新たな覇権に向け畿内の足固めに着手する。

離心

身﨑肩

信長は本願寺教如を下し重臣佐久間信盛らを追放すると、すぐさま畿内と近国の体制固めを図る。手始めは大和国の一国破城と差出《さしだし》検地で、天正八年（1580）九月検地奉行として明智光秀・滝川一益が送り込まれた。大和国は先に大和守護の原田直政が治めていたが、天正四年天王寺合戦で直政が戦死すると、筒井順慶が大和を支配していた。

一国破城とは本城以外の城を破壊するもので城割《しろわり》ともいわれる。差出検地とは、実際に田畑の測量を行う丈量検地に対するもので、検地を受ける側から差し出された帳簿のみで検地するものである。

真正な石高を秘匿しょうとするものたちには迷惑でしかなく、検地を受ける興福寺は前代未聞のことと『多聞院日記』に記した。また国人衆の抵抗もあり順慶は光秀や一益とともに戒重《かいしげ》・岡・大仏供《だいぶく》ら諸氏を処刑した。そして十二月、明智光秀の与力となった順慶は、礼問に光秀の坂本城を訪れる。

雪を被る比叡山麓の坂本城では城主光秀と重臣斉藤利三が、酒で順慶を歓待する。光秀このとき五十四歳、訪った順慶は三十二歳、光秀自らが親子ほどの年が離れた与力順慶をことさら歓待したのは、琵琶湖からの朔風で冬ざれた西近江街道を下ってきた順慶の労を多とすることだけではなかったようだ。旬日を経ずして迎える新年には、信長から今回諸大名の安土への新年挨拶伺候が免ぜられたのだ。気欝な上さまの顔を見ずに済む。自ずと酒が進み口も緩む。

「寒風厳しきなかの道中難儀でござった。同じ風でもここの風は奈良の比ではござらんであろう」

光秀のねぎらいの言葉に続き利三が順慶の盃に酒を注ぐ。

「ここの風は琵琶湖でよくよく冷やされておりますゆえ、お寒いことでございましたでしょう」

「いや、安土年賀が免ぜられれば、寄親日向守さまのおわす坂本へ登るは論なきこと。何の風ごときで。ましてや大和の検地では日向守さまのご采配があればのこと、今後は親とも思い定め御奉公の覚悟でござる」

盃を乾すと坊主頭の順慶が光秀に深々と頭を垂れる。頭巾は城に着いた時から脱いでおり、やや下膨れの順慶だが引き結ばれた小さな朱唇からは油断のない癖が窺われる。

「なにを申される。身共こそが名家の筒井どのを与力に迎えることができたのは身に余る誉れ、細川藤孝どのと共に上さまにお仕えしましょうぞ」

「細川さまと共にとは過分なお言葉、奈良の線香大名は燃え尽きるばかりでございます」

光秀の持ち上げに順慶も大仰にへりくだると、酒とともに利三が話題を献じた。

「仄聞するところでは、由緒あられる筒井さまの家筋は古く、歴代摂関家と繋がる興福寺と深く関わっておられると耳にしておりますぞ」

過分な追従に、順慶はここの今成の上役は自分たちにはない由緒家系を聞きたがっているのだと口許に己惚れの笑みを浮かべた。

「いやいや大したことではござらん。興福寺開基より遥かに下ります」

持ち上げげに軽くなった手を振り謙遜してみせた。

「筒井始祖が官符門徒として興福寺文書に残るのは至徳年間でござる。大将軍足利義満様の御代のことで八代前でござる」

「官符門徒？　でございますか」

「早い話が朝廷直々公認の南都門徒でござる」

ひけらかしで些か胸を張る順慶に対し、利三が徳利を持ち上げさらに追従する。

「身共こそ日向守さまにお仕えして日も浅い美濃の田舎侍、早くお役に立たねばと思いながらも、高貴な方々の格式は一向に不案内でございますれば宜しくご教導くだされ」

両手で捧げる徳利の酒を勧めると、順慶が鷹揚に片手で受ける。

「斉藤どのの手勢で戒重・大仏供らの成敗も叶い、恙なく検地を終えることができたご労苦は忘れておりませぬぞ」

光秀は柔らかい言葉と温かい酒をすすめながら、順慶の人物を見極めようとしている。検地奉行として大和に赴いたときにはない眼で新しい与力の器量を測っている。

順慶は盃を膳に置くと、大仰に両膝頭に拳をあてた。

「微力ながらもお力になりましょうぞ」

その言葉に光秀が満足げに頷く。

「かたじけない。礼を申す」

笑みを浮かべながら目力を緩めた光秀が続けた。

「しかし、筒井どのが明智与力となられた始まりは、佐久間さまが上さまからお咎めを受け追放されたがためでござるが、佐久間さまには申し訳ないが明智にとっては大和一国筒井どのという得難いお人を迎えることができ申した」

僅か数か月前に行われた織田第一の重臣佐久間盛信の追放が蘇ったのか、順慶は僅かに顔を曇らせた。


信長の命令で自死することも叶わず従者も認められず、零落した姿で父子が高野山に追われた。さらなる仕打ちとして、信長はほかならぬ佐久間与力の筒井順慶に大坂から落ちる佐久間父子を厳しく張番させ、『路次等能々《よくよく》改めて、一人も通すべからず』と追放道中懇情をかけようとするものを通してはならぬと厳命したのだ。


醒めた顔の順慶に光秀が軽く頭を下げる。

「不用意なことを申した。許されい」

「いやいやなんの。大坂での戦功なしとはいえ織田一の大身を追放するとは、上さまも思い切ったことをなされましたな。まさしく」

利三がなおも話を繋げる。

「狡兎死して走狗煮られるですな」

「狡兎はわからぬではないが、拙者に言わせると佐久間さまは走狗ではなくただ囲んでいただけの番犬でござろう」

失脚した上役にはもう遠慮はないように番犬と切り捨てた。光秀はこれがいまの風潮なのかあるいは順慶という人物なのかと軽く力落ちしたが、いずれにせよ浮薄な一面もあるようだ。

「やはり織田一の獅子奮迅というか登龍の勢いというのは、明智さま筆頭に、羽柴・滝川さまでございましょうな」

光秀が順慶の阿諛《あゆ》に苦笑しながらも話を佐久間追放に引き戻す。

「戯言はさておき、相も変わらず上さまのご采配は我々凡庸には難解。あの後林秀貞どの、安藤守就どのらも追放され、それは尾張のときに敵対したということであったが、不首尾と敵対、上さまのお考えは何でござろうな」

「某は日向守さまのように、上さまのお考えなど煎じ詰めて考えたこともござらん。疲れるだけでござる。あっはは」

触れたくないかのように軽くいなされた。

「しかし、上さまのお考えを知らずしてはご奉公できませぬぞ。いつも事細かにお指図はなされませぬしな。佐久間さまのようにお指図待ちでは、それこそ佐久間さまの二の舞でござろう」

「お仰せのとおりでござるな」

そして俄かに思いあたったかのように一つ二つ頷いた。

「このようなことを申されておりましたな」

「佐久間さまが、でござるか」

「いや、佐久間さまとは口をきくことも許されておりませなんだ。上さまのご検使役でござる」

「どなたがご使者で」

「上さまが、（これで勘九郎も一国一城の主だな）とお漏らしになられ、（は？）とお聞きすると（捨て置け）と笑っておられたということでござる」

誰かは明かさず打ち明ける。

「勘九郎信忠さまを美濃国主になされるだけなら、何も一の佐久間さまを放逐される必要はございませぬしな。やはり某にはとんと、でござる」

再度（あはは）と笑いながら己の坊主頭を平手で二度三度撫で回した。

「冷えたようでござる。関所《かんしよ》拝借」

その場を逃れ、ほどなく潮時を見計らって順慶は坂本を退出した。


「煮ても焼いても食えぬ御仁ですな」

接待の間から書院に戻る光秀に付き従ってきた斉藤利三が、書院に落ち着くと口を開いた。

「筒井さまはなかなかの曲者でございますぞ。まだまだ聞けたであろうに厠に逃げられ、肩透かしを食いましたな」

「いや、こちらの知りたいことはすべて聞けた。中座したのは話柄が上さまに及び始めたために、喋ったことが廻りまわって安土に聞こえることを慮っただけであろう」

「では、筒井さまからはこれ以上聞くべきことはないと」

（ん）と空返事すると手炙りに手をかざす。目はその手を見ているが光秀は順慶との遣り取りを思い出しているのだ。やがて唇を引き絞って（うむ）と合点したように頷いた。

「上さまの底意が朧気ながら見えてきた。筒井どのは佐久間さまらの追放でできた出目《でめ》の一部を、信忠どのに宛がわれたと思っているようだが、出目ができたがためではなく出目を作ろうとなされているのだ、信長さまは。

佐久間さまらはほんの手始めで、ゆくゆくはご一門に分け与える出目を京近くでお作りになろうとされているのだ。そうやってご一門が畿内や近国の大名でおれば織田家は盤石でないか」

「お言葉でございますが、佐久間さまの後を虎視しているものは、ご一門だけではありますまい。上さまのお側のものたちも同じ穴の貉でございます」

「お側のもの？　……そこまでは思い過ごしであろう」

利三の杞憂を短く笑った。

「彼奴らも参陣はしているが、戦功なきものに恩賞を与えるほど上さまは甘くはない。働きがないための佐久間さま追放であろう」

「左様でございます。が、佐久間さまの放逐理由はまだございます。そしてそれはかの咎条書きの五番目にございました」

光秀は、かって利三に佐久間追放の裏を探るように命じたこと、そしてあのとき吟味した咎文の条書きが脳裏に蘇った。利三は主人が咎文の子細を暫時反芻する間合いを測って、さらに説明した。

「それはこうでございました。佐久間が武辺に欠き調略が不首尾であるならなぜ儂に言ってこぬ。この五年間一度も相談がなかったではないか。という件《くだり》でございます」

「こうであったな。『武篇道ふがひ（不甲斐）なき二おゐてハ、以属詫《そくたく》調略をも仕、相たらハぬ所をは、我等ニきかセ相済之処、五ヶ年一度も不申越之儀、由断曲事《ゆだんくせごと》』なり」

そう諳んじてみて利三の言わんとするところを知った。

「寡言の佐久間さまと真向いにあるのが上さまお近くで仕えるものたちで、上さまのお引き立てを受けるのにも事欠かぬ、というのか」

「羽柴さまも同様でございます」

暫時腕組みし宙を睨んだが結論は早かった。

「確かに一年に数度しか伺候しないものと、日頃側で親しくお言葉をいただくものとでは差が出ような。ご寵愛をいただくものは、佐久間さまの後釜を目論むというのだな」

「仰せのとおりでござる。かのものたちは華々しい武勲こそございませぬが、上さまのお側で奉行として政に与り、蘭奢待《らんじゃたい》奉行、相撲奉行、本圀寺普請奉行、越前剣神社奉行が、兵を与えられればいずれは一国を仕切りたくなるのは必定でございましょう」


かつての蘭奢待奉行の大和守護原田直正は天王寺合戦で、また相撲奉行の万見仙千代も有岡城攻めで戦死してしまったが、本圀寺普請奉行であった堀秀政や越前剣神社奉行の菅屋長頼らは、利三が言うように、翌天正九年堀は長浜城主に任ぜられ、菅屋は越前府中の跡職を命じられている。

「安土から漏れ聞こえてくるのは、賂いを弾《はず》むめば（上様のご機嫌を窺いながらお耳に入れましょうぞ）と、便宜を図っているとのことでございます」

「しかしな内蔵助、そのような輩もいるかもしれぬが、敵と白刃の下で命を的に忠義を尽くすものが、第一の恩賞をうくるが道理であろう。そうでなくばなんの忠義か。上さまはそのことをよくご存じであろうし、だからこそ佐久間さまが追放され、もとは草深い越前で沈淪していた小身のわしが、ここまで上り詰められたのだ」

主の光秀はまだそこまで信じているのだ、従うしかない。利三は黙したまま低頭した。

金付石

天正九年（1581）正月 遠江武田の高天神城をとり囲む徳川家康の陣に信長の書状が持ち込まれた。持ち込んできたのは、徳川のもとに派遣されている織田軍監の水野忠重だ。この水野忠重とは家康の生母 お大《だい》の弟で、いまは織田家に仕えている。書状は信長からその忠重に宛られたもので、高天神城攻略につき家康との談合を命じるものだった。

家康が読み終え、続いて宿老の酒井忠次が書状を目で追っているあいだ、家康は気重な顔を中空へ向けたままでいる。そもそも信長の書状は、高天神城の矢文を送り届けた家康への返報として家康に差し遣わされるべきで、なぜ織田軍監水野にあてて（儂にはわからないから家康とよく談合せよ）などと迂遠な方法を取ったのかわからないだけに不可解だった。信長は徳川を心底信用しておらぬということが、まず家康の脳裏に浮かんだ。

家康が顔を曇らせている高天神城攻略は、天正三年の長篠の戦の頃に遡る。この長篠の戦ののち徳川軍は余勢をかって遠江・駿河の武田領へ侵攻し、国境近くの高天神城を奪還しようとした頃だ。

徳川軍が高天神城を囲み小競り合いを続けていると、この年天正九年高天神城から徳川軍に矢文が打ち込まれ、降伏が許されるなら高天神城とともに東の小山・滝堺《たきさかい》両城も明け渡すというものだった。

家康は念のためこの矢文を信長に送ると、その返事は織田軍監の水野忠重にもたらされた。そこには（この一両年中には駿河・甲斐へ攻め込む。高天神城はもはや武田勝頼の援軍はないとみて、小山・滝堺両城を明け渡すと申しているのは疑いのないところだ。勝頼が高天神を見殺しにすれば甲斐の人心は離反し駿河の城を維持することは難しくなる）とし、さらに（どちらを取るかはわしが決められないから、この書状を家康にみせ談合せよ）と書かれていた。


書状を読み終えた宿老酒井忠次が水野忠重に尋ねた。

「一両年で安土さまが甲斐討伐の軍を出されるが、高天神城をどう落とすかは我らに任せるということでございますか」

「左様。いま降伏を許し三城を無傷で受け取るか、または矢文など素知らぬ顔でこのまま攻め落とすかいずれかでござる。そしてそれは徳川さまにお任せすると」

万一の攻略失敗の責めは徳川に被らせせようとする水野に家康が返す。

「水野どのとわしとが談合せよということならば、水野どのはいかように」

家康から（水野どの）と念をいれられた水野は口を歪めたが、忠次が家康と水野の小競り合いにはかかわりあわず横から口を挟む。

「ところで水野どの」

家康の念押しから逃れるように水野は顔を忠次に向ける。

「安土さまは武田の質人《しちにん》となっておられた信房さまを取り戻されたということでございますが」

思いもよらぬ忠次の問いに水野は僅か慌てたが、徳川が断を下すにはそれも必要なことかと声にすることなく首を縦に振った。

「ならば高天神を攻める徳川の後ろで織田と武田が和することもあるのではございませぬか。さすれば武田全軍が徳川に向かってきましょう」

「それはござらん。そもそも本願寺と戦っている最中ならば背中の甲斐と和親せねばならぬこともあろうが、本願寺を紀州に追い落とした以上武田と和す必要はないのでござる。むしろ武田を滅ぼすのはいましかないと上さまは腹を据えられた」

「しかし、武田が信房さまを何の見返りもなく返すとは信じられませんな」

水野は他聞を憚るように声を落として説明する。

「いや、上さまが信房さまを取り戻すためにされた約束事は一切ないらしい。ただ聞こえてきたのは、織田と武田の中にはいった常陸国の佐竹義重の勧めに応じ、武田が人質を常陸へ送ったところ佐竹がすぐさま織田に送り届けてしまったというのが本当らしい」

「すると信房さまはたまたま運よく戻られたということで、安土さまの武田攻めには人質信房さまは考えに入っていなかったと？」

水野は（さよう）と頷くと不審顔の家康に向き直り督戦のためさらに裏事情を漏らす。

「現に武田の和睦の使者が、馬や太刀の礼物を携えて安土に来ても全く目通りも許されなかったということで、上さまは武田と和睦する気なぞさらさらないのでござる。その上さまにお子を見返りもなく進呈してしまったのが武田の運の尽き」

『信長公記』には、武田勝頼が和睦を模索するために使者を安土に派遣したことを窺わせる記述はないが、天正八年閏三月の柴田勝家の小笠原貞慶《さだよし》宛書状には『従甲州《こうしゆうより》御詫言之使者、御馬・太刀、去年より雖相詰無御許容候《おゆるしなく》』とあり、武田の使者が来たことそして信長への目通りが年を跨いでも叶わなかったというのだ。この天正八年閏三月は本願寺講和が成った時である。勝家の書状からは武田の焦燥、信長の武田討伐の決意が窺われる。武田打倒の前には我子と雖も眼中にはないのだ。

軍監水野忠重が辞去すると、家康は忠次に憤懣を一気に吐いた。

「なぜわしに言ってこぬ。わしへの返書ごときは忠重で十分ということか」

「いえ、分別できぬと仰せられるのは、あの安土どのが上さまに気を遣っておられるがゆえでございましょう」

家康が顔をしかめた。

「なにが、ここ近年の安土からの書状はわしを家来扱いだ」

家康は書札礼《しょれいさつ》のことを言っている。書札礼とは書状の遣り取りの儀礼で、書状の差出人と宛先人との関係で書止文言や宛名を変えるもので、それにより両者の関係が知られる。信長が上洛した永禄十一年頃は両者の関係は対等だったが、天正三年信長が従三位参議に叙任された頃から、信長の家康宛書状は家康を格下とする書き方となっていた。

「書状などお気になされますな。徳川は織田に臣従の礼を取ったことは更々ございませぬが、長篠で武田を完膚なきまで叩きいま本願寺をくだした安土どのの威光は隠しようもございませぬ。その方でさえも上さまにはあっせいこうせいとは言えないのでございます。それゆえ高天神の扱いは水野さまを通すという面倒な手を使われたと、それがしは見ております」

「あの本願寺をも大人しくさせたしな」

「さようで、甲斐攻めに本気になられた安土どのは、大戦《おおいくさ》の前に降って湧いた好機と三河を試しておられます」

「わしが高天神でどう動くかだな」

「あれ程の傾奇者で人を人と思わぬお方が、上さまにははっきりとものを言われませぬ。……岡崎さまの時と同じでございます」

岡崎さますなわち家康嫡男信康の自死事件は、徳川家身内の記録ではあるが『家忠日記』によれば天正七年六月信康と徳姫との関係が険悪になったため、家康が仲裁のため岡崎の二人の元に赴いた。しかし七月には徳姫が父信長に信康の不行状を訴える書状を出し、その釈明のため酒井忠次が遣わされたが弁明一言も能わず、逆に信康の切腹命令を持ち帰ったという。

徳姫の訴えたことには信康は浅識な振る舞い多く、領民を恣意に任せて害することがあったというが、夫婦仲違いの原因は双方にあるのだ。天下人最有力者である信長の姫という強い矜持も一因であったのだろう。さらには父信長から受け継いだ気質、加えて戦国時代という狂風が徳姫をして夫をも讒訴するという理解を越えた行動に走らせたのだろう。

「あの時の内実は三河に任せる、でございました」

「うむ郎党ならばいざ知らず、信康に輿入れさせた以上わしが口を挟めるはずがないであろうと仰せられたと言うたな」

信長のもとから戻りその言葉を家康とともに粉飾したのが忠次で、苦々しく忠次が自虐の言葉を口にする。

「岡崎さま一件は、世間では安土どのが悪者。それがしは役立たずの腰抜けでございます」

「ゆるせ」

「それで安土どのを隠れ蓑に岡崎の不穏の芽を一気に断つことができました。巷では安土どのは非情非道だと言い散らされているにもかかわらず、織田からは恨みがましい声は一切聞こえてまいりませぬ」

「意外と外聞に拘る安土どののゆえ、本意は業腹が立っているのだろうが、徳川をないがしろにできぬゆえ押さえているというのか」

「御意、上さまに気を遣っておられるため、あの気短で鬱憤激しいお方が黙っておられます。さらに殿が直々に徳姫さまを安土へお送り返されたことも、安土どのを慎重にさせている種でございましょう。三河を固め縁を断つように徳姫さまをお返しされた殿の腹を探ろうとされておられます」

忠次が強く横に結んだ唇からくぐもった声を出した。

「あのお方の猜疑心を甘う見てはなりませぬ。怖いお人でござる」

「高天神攻めで見極める積もりか」

「殿を試しておられます」


この信康切腹事件の発端については様々に取り沙汰されているが、結果は徳川家中には家康に異を唱えるものがいなくなりかつ信康徳姫という織田・徳川の紐帯がなくなったということである。このため信長が家康の旗幟に不安を持ったのも無理ないことで、高天神城攻めを金付石《かねつけいし》とし見極めようとしたのだ。高天神城からの武田勢退去ならば武田・徳川ともに兵は損せず、疑心の強い信長は徳川の動きも押さえながら武田攻めの戦術の再吟味をせざるを得なくなる。力攻めならばともに兵の潰し合いである。これで家康の武田への敵対は明白となり、さらに兵を減じた家康は織田と組まざるを得ない。


腹を固めたのか家康が話を変えた。

「お坊（信房）は武田に何年」

「信房さまは七年ほどかと」

「で、いまは安土か」

「いえ犬山でございます」

忠次は淀みなく答える。既に信房の一件は承知しているのだが軍監水野忠重へ尋ねることで信長書状の裏を探っていたのだ。信長の武田に対する決意を知るには、願ったり叶ったりの織田陣内の裏話で、甲州からの進物を携えての使者の件は初めて知ったことだった。

「さすがなものだな」

さすがと口にしたのは信長の猜疑心の強さなのかあるいは忠次の聡い耳なのか、合点顔で頷いた。

「犬山に留め置いて、親子の対面もまだしていないということでござる」

「取り戻した子であっても、まだ信を置けないのだな」

無理もないと思う。家康自身も今川義元のもと幼年期の十一年間で濃い人間関係ができてしまったのだ。信房の失われた七年間を実父といえども信長は石橋を叩いている。信長の強い猜疑心がここにも表れている。

「左様でございます」

「安土どのも武田討ち滅ぼしのためなら我が子でも見捨てる。……己が生き延びるために子を見捨て、子に自死を命ずる。まさしく穢土の裟婆だな」

「殿の場合は逆心ゆえでございました。安土どのと同じではありませぬ」

「逆心なき子でさえも見捨てられる駒に過ぎぬのなら、儂らは鴻毛の如しだ。猜疑心の熾烈なお方の疑惑を招かぬためにも、ここは安土さまを忖度して動こう」

「どちらを？」

「高天神の降伏を受け入れれば一兵も失うことなく三城が手にはいり徳川の軍勢も温存できるが、それではいらぬ猜疑心を持たれてしまおう。三河は兵を温存したなとな」

深く頷く忠次に戦を命じた。

「われらは武田が高天神への援軍を迷っている間に高天神を力攻めで落とす。敵は討ち死に覚悟ゆえわが兵の損耗も大きいだろうが、ここは安土さまの腹のとおりだ」

「早速に手配いたします」

即答する忠次に、家康はさらなる指示を与える。

「併せて調略の段取りもいたせ。武田が高天神を見殺しにしたとなれば国境の城は動揺して寝返る城も出る。いまから当たりをつけておけ。すこしでも取り込め」

武田軍の援軍のない高天神城はこの二か月後の三月二十二日に徳川軍に攻め滅ぼされ、この高天神城陥落の報を受けて信長の書状が家康に宛てられた。


『～　高天神籠城候族　去廿二日戌刻崩出候処、一人も不漏《もらさず》　被打果之由《うちはたされたよし》　～　連々所申無相違候　～　謹言

三月廿五日　　　　信長（花押）

三河殿　　』

これは家康の戦功を称賛した書状で、一見数多く出された感状にすぎないようだが、ここには家康がとった対応への満足と戦果に対する喜びが窺われる。それはこの書状には信長の花押が据えられているということだ。信長の書状は天下布武の朱印黒印が捺してあるものがほとんどで、特に安土城に

入ってからは花押を据えている書状は、このほかに天正八年七月石山本願寺に籠城し続けた教如に宛てた起請文しかない。

武田勝頼から見捨てられた高天神城将兵が一人残らず討ち取られたことは武田家中に動揺を与え、特に織田・徳川との国境の城主たちの離心を招き、翌年の武田攻めははるかに容易になった。長篠の戦で織田の鉄砲と馬防柵に勇猛の騎馬戦をしかけた武田はもうなく、寝返りの連続で呆気なく滅亡してしまった。信長は高天神城見殺しの及ぼすところを正確に見通しており、家康も見事信長の『分別を弁じ難く候間』を忖度して動いたのだ。

朝倉殿廻向

瓜二つ

教如一行が潜伏する越前国大野南専寺。下間頼龍に宛がわれている座所に住職賢宗が座している。過日諸国探索に出ていた十兵衛と甚助が戻ると一行は俄かに慌しくなった。そして天正十年（1582）二月の今日、賢宗が頼龍の部屋に呼び込まれた。この慌しさと関係があるのだろう。

頼龍に宛がわれている部屋は二方が板壁で、光採りは廊下に面した障子と書院窓しかない。一行の俗事を仕切る家老の部屋は、諸国末寺門徒と遣り取りした書状束が両壁に積まれ、裏書を依頼されたものであるのか巻かれた軸もそこここに置かれている。

「取り散らかして面目ござらん。早々に始末いたす」

頼龍がそれらを文机に積みあげると居住まいを改め、口を開いた。

「さて、他でもござらん。思いがけなくも一年近くお世話になりましたが、近々新門さま一行は出立いたします」

「紀州へお戻りに？」

「いや」

行く先は、まだしかとは定まっていない。

「いよいよ織田が甲斐攻めに本腰を入れたがためでござる」

「すると大野城主金森長近さまも甲斐へご出陣で？」

「甲斐武田の木曽義昌が織田に寝返ったため、これを好機と信長は諸方面から攻め込む陣触れを出したそうで、攻め口は伊那、駿河、関東、そして飛騨。飛騨へは金森長近さま。そうなれば飛騨高山も戦場になるやもしれず、そうならぬ前に出立しておこうということで」

「ならばご内室さまもご一緒に」

賢宗にはこれが一番の気懸りごとで、瞬時口ごもった家老が口を開く前に強く念押しする。

「ご一緒でございましょう」

頼龍は幾分か忸怩たる色を浮かべた。

「殿さまの落ち着くまでは大野にお留まりいただこうと考えております。まだまだ本山のご勘気は解けず、越前を出ても本山へ戻る旅ではござらぬ。次は西国を頼らざるを得ず、ご内室さまにどのような危難が及ぶやもしれませぬ」

「鄙のものには本山や武家の政などわかりませぬが、お殿さまと織田の和親がなった以上、そのようなご懸念は無用でしょう」

頼龍は苦笑いして打ち消した。

「事は左様に簡単ではございませぬ。それゆえ織田とは和睦・戦と何度も繰り返しております」

「お殿さまはご存知で？」

「無論」

短く断じた。賢宗にはその言葉を確かめる方法もなく、家老に懇請を続けざるをえない。

「しかし、決してご内室さまをお匿いすることを厭うものではございませぬが、ご内室さまにはご懐妊の兆しもあれば、是非ともお殿さまとご一緒に」

「それは慶兆。最初のお子は姫であられたゆえ、次は本山を継ぐお子かもしれませぬな。一姫二太郎でござろう」

賢宗は家老のとってつけたような喜びように作為を感じた。

「ならば、なおさらのこと」

「いやいや、それはこちらの申すこと。大事なお胤を宿されたお方。行く先もいつまでともわからぬ旅、ここで暫くお留まりくだされ。落ち着かれたならば」

「確と相違ございませぬか」

（うむ）と喉だけで答える頼龍に賢宗の懸念はまだ解けない。

「殿さまが戦を避けるため西国へ向かわれると仰せられるならば、ご内室さまもお連れなされるのが道理ではございませぬか。門徒を抱える在の寺は、戦になるからと身軽にここから逃げることはできませぬ」

賢宗には道中の危険というものがどうしても理解できない。さらに籠城派と織田の和親が成りこの一年不穏な出来事もなかったではないか。別の理由があるとしか思えぬ。

「よもや……粉骨砕身してきた越前衆や寺をお見捨てになられるということではありますまいな」

見捨てるのかと難ずるような言葉に、頼龍は無言で掌の数珠を弄っていたがやがて暗鬱な面持ちで口を開いた。

「賢宗どの、わたくしもこの一年無聊を託っているわけにもまいらず、朝倉さま廻向を兼ね一人で朝倉さま所縁の地を訪ねてまいりました。戦場になったとはいえ、落着くと戻ってくるものもあり、往時の戦や一乗谷落ちを知る生き残りもござった」

一乗谷落ちを知る生き残りという言葉にいろいろと聞けたとの意味を含ませたが、賢宗は気づかなかったのかそのまま返した。

「あの戦は語り尽くせるものではございませぬ」

「そこでは元端女《はしため》の話も聞くことができました。……お二人の姫さまたちはお姿もご気性もそっくりで、瓜二つであったというのでござる」

賢宗が息を呑んだ。

「……」

言葉を失った賢宗にこれで十分とばかりと頼龍が畳みこむ。

「賢宗どの、話はここまででご勘弁くだされ。これ以上は双方が抜き差しならぬことになり、賢宗どのも望むところでないはず。百さまの宿されたお子は殿さまのお胤に相違ござらん。殿さまが落ち着かれたならば必ず」

家老頼龍が、朝倉大殿供養のため一乗谷を訪ね歩き、行き当たったのが（瓜二つ）そして（百さまは妹君)だった。驚愕するような端女の話だった。しかし三位さまが子とともに行方が知れぬいまは、新門の胤を宿した百姫富島さまは血脈を繋ぐ大切なお方として、至極当然にいま暫く越前に隠し置くべきと考えたのだ。そうすれば今後新門に不測の事態が生じた場合でも法嗣を立てられる、俗事という裏方を仕切る家老として冷徹な打算をしたのだ。

一方南専寺賢宗は、教如来臨の先触れとして訪れた頼龍から石山退城の混乱の中で行方知れずとなられたご内室さまが大野庄におられたと聞くに及び、百姫を本願寺に送る手立てを思いついたのだ。本願寺次期門主教如が朝倉義景の遺子を内室に娶られたことは、ここ大野にも聞こえてきており、妹姫を本願寺に送り届けよという義景の遺命はその時に終わった。しかし頼龍の話で再び賢宗の任が蘇り、幸いにも一行の中で賢宗の仕掛けに気づいたのは頼龍の一人でしかない。この二人が黙すれば、朝倉大殿の遺命は果たされ朝倉と本山二つの血脈も繋ぐことができる。

「ここで話を納めれば、双方ともに冥利が授かると思いませぬか」

賢宗がほぞを固めるや一転朴訥な鄙の住持の面持ちをかなぐり捨て、その双眸からの鏃《やじり》のような光を頼龍にあてた。

「落ち着かれたなら、必ず、でござるな」

身命に換えても旧主の命を果たそうとしてよみがえった武者の峻厳な見極めの声に頼龍が重々しく頷くと、憑き物が落ちたように頼龍の知る賢宗に戻った。鋭利な光が失せたその眼は百の向後の幸せだけを案じる父娘《おやこ》の慈しみのある眼だった。

「しかしこれだけはご承知おきくだされ。これは決して拙寺を引き立てんがためではござらん。只々朝倉さまと本山が為を慮ったがためでござる。ご光臨がなければ拙僧は百姫さまとともに、大殿廻向をいたしながらこの地で土に戻る心算でござった。それゆえ百姫さまには何ら科はございませぬ。只父に従ったがゆえで、何卒百姫はご放念くだされ」

頼龍もこれ以上事を荒立てる気はない。

「拙僧も本願寺の血脈を慮るだけで、富島さまこそが朝倉の大殿が新門さまにと定められた姫さまであられることには、なんの変わりもござらぬ」

そして文箱から革袋を出し賢宗の前に置いた。

賢宗は膝前に置かれた巾着袋を見て、手切れの金なのかと一瞬険しい顔をする。

「これは……何でござる」

「新門さまのご内室さまがおられる寺、それなりの御用意に役立ててくだされ。荘厳料《しょうごん》でござる」

一瞥しても相当の金粒であることが知れた。


二人が黙することで、頼龍はいましばらく新門のお胤は鄙で隠しおき武運なき時には富島さまのお腹が頼りとなると考えたが、一方の賢宗は見捨てられるのではないかという懸念はやはり払拭できなかったのであろう。『南専寺由緒略記』にはこのように書き記されている。

『教如上人　～　天正九年之春　拙寺（南専寺）ニ入御《にゅうぎょ》天正十年之春まで御逗留中、賢宗之女《むすめ》江《へ》御懇命を被為掛《かけなされる》。遺跡（上人お子）今同国大野法連寺ニテ、格別の御取扱。～　』

織田と武田の最後の戦いは二月三日織田信忠が、尾張・美濃の軍勢を率いて木曽・恵那方面へ出陣して始まった。

怒・恕

歎異抄

越前から西国へ向かう教如一行は、尾張足近《あぢか》村西方寺に息を潜めるように止宿している。越前大野隠棲のとき、この西方寺住職祐慶の依頼により親鸞絵像などに裏書きしており、その伝手で西国へ向かう宿に選ばれた。寺は岐阜城からおよそ三里のところにあり、東に木曾川、西に長良川と揖斐川の木曽三川《さんせん》が流れる地にある。一行は広大な三川を前に尾張国内の動静も窺いながら渡河の時宜を計っていた。

西方寺にはこのような書状が教如から発給されている。

『今度大坂抱様《かかえざま》之儀、思日立《おもいたち》候処、予一味《よにいちみ》之儀、誠ニ志之程、難忘事候。〜　自然入眼（仲直り）之儀、相調候共、身上之儀、聊不可有機遣《きづかい》候。〜

三月九日　　　　　　　　　　　　教如（花押）

尾州羽栗郡足近村西方寺』

この教如書状は（大坂抱様）御書と呼ばれている。抱様とは籠城という意であり、大坂籠城を思い立ったところ教如の味方となった志の程は忘れない、門主の赦しを得るようになっても、その方を見捨てることはないので聊かも気遣うことはない、というものである。それは美濃、尾張の教如派門徒が、紀州から飛騨、反転して越前から西国へ向かう一行を、路銀・警護・宿坊の提供などで支援したための礼状である。この両国は織田の直轄の地であり、それだけに支援するものたちの忠勤を多としたものだ。

頃は良しと明日未明には出立することとなった日の夕刻、住職祐慶が教如の間を訪った。祐慶が入るとすぐ後ろから一人の女が入ってきた。

（？）

教如が訝しんだのは祐慶が女を伴ってきたということもあるが、祐慶が露払いをしながら女を案内してきたように見受けられたのだ。西方寺は嘉禎《かてい》元年（1235）親鸞が関東から上洛する際立ち寄ったという由緒の古刹で、祐慶はその住職なのである。その格式ある住職が導く女は、身に纏っているものはありきたりの武家の子女のそれでつつましやかなものだったが、簡素な着物には思わぬ身分が隠されているのかもしれない。

「申し訳ございませぬ」

訝る教如に祐慶が平蜘蛛のごとく平伏して説明した。

「このお方、――氏素性は明かせませぬが、――織田さま所縁のお人の息女でござって、拙僧がお子の時からよく存じ上げるお方でございます。当寺にお休みされた高僧のご法話を是非お聞きしたいとご懇願されまして、ご譴責を承知でお連れいたしました」

懇願と譴責を天秤にかけ懇願が勝ったのだ。額を床に擦り付ける。

「拙僧一存での計らい、何卒お赦しを」

「この度は、法話目的の巡錫……」

女に向かい布教の旅ではないことを口にしようとした。

「いえ、いえ」

祐慶が手で教如の言葉を遮った。

「本願寺さまであられるのは、よくご承知でございます。それに上人さまの本願寺でのお立場、越前へと向かわれた子細もご存じでございます」

ありきたりの法話聴聞ではないようだが、女の来意もわからず思案顔の教如と女を残し祐慶は逃れるように出ていった。残された女が話を引き取った。

「名も明かさない非礼はお許しください。西方寺さまが申された通りわたくしは、本願寺さま法敵の織田所縁の女でございます」

教如は静かに小さく頷いた。本願寺と信長は敵同士だったが、領民のみならず家中にも本願寺門徒がいることは特段奇異なことではなく、戦に従う士卒が後世を恐れ、阿弥陀仏に救いを求めることは不思議ではない。

「幼き頃から母に連れられ寺参りをしておりました。たまたま西方寺さまのお話で、本願寺さまご隠伏を知った次第でございます」

「たまたまでござるか」

教如が思案顔に一転苦笑いをさしのぼらせると、女は（はい）と軽快に教如の苦笑いに応じた。

「西方寺さまが親鸞さまのお軸をお飾りしながらご法話されたとき、わたくしが教如さまご滞在を知ったがゆえでございます」

おそらく祐慶が本願寺釈教如と裏書された親鸞絵像を誇らしげに掲げながら、不用意にも門跡教如さまのご来臨は当寺の誉れとでも口を滑らせたのであろうか。

教如は初見の門徒に差し障りなく阿弥陀様の功徳を説いた。

「法話を聴聞され信心を深めれば、皆斉しく阿弥陀様にお救いいただけます」

通り一遍の法語に女が冷めたような顔になった。祐慶の法話と同じでないか、そのようなものを聞きに来たのではないとよそよそしくなった表情が語っている。

一方教如は、祐慶が言ったように女は本山親子の激烈な相剋も知っているようだが、来訪の目的がまだ知れないいまは興ざめた顔をされても教如は女が口を開くのを待つしかなかった。

「実は……」

女もそれに気づいたのだろう。逡巡のすえ女が話を切り出した。

「はい」

頷きながら教如はゆっくりと女の話を引き出すように言葉を返す。

「私の身は怒りでできております。この身に流れているのは恨みという血でございます」

若い女の他愛もない煩い事と憶断していた教如は、内心驚きながらも激しい怨嗟の告白をただ聞くことに徹して頷いた。

「ひとへの怒りやうらみが、そのままこの身まで焼くのでございます」

「ひとさま」

「父でございます。わたしは父を憎んでおります」

一度口にすると、堰を切ったように告白は深くなり途切れることなく奔流する。

「わたしには父がおりませぬ。父から隠されて育ちました。父と母に何があったのか、母は私が生まれた時のことは何も話してくれませぬ。

いまは母が口を閉ざすわけはわかります。長ずれば隠されていることも知れます。……わたしは辱めの子でございます。それゆえ父を憎み、戦で死んでしまえばよいと希《こいねが》ったことも一度二度ではございませぬ。その鬼の心がこの身まで苛むのでございます」

「人にはみな煩悩という鬼が棲んでいます」

「骨肉怨恨の苦しみは、ないものねだりや人をうらやむ煩悩との比ではございませぬ」

「そのいずれもお救いになるのが阿弥陀様でございます」

そう説きながら教如の眉に僅かな翳りが生じた。己こそ多くの骨肉の諍いを身に纏っていることに気づいたがためだ。それゆえいまも行雲流水に身を委ねなければならない。

「ご上人さまは阿弥陀様に救われましたか」

女は上人といえども臆することなく一瞬の翳りを鋭くつく。

「鷺森の門主さまに義絶され、お目通りも叶わなかったと」

口にしてしまって、女に要らぬことをという後悔の色が浮かんだ。石山籠城に端を発する門主親子の確執は広く末寺門徒も知るところだが、誰もそれを口にすることはない。しかし女はそれを口にしたのだ。

「煩悩まみれの親子の諍いは拙僧も同じ。それゆえいまここに」

繕うことなく目だけで苦く笑うと女は安堵の表情を浮かべ頭を下げた。

「過ぎたことを申しました。でも、説法のようにお説きなされたなら、あるいは要らぬことをとお叱りになられたなら、すぐにでも罷る心積もりでございました」

教如の正直な吐露が女に言葉を続けさせる。

「お救いくだされとお称えしても、お称えした後から父へのうらみが湧き挙句にはわが身を呪う有様でございます。このような恐ろしい責め苦が永劫続くのかと、苦しゅうてなりませぬ」

「怒りや怨みは人間《ひと》として当たり前、決して煩悩はなくなりませぬ。ただ一つに阿弥陀様お救いくだされとお称えするのです」

「できぬゆえ、苦しめられるのでございます」

「その通りでござる。

救われようと百万遍お称えしても救われませぬ。それは自力が故でござる。百万遍お称えしようとすれば、その煩悩怒りを百万遍思い起こさねばなりませぬ。自力を捨てただただ心穏やかの一つで願うのです。これが他力でござる」

「ただただ心穏やかに」

女に響くものがあったようだが、女にはまだ苦しむものがある。

「それだけではありませぬ。戦に執着するがため、それ以外はすべてその手立てにすぎず、正妻といえども母は戦の人質で、郎党は戦の道具でございます」

「執着は自分のみならず人も苦しめます。拙僧も我執で父母を苦しめておるのでしょう。親の言葉に従わず本山を危難にあわせる鬼子だと」

自力を恃んでの参戦や策謀、そして行脚と言えば聞こえはよいが帰る宛所もない仮りの宿の旅いずれもが、己のみならず父母にも深い心痛や憤懣となっているはずだ。

「いまあなたにお伝えすべきものは、親鸞さまや蓮如さまのお教えでございましょう」

「ぜひ」

「歎異抄と御文でござる」

「たん、に、しょう？」

「たんにしょう、親鸞さまのお教えとは異なる教えを歎く歎異、そのお言葉を抜き書きする抄で、歎異抄といいます。門外不出で門徒衆が知らぬのも無理ないことです」

『歎異抄』とは、親鸞直弟子の唯円が師親鸞の直話を記したもので、親鸞聖人の説いた浄土真宗を知る手掛かりのひとつである。その歎異抄で一番親鸞を親鸞たらしめているのは、『善人なをもて往生をとぐ、いはんや悪人をや』と説く悪人正機だ。そのほか『父母の供養のためとて一返も念仏もうしたることはなく』、『苦悩の旧里（娑婆）はすてがたく、いまだ生まれざる安養の浄土は恋しからず』と語ったといわれている。

その当時もいまも断悪修善は宗教の根本であるのに、親鸞の理を理解することなく悪人が往生する、追善供養に念仏は称えたことがないと、単片だけを鵜呑みするならば、大驚失色の教えである。

それゆえ唯円やそれを写本した蓮如はその奥書に、仏縁なきものに軽々しく見せてはならぬ。と書き加えた。蓮如も越前吉崎で出した御文では、反社会的言動である本願ぼこりを何度も誡め禁じた。当時から悪人正機のおもてづらだけが流布していたためだ。

「悪人正機というなら、父殺しでも往生できるのでございますか」

美しい容姿に似合わない非道なことを尋ねてくる。

「悪人とは悪事をなすものたちのことではなく、この娑婆で生きるために鳥魚の殺生や両舌《りょうぜつ》を避けて通れぬものたちのことでござる。前世の因縁で現世も悪人に生まれ、殺生や二枚舌を強いられる。そして現世の悪行ゆえ、来世もまた煩悩や苦難の娑婆に生まれざるを得ないものたちでござる。阿弥陀様はすべての悪人を分け隔てなくお救いになられるのでございます」

女にとりこの世の悪人はまだ尽きない。

「なら戦さや人殺しは？」

「阿弥陀様のみ心は深いものです。親鸞さまも『凡聖逆謗《ぎゃくほう》斉回入《えにゅう》　如衆水入海一味《しゅうすいにゅうかいいちみ》』と、泥や芥で汚れた大河でも他力にすがれば無尽の大海に斉しく受け入れられ汚濁も消し去ってくれると仰せられております。正信偈《しょうしんげ》にあるお教えでござる」

女にとってもよく知る正信偈の行《くだり》である。

「つまり他力という流れに心を任せれば、阿弥陀様の大海原に受け入れられ、一切が救われるということです。それをわかりやすくお説きになられているお教えが歎異抄にあります。『わろ（悪）からんにつけてもいよいよ願力（阿弥陀様）をあを（仰）ぎまひらせば、自然《じねん》のことはり（理）にて柔和・

忍辱のこころもいで（出）くべし』というお言葉でござる。身に巣食ってしまった怒りや邪までも、心静かに阿弥陀様にお任せすれば自然と柔和忍辱の心になるというのです。つまり怒りや怨みは消えるのでござる。これを恕《じょ》といいます」

「恕で怒りがなくなるのでございますか」

「その意は許す、です。己を許す、人を許す、この世を許すのです。心穏やかになれば煩悩の業火に焼かれることはありませぬ。わたくしも、己を人をこの世を許さずで、怒りの我執まみれでしたが、このお教えで阿弥陀様の衆生を許しお救いになられる理《ことわり》を知りました。

阿弥陀様が人の外から手を差し伸べるのではなく、阿弥陀様が人の内《なか》から現れるのです。元々阿弥陀様は人の心のなかにおられるのです」


救いは外から手を差し伸べてくるのではなく、恕があればこそ阿弥陀如来は内に現れるのだ。心と肉が不可分であるように怒と恕はともにこの身に備わっており、恕なくして怒に囚われるものにはこの世は地獄であり、恕を知るものには阿弥陀が身の内に現れ、浄土となるのだ。恕だけが答えなのだ。山に入り人里離れて肉を苛み煩悩超克に苦悶するのではなく、恕で正直に向き合えばよいのだ。それが在家仏教の本義なのだ。


煩悩の業火に焼かれ続けてきた女ゆえ感得することも早く愁眉を開いた。

「阿弥陀様がなかに現れる」

教如が大きく頷く。

「それが平生業成でござる。心静かにお称えなされ」

女が輝くように頷いたが、急変再び顔を曇らせた。

「でも上人さま、尾張では親鸞さまの教えはまだまだ禁句で、称名を口にすることは憚りがございます」

尾張では禁教こそなかったが本願寺と敵対する中それを秘匿しなければならなかったのだろう。隠れ門徒がいることは知っている。多くの尾張門徒がはるばる大野庄まで来ているのだ。

「称名を称えずとも心深く阿弥陀様のお救いを信じているお人もおられましょう」

「はい、わらわ母子《おやこ》の恩人もそうです」

教如の言葉に響くように答えたあとその先を口にすべきか僅かの躊躇いが見えたが続ける。

「佐久間さまです。佐久間信盛さまでございます」

身分を剝奪され高野山に追われた信盛の名はいまさら隠す必要がないと、女は素早く考えを巡らせた。

「佐久間さま？」

「はい」

あろうことか本願寺攻めの大将なのだ。あまりの愕きに再度尋ねた。

「門徒であったと」

「はい。佐久間さまがそう仰ったわけではありませぬが、（なもあみだぶつ）と小さくお称えになられているのを幾度も聞いたことがございます。そのお方が母上やわたしを西方寺さまに導かれました。いま思うに辛かった折にお心に阿弥陀様を思われていたのでございましょう」

（佐久間どのであったのか）

天正二年織田の和議破りを願證寺に密かに知らせたのが、恐らくは佐久間信盛の手のものであったのだ。それゆえ門徒たちも武装解除を装い、騙し討ちされるや七、八百人という多くの男たちが反撃に向かい、教如も長島の根切りから逃れることができたのだ。

そうとも知らず、天正八年籠城派石山退出の際、本願寺を灰燼に帰してしまったのだ。真相はいまでも闇の中だが籠城派の中では本願寺を無傷で渡すなと強硬な声が上がっていたことは知っていたが、強く禁じなかった大将の責めはある。そして本願寺焼亡は佐久間追放の隠れた咎の一つとして、信長の怒りに油を注いだに違いない。

考えがここまで至ると、織田第一の宿老　佐久間信盛の庇護をうけ浄土真宗へと導かれたというこの女の素性は、西方寺祐慶が言った（織田所縁）という程度のものではなく（あるいは信長眷属）という思いも湧いてくるのだった。

出立を明朝に控えた教如だが、聴聞に訪れた美しく怜悧な女が掻き乱す心の揺れは、まだまだ深く長く続く。

遠国国替

天正十年（1582）二月武田方の信州木曾義昌が織田へ寝返ったことにより、信長は甲州攻めの軍を起こした。先陣として二月十二日に信忠軍が出陣する。この侵攻に対し武田勢の必死の反撃はなく、撤退を重ねて三月十一日には勝頼の自刃で武田は滅んだ。次いで二十九日には武田遺領の国割が行われた。


「まずは、めでたきことでございます」

家康に酒井忠次が祝いを述べる。家康の前には武田領国の国割を記した切紙が置かれている。そこには武田攻めで功あった各将の名と恩賞として与えられる国名が書かれており、徳川には駿河国が与えられた。

駿河は家康にとり格別な地だ。家康八歳の時に駿河国今川義元の人質となり永禄十二年（1560）桶狭間の戦で義元が横死するまでの十一年間を今川のもとで過ごしている。その駿河国がいま家康のものとなったのだ。

忠次の祝辞は至極当然であるが、家康・忠次共にその顔には満悦の色はない。主従ともに武田領国国割に素直に喜べない拘りを感じているのだ。家康が忠次の言葉尻をとらえ、糺す。

「まずは、か」

「さようで」

「なら、まずはの次はなんだ」

「それがしには今回恩賞がなかった北条氏政が隣国となったことで、これが後に火種にならねばよいがと」

家康は（ふぅむ）と口を引き締めると顎に手を遣り思案顔となった。忠次の案じていることと家康の思いは違ったが、北条への冷遇は、長い間には皮膚に食い込んだ棘のように効いてくるかもしれず、それも一理と考えたのだ。安土は北条を嫌っているのかもしれぬ。

北条氏政は相模国の戦国大名で、信長の甲州攻めには織田方として参戦している。関東諸大名も甲州武田、越後上杉などの侵攻に対抗するため合従連衡が激しく、同盟そして破棄は常態だった。

天正六年越後の雄上杉謙信が没するとその家督をめぐり、二人の養子、上杉景勝と北条氏政の弟の上杉景虎の間で御館《おたて》の乱が起こった。氏政は甲相（甲州・相模）同盟の相手方である武田勝頼に景虎援軍を依頼するが、勝頼の越後介入は失敗し挙句に天正七年景虎は自刃する。これを原因に氏政は一転武田の敵となり家康と同盟を結ぶと、天正八年織田信長に臣従の申し出をする。これにより武田攻めの一翼となった。

家康は、命じられた軍務への違背や遅参を潔癖なまでに嫌う信長を知るだけに、忠次の指摘は尤もと肯いた。佐久間信盛追放の原因の一つが、天正元年朝倉討伐の時追撃命令に佐久間らの諸将が即応しなかったことにあると知っている。新参の氏政はそれを知らなかったのだ。

「氏政は関東口からの甲州攻めを命ぜられたにも拘わらず駿河へ攻め入った。しかもなにかと理屈をつけ遅参したゆえ、安土さまの不興を蒙ったのだろうな」

さらに忠次が徳川陣中まで聞こえてきた話を披露した。

「そのため北条が戦勝祝いに献上した馬や酒などを、安土さまは受け取られなかったそうで、しかも突っ返されたのは一度だけではなかったと。北条には相当な恥辱でござったでしょうな」

「献上品の中には、鶴獲りの鷹もあったというではないか。あの安土さまが鶴獲りも返したというのだから、相当のご不興であったのだろうな」

「鶴獲りも要らぬと」

忠次には鶴獲りの鷹にも目をくれなかったという話は初耳だった。この時代鷹は将軍への献上物や大名間での音物として利用され、とりわけ鶴獲りの鷹は逸物として将軍同然の信長にこそ相応しいものである。

「馬や米のほかに鶴獲りも献上するのに相当な金を使ってこのざまだ、面目まる潰れでないか」

「このようなことは以前にもあったとはお思いになられませぬか」

「うむ。水野忠重から聞いた武田の使者が礼物を携えて安土に来ても会わなかったという話だな」

「左様で」

「北条は好かんと言っているようなものだな」

ここで忠次は忌々しげに二つの火種への用心を口にした。

「(北条は好かぬ)とは……まるで謀叛せえと種を撒いているようではございませぬか。その北条が隣国でござる。安土さまは猜疑心が熾烈なお方、くれぐれも疑念を持たれることのなきように」

一つが北条もう一つが信長、どちらから矢が飛んでくるかわからないというのだ。

武田攻めが呆気なく終わると、寝返った木曽義昌や穴山梅雪が恭順の意を表すため、諏訪の信長のもとに伺候してきた。義昌や梅雪が馬を献上すると、返礼として義昌には刀と黄金百枚、梅雪には脇差・小刀などが与えられた。

それに引き換え北条氏政はまず馬・酒・白鳥を献上し、次いで米千俵さらに三度目は雉五百羽・馬十三頭・鶴獲りの鷹三羽を献上している。しかし信長は兵糧を除きすべて突き返したという。鷹に精通している信長にはそれらは気に入るものではなかったのかもしれないが、義昌や梅雪のときには、信長のもとを辞する義昌を『御縁まで御送りなされ』、さらに梅雪には梨地蒔絵の小刀を与え、よく『お似相《にあい》』とまで声をかけたことと比べると、扱いに大きな落差がある。それを聞いた氏政は腹わたが煮えくり返っただろう。


家康が深く頷くのを見て、次は忠次が家康の拘わりごとを尋ねた。

「殿のご案じなされておられることは、北条ではなかったご様子、では何を」

「滝川一益だ」

「滝川には、上野国が与えられたではありませぬか」

「それと関東取次役に任ぜられたが、わしには体のいい追っ払いにしか見えぬ。伊勢長島から遥々東国に追いやられた。まだある」

そう言うと家康は顎で切紙を指し示した。見ればわかるというのだ。忠次が切紙に目を落とした。

「河尻与兵衛（秀隆）、森勝蔵（長可）でございますか」

「森は兎も角、河尻は美濃から甲斐へと国替えだ」

「武功ある重臣で国境を固め、後は切取次第ということでございましょう」

忠次の見立てに、なにがと鼻で笑った。

「勝家が（一益よりわしのほうが兄貴だ）といっているのを聞いたことがある。一益ももう耳順《じじゅん》に近い。勝家や一益のような年寄りが昨日まで敵だった国人を率いて戦場に立つのは骨が折れる。よほど京で茶や道具を愛でていた方がよいではないか」

「ならば、重臣をなぜ東国に」

「忠次が申すとおり、安土さまに臣従せぬ国々が多いため戦功ある大将を遣わし次の敵を平らげていくお考えだ」

（？）

突然に木に竹を接ぐような家康の話の変わりように怪訝顔をする忠次を前に家康は目を周りに巡らせると、その目配りで忠次は口を噤む。いまいる場所は武田遺領の諏訪、織田憎しの怨嗟の呪詛も絶えず、味方と雖も織田諸将の陣もある。家康は四方を確かめて言葉を低くする。

「佐久間や安藤のことがなかったら気づかなかったかもしれぬが、今回の国割で上さまのお考えが見えた。大軍団を率いる重臣どもは畿内から遠国へ国替えさせるお積もりだ。追放などという荒療治は家中に猜疑心を生んでしまったが、武田遺領国割ならば誰も上さまの腹の底に気づかぬ。

北条などまだ腹の定まらぬ国々への押さえもあるが、いちの目的は国替えで上さまは畿内を一門で固めようとなされている」

「明智・羽柴はそれを」

「おそらくは気づいておろうがせっせと働いている。秀吉は上さまの底意を知っているのか、上さまから秀勝さまを養子にもらい受けている」

（猿芝居よ）短く直截に断じた。

「上さまにすれば跡継ぎのいない秀吉が稼いだものは、すべては秀勝さまのもの。鵺《ぬえ》のような男よ。猿面の下は虎なのか蛇なのか狐なのか、捉えようがないではないか。……怖い奴よ」

家康は殊更のように大仰な作り笑いを見せ忠次に命じた。

「わしらも彼奴に負けずに田舎芝居をやらねばなるまい。忠次もカブけ」


武田討伐後甲斐国に滞在する信長に諸将が先を争って戦勝の音物を献上している。北条氏政や滝川一益をはじめとして遠国からも珍物が届けられ、それは太田牛一もいちいちの記録ができないほどであった。

しかし牛一が信長公記で多くの紙面を割いたのは安土へ凱旋する信長への家康の饗応だった。信長のみならず織田直属の軍兵が甲府から駿河・遠江・三河を経由して安土に凱旋するのであるが、その間家康は、道路普請、架橋、道中警備に万貫の金と手間暇を惜しげもなく費やし、宿舎休憩所では酒肴での歓待に努めた。これを延々甲府から三河池鯉鮒《ちりふ》までやったのである。これらの費えは国を傾けるほどであったに相違ないが、なぜこの時期に徳川の金蔵を空しくするような饗応に腐心したのかは謎で、度を超している。

しかし武田殲滅、諸将の阿諛、家康の過剰饗応で信長に慢心が生じたのは定かで、そこに隙が生じる。

『信長公記』曰く、明智日向《ひゅうが》西国出陣事《しゅつじんのこと》、
『惟任日向守心持御座候や、神前へ参り、太郎坊の御前にて、二度三度まで鬮《くじ》をとりたる由、申候。廿八日西坊にて連歌興行、
発句　惟任日向守
ときは今あめが下知る五月哉　光秀
水上まさる庭のまつ山　西坊
花落つる流れの末を関とめて　紹巴
か様に、百韻仕り、神前に籠めおき、五月廿八日、丹波国亀山へ帰城』

明智光秀が愛宕百韻で詠んだ発句は、光秀謀叛の決意が詠み込まれた句だという。対してこの句は毛利攻めに出陣する光秀の戦勝祈願で、そもそも一族の命運をかけた謀叛の企てを人に悟られるような愚はするはずもなく、愛宕で企てを披露する必要もないとする説もあり、明智幕僚や同盟者もいない場での謀叛暗示には疑問が残る。後日の牽強付会であろう。

愛宕山で連歌を巻いた連衆の名は知れている。光秀、光秀の子光慶《みつよし》そして明智家臣行澄《ゆきずみ》、愛宕山寺院僧二人、連歌宗匠里村紹巴とその一門三人の都合九人である。張行場所の愛宕山は勝軍地蔵を祀っており、この武神の勝軍地蔵に百韻連歌を奉納し戦の勝利を願うのだ。これは法楽連歌と呼ばれてい

る。光秀の毛利攻め援軍派遣はすでに公然のことであり、連衆も至極当たり前に今回の連歌会は西国での戦勝を祈念してのものと思うばかりだ。

早朝明け六つに巻き始めた連歌会も、中休みをむかえ茶が供されるということで、光秀は、亭主である愛宕山威徳院西之坊の主《あるじ》行祐の案内で客間に案内された。一人茶を喫しながら発句の出来を思う光秀には、本日の会場威徳院を取り巻く社叢が午の刻でもなお薄暗く感じられるのは、あながち五月雨の故ばかりではないようだ。京近くといえども鬱蒼と大木せめぎ合う愛宕山には修験者も住み、その祭神は愛宕権現太郎坊という天狗である。深更風もないのに突如巨樹がごうと鳴るのは、飛翔する太郎坊の仕業だと修験者は言う。

縁から畏まった声がかけられた。

「日向守さま」

声の主は瞬時に知れた。吉田兼見《かねみ》だ。

公家の吉田兼見は吉田神道を確立した吉田家の当主で、彼の日乗である『兼見卿記』には茶や連歌を通じて明智光秀、近衛前久や里村紹巴など当時の一流人との交遊も記録されている。この『兼見卿記』に光秀の名が初見されるのは元亀元年で、京が将軍義昭と信長の連合統治体制ともいうべき状況下だった。

「入られよ。兼見どの」

許しを得てきまり悪そうな笑みを浮かべ兼見が入ってきた。光秀はいささかの嫌味を込めて歓迎した。

「よくぞ参られた。しかし、廻状をお回ししたときは、やんごとなき所要ゆえ不参とあったが」

「いや、是非とも日向守さまや紹巴の句を拝見したいがゆえ、やんごとなきを手短に済ませてまいりました」

愛想笑いは、連歌の誘いに不参と返したにもかかわらず、顔を出した不体裁を繕うためのものだった。光秀の誘いを断ってきたのは兼見だけではない。近衛前久や細川藤孝たちも不参した。この愛宕百韻張行日に重なるようにして、信長が安土から上洛する。このため公家たちは禁足し、山科での出迎えや信長の茶器自慢に参じたのだ。

「ご厚情ありがたい」

いえいえと兼見が大仰に掌を振り、早速に光秀の発句をもちあげる。

「しかし、――ときは今あめが下知る五月哉――これから出陣される日向守さまなればの発句でございまするな。降りしきる五月雨を写生しながら、西国に向かわれる日向さまの静かな覚悟も詠みとれる秀句でございます。お見事でござる」

持ち上げられた光秀の口調が滑らかになる。

「兼見どのにそこまで称揚されると恥じ入るばかり。しかし上さまの御上洛は明日ゆえ、公家衆たちは山科でのお迎えに参ずるのではなかったのではござらぬか」

「ご存知でしたか」

「うむ」

不参のわけをやんごとなき所用と体裁を繕ったが、裏事情はとっくに看破されていたのだ。驚く兼見に光秀が種明かしをした。

「今回上さまが御上洛されたのは甲斐武田に続き毛利も一気に殲滅するおつもりなのだ」

「はい」

それはもう洛中公然のことだ。

「だが毛利を落すにはまず瀬戸、四国も落しておかねばならぬ。なら瀬戸、四国へ兵を出すには、後顧の憂いを断つため紀州雑賀も抑えておかねばならぬ」

「鷺森本願寺でござるな。ならば日向さまがお取次なされていた四国長宗我部さまは」

それには答えなかったが、動いた眉に兼見は光秀の拘りを察した。

「この大戦《おおいくさ》に上さまは武田攻めと同じように、西国討伐の指揮をとられる。敵は毛利だ」

「名物披露のあと、西国まで御親征なされるのですな」

「いや、土佐の長宗我部がはっきりしない以上、京止まりであろうな。上さまは袋の鼠を一番嫌われるからな」

光秀が頬に薄く苦笑とも嗤笑ともとれる笑いを漏した。

「土佐から安土さまにお味方するとの返報はなかったのでございますな」

光秀は土佐の話を徹頭徹尾黙殺する。長宗我部の去就にはもう関心がないかのようだ。

「それに指揮をいただくには、上さまの動きも居所も知らねばならぬ。当然宿所も警固衆も知れる。宿所は本能寺」

光秀は愛宕山の大天狗が憑いたかのような赤い目で兼見を見据えた。しかし顔を強張らせ固唾を呑む兼見に気づくと、光秀は血が湧いた目を静かに閉じた。

その時縁を渡ってくる摺り足が聞こえ、程なく縁に額ずいたのか敷居あたりから小坊主の声が湧いた。

「日向守さま、皆さまがお揃いでございまする」


(光秀はやる)

一人客間に残った兼見は確信した。その思いに至ったのは西国出陣のため家康饗応役を免ぜられ坂本へ戻った光秀を見舞った時のことを思い出したがためだ。十日ほど前のことで、西国出陣の祝いを伝えに坂本へ赴くと、出迎えた光秀の顔が困憊の面持ちであったからだ。

——家康さまご接待を免ぜられ中国出陣とのこと、祝着至極でございまする。

伺候したときから光秀の顔色はすぐれていなかった。天正四年天王寺合戦の陣中病のため戦線を離脱して以来顔色は芳しくなかったが、安土で不快なことでもあったのか極めて沈鬱な様子だった。ならばと家康接待には触らず無難に中国出陣を口にした。

——やはり光秀さまのご本分は、毛利征伐でございましょう。

突如灰色の顔に朱が湧いた。何が光秀の気分を害したのか、光秀が激しく反応した。

——いつも勝てると思っているのか。武運拙く神仏のご加護がなくば、明日は我が身が首にならねばならぬ。己の首が槍先に架けられるさまを夢想してみよ。それでも武士が良いと申すか。

光秀の剣幕に驚き一尺も飛び退って叩頭した。

——いえ、それがしは政も戦も知らぬ一介の神主、ただただ御出陣に弥栄の意で祈念申し上げただけでございます。もし何か障るようなことを申し上げたのでござれば、ながのご厚誼に免じてお許しを。

低頭しながらこのような光秀は初めてだ、余程身体が優れぬのだと思った。身を固くし平伏を続けると、己が癇癪を覚った光秀が詫びてきた。

——許せ。武田征伐や四国の辛労でいささか言葉が過ぎた。

おそるおそる顔をあげ尋ねる。

——四国？　長宗我部どののことでございますか。

ゆるせと許しを請うものは、若干多弁にならざるを得ない。

——うむ、年初めに長宗我部に早急に安土様に恭順の意を伝えるようにと使者を送ったが、甲斐征伐から戻ってもまだ返報がない。

——……足掛け四月《よつき》。土佐とはいえ確かに遅そうございまするな。

——それに甲斐遺領の国割で、一門身贔屓の信長の存念が確とわかった。佐久間、安藤の謎も解けた。

——一門身贔屓？　でござりまするか。

光秀の顔に喋り過ぎたという色がよぎり、話を転じた。

——齢ゆえか昨今憤然とすることが多くなってしまった。欲しいものは多いが、年だけは要らぬな。

光秀は糊塗するかのように、口先だけで（ははは）と乾いた笑い声を立て、ふと思いついたのか気安く声をかけてきた。

——ところで、中国攻め戦勝祈念の法楽連歌をやらぬか。百韻詠って神前に奉納すれば勝利は間違いない。兼見どのが連衆に加われば定めし佳い句が出るであろう。秀句というならば近衛様や細川藤孝にも声をかけよう。で、日は……二十八日にいたそう。

坂本城を退出すると兼見はその足で京の町医者徳雲軒《とくうんけん》の屋敷に赴いた。徳雲軒が親しく見立てている光秀が芳しくないようだが、大病の兆しではないかと訪れたのだ。徳雲軒の見立ての一助にと、その日の光秀との遣り取りを詳しく話し、最後に兼見は光秀が意図せず信長と呼び捨てたことも合わせ、光秀の身に大事が起きねばよいがと徳雲軒に付け加えた。


町医者徳雲軒が『兼見卿記』に初出するのは元亀三年九月十五日の条で『明智十兵出京也、為見廻向了、逗留徳雲軒也、家君御日侍也』光秀が見廻のため上洛し徳雲軒のもとに逗留しているので家君（兼見父）が会いに行ったというのである。光秀が医者徳雲軒宅に逗留していたのには、光秀は越前朝倉時代から金創術や金創薬に通じており、徳雲軒での医薬業研鑽を兼ねて京宿にしていたともいわれているが、徳雲軒は後に施薬院とも呼ばれることを合わせると、光秀は上洛ついでに治療を受けていたのだ。つまり光秀は虚弱なたちゆえ、越前時代から医薬に通じていたのだ。

くわえて光秀は虚弱な体質だけではなかったようだ。同記の元亀三年十二月十一日の条には次のようにある。『明智光秀その族某山王社敷地に新城を築きしより不快に悩む由を告げて祈念を請う』というのだ。『不快』つまり禍事《まがごと》があったため、兼見に清祓いを乞うてきたというのだ。光秀はこの前年元亀二年九月に比叡山、坂本を焼き討ちし、十二月には恩賞として坂本に居城の普請を許されたが、比叡山焼き討ちで多くの仏僧を殺戮した呵責が、不快を引き起こしたのだろう。

光秀の絵像については、大坂岸和田本徳寺蔵の光秀像がよく知られている。細面白皙で鼻梁はすっきりと通り広い額は端正で、あたかも公家のような風貌だ。柴田勝家の絵姿や徳川家康が三方ヶ原の戦の後描かせたという絵像に比べ強烈な灰汁のような強さがなく、線が細いように見受けられる。その分重圧への耐性に欠ける華奢な印象がある。

(間違いなくやる)

兼見の意識が回想から威徳院西之坊の連歌に戻った。句自体には何の兆しも見えないが、光秀の秘めた底意をうかがわせる傍証がここ連歌の会場にもあったのだ。この百韻連歌会には光秀子息の光慶も連衆として加わっているが、中盤も折り返しに入ったというのに、光慶の句が一つもなかったのだ。百韻連歌は最初に参加者全員の句が一巡詠まれると、その後は各人が自由に前句に相応しい付句を出していく。このため百韻が終われば人により取り上げられた句に多少という差が生ずる。無論その多寡は技量だけでなく連衆の身分や地位も取り上げに影響し、客人や貴人の句が多くなるのは当然である。

しかし光秀の控える客間に上がる前、兼見は折紙に目を通したが光慶の句はなかったのだ。もし光慶の句が曲りなりにでも出されたならば、あの上手者《じょうずもの》の紹巴ならば手を入れながらでも取り上げるはずである。しかし句が出されなければ如何ともし難いではないか。

そう言えば光秀との交誼にも拘わらず光秀の息光慶の話は聞いたことがなかった。このことで思いあたるのが、細川藤孝の二人の息子である。それは忠興と興元で天正五年松永久秀立て籠もる大和片岡城攻めで、弱冠十五歳と十二歳の兄弟が一番槍を上げたというのだ。文武に秀でた忠興兄弟の活躍は伝えられてくるが、光慶のことは何一つ聞こえてこないのは年若か凡庸なのだろう。己の病弱と高齢、そして息子の行く末を思い巡らせるならば、一門身贔屓の信長の元では展望が開けないと光秀は腹をくったのだと兼見は確信した。

そして本能寺の変は起きた。

この法楽連歌に廻状をまわされた近衛前久や細川藤孝、吉田兼見たちは、光秀が山崎の合戦で敗れると、光秀一味でないかあるいは本能寺攻めを知りながら通報しなかったのでないかと織田信孝や羽柴秀吉から嫌疑をかけられた。

このため近衛前久は醍醐山に上って剃髪し、更に嵯峨へ逃れ十一月には遠江の家康の元まで行って難を逃れている。光秀の与力であった細川藤孝はもっと徹底している。家督譲り渡しや忠興内室である光秀娘の幽閉に加え、里村紹巴とともに七月二十日本能寺で信長追善の百韻連歌会を興行した。

一方吉田兼見は朝廷御使として安土へ下向し手土産緞子一巻を渡した。この返礼にと光秀は朝廷などに寄進する銀子を兼見に託し、兼見自身も銀子を進呈されている。この御使いとして動いたことから山崎の合戦後織田信孝から嫌疑され、誠仁親王に懇願し難を逃れている。『兼見卿記』によればこの安土下向の時光秀が謀叛の存分を兼見に語ったというが、その史料はまだ発見されていない。

本山一大事

中国大返し

天正十年（1582）六月九日夜、播州英賀本徳寺奥で潜居していた教如は甲冑で身を固めた羽柴秀吉家臣木下半助が率いる兵の輿に乗り姫路城に向かった。

信長がこの月二日に本能寺で討たれたことが伝わると、秀吉が支配する姫路城下も騒然とした空気に包まれた。さらに備中高松攻めの秀吉軍が姫路城に帰城すると城内に入りきれない夥しい軍兵が城下をも埋め尽くし、剣呑な目つきの兵を前にした町衆たちは、明日にでも城下で戦が始まるのかと騒擾を極めた。

秀吉軍が陸続と姫路城に入城しているという噂が本徳寺奥に流れると同時に、筑前守さま家臣と名乗る甲冑武者が寺を訪れ、教如にすぐさま同道の上登城するよう命じたのだった。

姫路城の秀吉座所に案内されると、腹巻姿に金糸銀糸であしらった陣羽織を纏った秀吉が水飯を取り始めるところであったが、予め許されていたのか木下半助が（本願寺新門教如どのを召してまいりました）と奏上すると、秀吉は（おうおう）と応えながらも、若侍が膳を下げる間教如に目を遣ると見定めたかのように二度三度頷いた。

「ご坊が教如か。父御《てご》に似て偉丈夫じゃな」

金壷眼の目尻に皺をつくり軽口をたたく。

「坊主にしておくには惜しいな。どうじゃ余に仕えぬか」

「恐れ入りまする。姿形は師父から授かりましたが、不肖の身ゆえ勘気を蒙り蟄居しておりまする。お召しにより参上いたしました」

平伏していた半身を起こした。法敵信長を討ち果たしたのは明智光秀だが、まだまだ天下の帰趨は不明ゆえ通り一遍の物腰は当然である。

秀吉は（うむ）と目尻の皺はそのままに鷹揚に頷く。

「しかし、勘当されたご坊がわしの英賀に蟄居していたとは、聊かも知らなんだ。燈明下暗しだな」

初見からの軽口に教如の緊張が溶けようとするが、一転秀吉の顔が険しくなった。

「わしの足下で一揆する気か」

「決して」

再び平伏した。

本願寺と織田との和議がなったとはいえ、双方不信感が完全に払拭されていないなか、越前大野から美濃を経て西国に向かった教如が、羽柴秀吉の姫路城下で身を隠しているのは、害意を企てていると取られても無理ないことだ。越前から西国へ向かう先には毛利がいる。

本徳寺潜居は母如春尼の差配によるものだった。諸方を行脚しながらも教如は父の勘気を解くべく手を尽くしていた。教如の底意はすでに父も知るところであるが勘気を解かぬ父を宥めるのは母が一番で、教如は大野から母如春尼に父への取り成しを頼んでいた。

『～
一此あと之儀　とかくあやま（謝）り候間　向後《こうご》ハ御所様（顕如）御意次第　但こうしよう有の覚悟候条　いくゑ（幾重）にも〲御取成《おとりなし》たのミ申事

（天正九年）
十一月二十二日　　　　教如（花押）
　御きた（北）さま（如春）』

これへの母如春尼からの返事は、このようだった。

『～
一御所さまへ　色〲御こんはう（懇望）のうへハ　いかやうにも　御ため（為）よきやうに御とりなし（取成）申へき事　～

霜月廿六日
しんもの（新門）
御かた（方）
き（北）（如春）』

この遣り取りのいうところは、今後は父顕如の意に沿う覚悟であるので、父への取り成しを幾重にもお願いするとの教如の懇願に、母如春尼も良きように取り成しをしようと返報しているのである。

しかし教如がそうこうする間に、翌天正十年早々に織田が武田出撃の陣触れを出すと、教如は潜伏先越前を発足せざるをえなくなり、如春尼は次善の策として播州英賀本徳寺に白羽の矢を立てた。英賀本徳寺は三河本宗寺が兼持する寺院で、証専が北伊勢で陣没したと報じられるとその後は証専の妻顕妙が本徳寺を仕切っていた。門主顕如の妹は兄嫁の言うことは聞かねばならぬ。かくして教如は英賀本徳寺に蟄居することとなった。


「蟄居でございますれば、奥で身を慎しむのみ。依るべき寺もなく諸方を漂泊する身には、事を起こすことなど思いもよらぬことでございます」

「本願寺籠城衆の十二代教如ならば、向かうところ門徒が色めき立つであろうが」

「わたくしが姫路に潜居していることをお調べになられておられるのなら、わたくしの身辺からはかような書状は発せられておらぬこともご存じであるはず」

「ならば顕如はどうじゃ」

「父は和議後、徹して非戦に転向いたしました。それゆえ籠城した拙僧はいまも勘当されたままでございます」

秀吉は一揆煽動への恫喝がことごとく躱されると、駆け引きを諦め召し出しのわけを明かし始めた。

「どうじゃ教如、一揆根絶やしに血道をあげる信長さまはもうおらんのだ。百姓坊主が殺し殺される末法の世はもう仕舞いにせぬか」

織田信長との和睦にも拘わらず、秀吉がこのような事を口にしたのは秀吉も一揆との融和はまだまだと考えていたのだ。

「上さまの申されようは願ってもないことでございますが、蟄居の身の拙僧に何をせよと」

「紀州にいけ」

「鷺森でございますか」

秀吉が重く頷く。

「わしは明日にも京へ出陣し信長さまのご無念を晴らす。しかし本願寺が日向に呼応し播州や紀州で事を構えられては、この戦もおぼつかぬ」

「拙僧、いま上さまから末法の戦はもう仕舞いにしたいとお聞きしましたが」

「何も門徒兵を出しわしに与同せよというのではない。鷺森に不穏の動きがあるならばそれを制するだけじゃ」

光秀との戦が秀吉の生涯一の正念場なのだろう、瞬きもせず教如を見据える金壺眼には有無を言わさせぬ気迫があった。

「わかりましてございます。勘気を蒙っている身ゆえ鷺森では邪険にされましょうが、馳走いたしましょう」

教如が秀吉に動かされたのは末法の戦を終わらせたいという秀吉の申し出だった。この秀吉の説得は調略あるいは手練手管ともいえるものだろうが、共通の利害を見出し歩み寄ることは人を動かすことになる。嘗て十兵衛が説いた手練手管とはこのことだったのかと気づき、西国を念頭に英賀で隠伏する教如が大きく反転紀州に向かうこととなる。

秀吉が顔に喜色を顕わした。

「ありがたい。ありがたい。ならば直ぐにでも出立するがよい。木下半助に舟で送らせよう」

（わかりましてござる）という教如に駄賃を奮発するように付け加えた。

「それから、いつまでも、門跡と不仲では、鷺森の家来どもも言うことを聞くまい。日向を討ち果たしたならば、早急に朝廷から門跡へ赦免の綸旨をお出しいただこう」

「綸旨がいただけるとはありがたきこと。しかし」

そう言いつつ登城した時からの不審に切り込んだ。

「しかし、なんじゃ。ゆうてみるがいい」

またひとつ光秀を追いつめる手立てがなったことに気をよくした秀吉が鷹揚に許した。

「腑に落ちぬことが一つ」

「腑に落ちぬ？」

「はい、上さまはいつ本能寺のことをお知りになられたのでございましょう」

秀吉の薄い眉がピクリと動き、顔から笑みが失せた。

「京より火急に陣を戻せと知らせが入っても、毛利との和議が即日即刻に整うとは思えませぬ。ましてや高松城攻めは羽柴さま方が攻める側とのこと。その優勢な方からの和議申し入れは如何にも不自然。

毛利から和議を乞うにしても羽柴さまの裏事情は知らず本家との遣り取りに時間がかかるのは当然。前々から和議が即時に整えられるよう細工をしていたとしか思われませぬ」

再び秀吉の顔を窺うがもう何の表情も読み取れない。

「このなぞ解きを、お教えくだされ」

秀吉の無表情は変わらない。答える気はないように見える。

「門跡は鋭うございます。丹波と高松、お二人が通じ合っていたのではないかと真っ先に拙僧に問われましょう。推測や生半可な話は通りませぬ」

本能寺の変は二人の謀りごとではないかという憶測に渋々秀吉が口を開いた。

「無論日向とは一切通じておらぬ。京で日向をよく知るものから、日向が大事を企てるやもしれぬ、油断なされるなと予報があったため、毛利に気取られないよう段取りを整えていた。それゆえ知らせが届くや即刻仕舞えたということだ」

「日向さまをよく知るものとは、細川さま?」

「藤孝は丹後におる。これ以上は知らなくてよい」

ぴしっと突き放した。

備中高松攻めの秀吉が姫路へ駆け戻るという中国大返しには、教如が抱いたように誰が本能寺の変を知らせたのかという、謎がついて回る。謀反を決意した光秀が毛利に送った密使が誤って秀吉の陣に紛れ込んだとも、早足が走ったとも軍記物では講釈されている。しかし早足に百歩を譲ったとしても高松城攻めのさなか即日即刻に和議が整うことなど不可能だ。やはり事前に謀反の恐れありと知らされ、それはありうるとみた秀吉が密かに和議そして開陣の下準備も整えておいたとするのが一番現実的である。

では誰が知らせたのか。それは、いまは秀吉重臣となっている施薬院《やくいん》全宗の出自、交友関係そして大抜擢という引き立てから導き出される。若くして比叡山薬樹院僧侶であった全宗は、元亀二年信長の比叡山焼き討ちにあったが、全宗をはじめとする多くの僧侶が見逃され九死に一生を得ている。焼き討ちのいちの戦功者は光秀であった。

山を逃れ町医者となった全宗は京で徳雲軒と名乗り、医者として多くの一流人との交誼を得ていく。そのきっかけを作ったのが吉田兼見で、兼見との交友から光秀や秀吉の治療へと繋がっていった。その徳雲軒が見立てていた光秀の持病に加え、兼見から沸騰するかのような光秀の激昂を縷々聞かされるや、立身争いで鎬を削る秀吉に内報するという企てを思いついたのだ。

この功で全宗は秀吉に仕え、『秀吉は全宗の言ふところ必ず聞かれ、望むところ必ず達す』とまでいわれるほど重用された。本能寺の変の前後で全宗は大きく化けるのだ。決して医者としての技量だけではなく秀吉の命運を左右したことによる大抜擢なのだ。

この教如の鷺森差遣は、さほどの効果はなかった。それは秀吉も夙に予想はしていたのだろう。門主に義絶され諸方を秘回していた教如が突然秀吉の家臣と共に現れ不偏を説いても、顕如を始めとする本願寺首脳部に俄かに受け入れられるはずがない。しかし秀吉の意向を戴した教如が鷺森入りすることで、少なからず本願寺内の衆議に混乱が生じいずれに懇意を通じるかは慎重になる。そうすれば早急に京へ軍を進める秀吉に有利となると踏んだのだ。

光秀征伐後、秀吉の言葉どおり正親町天皇から親子和解の綸旨が下されたが、顕如からは赦免の条件として教如に詫状が求められ、教如は家老下間頼廉に詫び状を出した。

「甚助でございます」

教如の部屋の外縁から甚助の静かな声がかかった。甚助を十兵衛のもとに遣わしたところ早々と返事を携えて戻ってきたのだ。早耳・早足の甚助だが十兵衛の潜む先は鷺森本山から左程に遠くはないようだ。

十兵衛は、教如が英賀本徳寺で蟄居するときに教如とは別れた。（わしが教如と一緒に本徳寺に入れば大騒ぎになる。なにせ英賀には妻がおりさすがに正体が知れてしまうからな）と、本徳寺からかなり距離を置いたところで身を潜めたようだった。その時でも甚助の使いは早かったが、鷺森ではさらに早く戻ってくる。信長が横死し世の中が混迷している中、時間をかけずに十兵衛から世の動きを聞けることは有り難かった。

「で、いかがであった」

甚助が腰を下ろすと早速に教如が尋ねた。

「まずは顕如さまの御勘気を解くためならば、詫状もやむなしと。しかし、籠城衆を『徒者《いたずらもの》』とまで書かれたことには、十兵衛さまも少なからず驚かれておられました」

教如は詫状にこう書いたのだ。

『今度之始末、徒者《いたずらもの》之申成令《もうしなりに》同心事《どうしんせしこと》後悔千万〱、今より後者《のちは》、湯にも水にも御所様可為御諚次第《ごじょうしだいなすべき》、北御方様之儀同前、毛頭私曲《しきょく》表裏不可有之候、〜

天正十年六月廿七日　教如（花押）

進上　刑部卿法眼　』

大意は、教如の籠城は徒者（奸臣）に同心したが故であり、後悔しきりである。今後はふた心なく御所さま・北の方さまにお従いいたしますというのである。

「刑部卿のいわれるままに書いたのであろうが、昔の教如さまならば籠城衆を徒者とは決して書かなかったであろう。また随分と懐が深くなったようだ。自力の一念が抜けてきたようだ。と申されておられていました」

十兵衛の言伝を聞き教如が深々と詫びる。

「許してくれ」

同座の二人、頼龍と甚助に手をつき赦しを請うた。

「その言葉にはまことに詫びるしかない。わたしに命運を託し籠城してくれた皆を徒者ということはいまでも慙愧の念に堪えない。腹を切りたいほどだ」

低頭し続ける教如に、徒者筆頭である籠城派家老の頼龍が静やかに慰藉した。

「勿体ない、お手をおあげくだされ。……しかし諸国秘回で世話になった寺々も籠城衆で、多くがいまも大殿さまの勘気を受けています」

墓の中に持っていくものも教如を苛む。本願寺法灯を守り一切衆生に阿弥陀様のお教えを広めていくことで皆に恩を返さねばなるまい。

「いつかはその恩を返さねばなるまい。本願寺法灯を守り一切衆生に阿弥陀様のお教えを広めていくことで皆に恩を返えそうと思う」

頼龍と甚助が（そうなされませ）と情ある面持ちで頷くと教如はそれに目で応え、甚助に目を向けた。

「長島や越前のときは一念という自力が強かったのだと思う。いま救わねばならぬの一念だけで、それゆえ越前では十兵衛を斬ろうとまでした」

「そうでございました」

頼龍も教如の手練れの程は承知しているが、刃傷沙汰に及ぼうとした告白に驚愕の面持ちとなった。

「甚助はその時十兵衛に与みしたな」

目元の皺から難じているのではないことが知れる。

「そのわけは、なんだったのだ」

「あの時は教如さまにお従いするとこの世がそれ以上の地獄になるように感じました。ただただ織田憎しだけで、ご自分は無論のこと皆の地獄落ちもかまわぬようでした」

甚助の一族は越前の山深い谷で代々猟師として鳥獣を殺生し生業としていた。甚助が幼い頃、坊主が布教に現れ地獄絵の絵解きをしていった。坊主は地獄絵を指しながら、生きものを殺生すると地獄に落ちるのだ、来世は畜生道に落ち次は己が人に殺されることになるのだと説いた。

極彩色で描かれた地獄絵には黒い炎とも見間違う黒煙や紅蓮の炎、牙を剥きだす悪鬼や牛頭馬頭の獄卒が描かれ、俎板の上で切り刻まれる裸の亡者の流す夥しい赤い血やはらわたは、幼かった甚助には恐怖以外のなにものでもなかった。

そこで坊主は猟師でも地獄に落ちない方法を教えてくれた。助かりたいならただ――南無阿弥陀仏――とだけ唱えればよい。さすれば殺生の罪も許される。幼いわっぱには地獄絵の恐怖に駆られての念仏で、長じたいまでもそうではないと言い切ることはできない。亡者たちの釜茹でや八つ裂きは甚助の地獄の原風景としていまも体に刻まれているのだ。

「十兵衛さまの方が越前では負けても結局は地獄の世が早く終わると思ったがためでございます」

(やはりな)と教如が合点顔を見せる。

「少しは自力が抜けたかな」

「はい、あの時は忿怒の阿修羅様のように感ぜられましたが、いまは阿修羅様でも清濁併せのむ懐の深い柔和なお顔の阿修羅様になられたようでございます」

少なからず教如を怒りの阿修羅と云々したことから転ずるように言葉を繋ぐ。

「ところで教如さま、詫状の中の『湯にも水にも』とは、いかなる意味でございましょう」

「ああ、あれか」

一転破顔して説明した。

「一心同体という意だ。簡単に言うと今後は父上母上の仰せに従いますとのことだ。父上母上が湯と言えば湯であろうし、水と言えば水であろう。同じ井戸水でも夏冬では水にも湯にもなる」

「さようでございますか。そのような意でございましたか。しかし某には、いままでの教如さまのお手紙とはおもむきが違うように感ぜられます」

教如が（ほぉう）と口唇を丸める。

「字は読めませぬが、坊様や武家が書くお手紙はみな唐の言葉で書かれ難しい字面《じづら》ばかりでございますが、この教如さまのお手紙は様子が違っているようでございます。しかもあのお手紙は最後には御所さま・北の方さまに届けられる詫状、湯にも水にもと書かずともお子らしいお言葉もありましょうに」

（はは）と乾いた声で笑ったがもう答えることはなかった。

天正十年六月の本能寺での信長横死を境に、宗門護持とはいえ戦国の世を一揆の力で切り拓こうとする教如は失せ、光秀が秀吉に討たれるとさらに違った教如が現れる。武は武によって滅ぼされ本願寺一揆など蟷螂の斧にもならないとはっきりと覚り、（守護地頭）との交誼を深め天下の趨勢に本願寺隆盛を重ねようとする教如だ。

三河禁教赦免

明けて天正十一年（1583）十二月三十日徳川家康が二十年続けてきた三河での浄土真宗禁教が赦免された。ただ赦免した相手は寺院坊主衆や民百姓ではなく、家康の家臣石川日向守の母である。

本願寺門徒を赦免した以上は、前々からある寺や道場は以前同様であってよい、というものだ。

『本くわんし(願寺)門と(門徒)の事　このたひしやうめん(赦免)せしむるうへは　分こく(国)中前々よりありきたるたうちやう（道場）さうい（相違）あるへ（べ）からす（ず）～

天正十一年

十二月卅日　　　　　朱印（印文　福徳）

ひうかのかみ（日向守）

はゝかた（母方）へ　』

この石川日向守の母方とは妙春尼《みようしゆん》という。妙春尼の妹（お大）は松平広忠に嫁ぎ家康を生むが、お大の方が離縁されたため姉の妙春尼が、母親同然に家康を養育した。婚姻で婚家に入ると嫁ぎ先の宗派門徒となるように妙春尼も三河野寺《のでら》本証寺の門徒となった。本証寺門徒であった石川家はその後三河一揆のときには改宗してまで家康側について戦ったが、妙春尼は密かに隠しもっていたのだろう。そのような下地をもとに母同然の妙春尼が家康に浄土真宗赦免を働きかけたので石川日向守の母妙春尼あてに禁教赦免が出された。

しかし禁制から二十年を経て俄かに一女門徒が動くには不思議がある。家康母同然の妙春尼の存在とその影響力を知り彼女に働きかけた誰か、そしてそのものはそれ相応の身分のものであるはずである。

天正八年の本願寺と織田との和議後は、本願寺は一転武家との和親に努める。天正十年十月京の大

徳川家康母方略系図

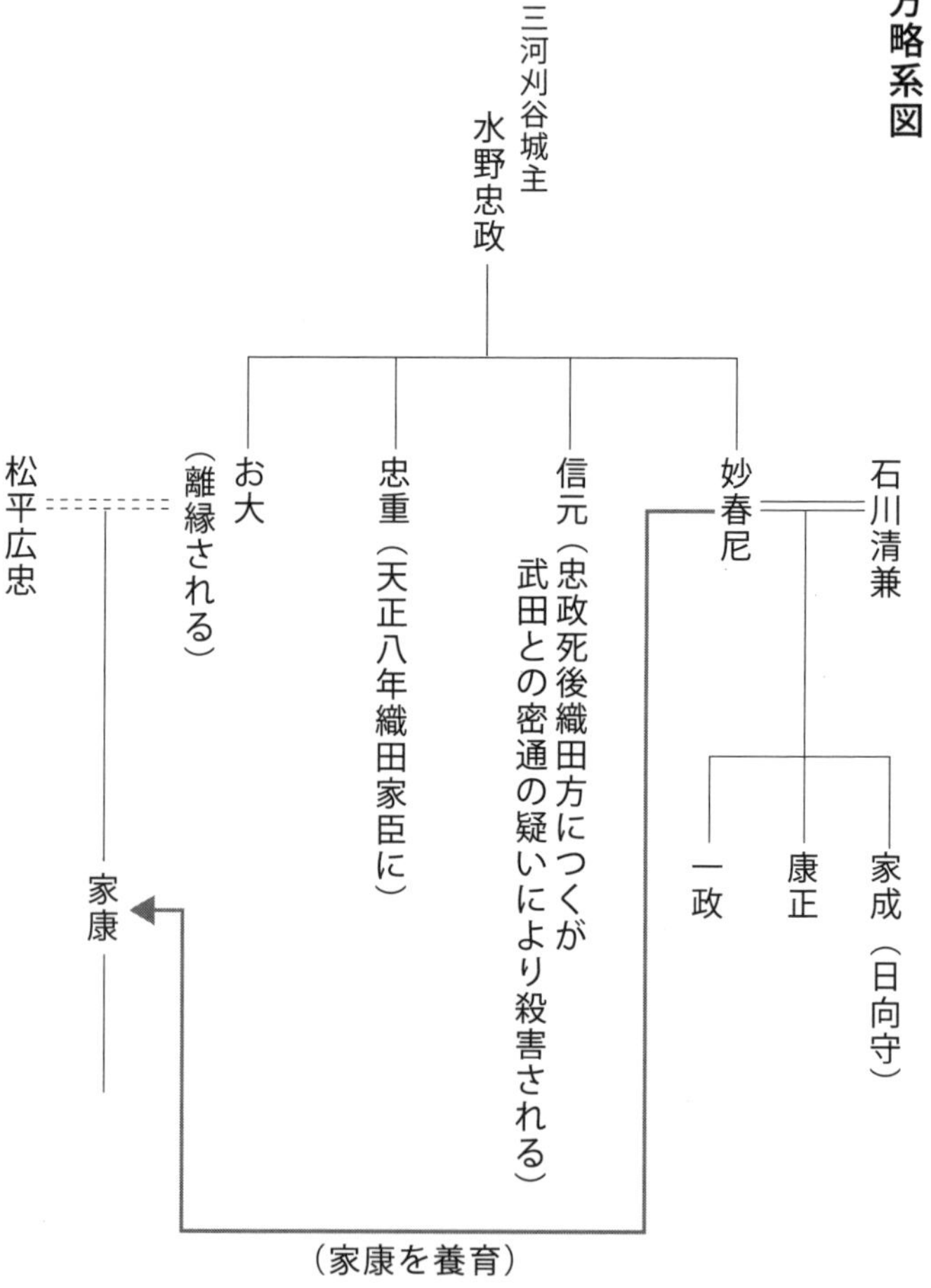

三河刈谷城主
水野忠政
石川清兼
妙春尼
家成（日向守）
康正
一政
信元（忠政死後織田方につくが
武田との密通の疑いにより殺害される）
忠重（天正八年織田家臣に）
お大（離縁される）
松平広忠
家康
（家康を養育）

徳寺で信長葬儀が秀吉により執り行われると、本願寺は香奠を贈る。

一方本能寺の変後の甲斐信濃では、家康が案じたとおり武田遺領をめぐって徳川と北条が争ったが、天正十年十月和睦し徳川は三河のほかに遠江、駿河、甲斐、信濃の五国を有する大大名となった。しかし秀吉が京で着々と地歩を固めるにもかかわらず家康の甲斐信濃の混乱はまだ続いている。そのようなときに家康に誼を通じようとする有力者があれば、渡りに船とばかり乗るだろう。


「父上が筑前どのを次の天下人と見定められたようだ」

教如の面前には十兵衛がいる。

「秀吉の光秀討ち果し、信長の葬儀とくれば、天下は秀吉に靡くわな」

答える十兵衛は鷺森本山の近郊で隠棲しており、教如の呼び出しに応じて上山してきた。

「いや大名たちの駆け引きが始まっただけでまだまだ天下の趨勢が見えぬいま、信長の葬儀を盛大に仕切ったからと、あまり一方に偏することも危ういと思わぬか」

「一方？　なら、他方は柴田勝家か」

「それもあるが、次を考えるなら大大名となった徳川にも誼を通じておくべきだろう。国内がまだ治まりきっていない徳川が筑前どのの信長葬儀の盛況を聞くに及び、いまならば徳川の返し方もよいと思わぬか」

徳川の名が出て十兵衛は歯をみせて笑った。

「やけに家康を贔屓にするな。三河だからか。ありがたいが亡者のわしは土呂本宗寺にこだわりはない」

笑いながらいまさらと受け流す十兵衛に教如が続ける。

「それがないとはいわぬ。長島で没したとされ僧籍から除された以上、三河や播磨に復する未練は些かもないことは重々察しているが、三河の門徒衆は別であろう」

「門徒衆か」

往時の門徒衆の顔が蘇り、多くの門徒たちを三河に置いて播州に逃れたことに忘れていた慙愧の念が湧いた。

「いま家康に音信を通じれば禁制も解かれやすくなるとは思われぬか。そうなれば三河土呂とは近くなる」

忸怩たる思いが三河で負った傷を思い出させるのか、十兵衛が左手で右の腕をさすり空を睨んだ。目には三河の門徒衆が映っているのだ。長考の末十兵衛は目を教如に向け、今度は教如を値踏みするように長く凝視した。口を開いたのは更にややあってからだ。

「手がないこともない。三河の中から赦免を働きかければあるいは」

越前大野滞在のおり三河から門徒衆が少なからず南専寺を訪っており三河門徒は廃れていないのだ。その手もよいと教如が頷いて賛同した。

「当然証専坊には三河の存知寄りも多い」

「家康の係累にも門徒衆がおり、いささか知るところがあるが、厄介がある」

「どのような」

今度も逡巡しているようで再度教如を睨み覚悟を問うように聞く。

「家康に極ごく近いお方がおられる。その立場ゆえ身の処し方も牢固で使者ごときではお目見えも叶わぬだろう。門跡が行けば叶うかもしれないが、顕如どのの下向はあり得ぬ。……次は新門しかいない」

「わたしでよければ」

急き込む教如に手をあげとどめる。

「まだある。顕如どのは音信を通ずることには了解しても法嗣の下向を認めないであろうし、そのお方に本山が働きかけたことが家康に知れると、家康は三河一揆の再来かと身を固くする」

「まだ二十年も前の三河一揆を引きずっているのか」

「家康は小胆と見誤るほど諸方への気配りで慎重だ。それゆえすべて隠密裡に下向しなければならないし警固衆の随身もない。わしと甚助のみだ。最悪本願寺禁教の三河で曲者として名もなく切られることも覚悟しなければならぬ」

腹を括ったかのように重く頷く教如を見て（まだある）と言葉を継ぐ。

「最後が一番障っていることだが、やっと顕如どのの勘気が解けたのは朝廷の綸旨の賜物で直近のことだ。半年も経っていない。隠密下向が露見したならば顕如どのや北の方さまの激怒は相当なものだろうし、再度教如が廃嫡されることもありうる。もう赦されることは二度とない」

いま織田信長後の家督争いに次男信雄と三男信孝が信忠嫡男三法師をめぐり反目し、加えてその二人を擁する秀吉と勝家の間も軋んでいる。この時等しく徳川とも音信を修復する意味は大きい。守護地頭と争わないためにも、大名たちの均衡の上に立たなければならない。

「覚悟はもとより」

「よいのだな？」

再度念を押し、教如を鋭く見据えると太息を吐いた。腹を決めたのだ。

「ならばそのお方につなぎをとろう。そのお方とは、家康の伯母で母に替わり家康を育てた妙春尼さまという」

ほどなく三河妙春尼の隠居所に飛脚が書状を届けた。差出は（とろ）とだけ記されていたが妙春尼にはこれが誰であるのか思い出すのに瞬刻もいらなかった。数日後妙春尼隠居所に、手に季節の花を携えた一人の軽装姿の武士が訪れた。妙春尼を花で慰めんとする近郷のものであろう。ほどなく托鉢の雲水が裏門で喜捨を求めると、賄女に招き入れられた。

墨染直綴《じきとつ》姿で網代笠を携えた教如が部屋に案内されると、あらましを語っていたのか妙春尼と対座する十兵衛がおり、二人の間には壺に差された花があった。妙春尼は部屋の下《しも》で拝跪し初見の挨拶を言上する教如を見据え、本願寺新門の風骨と十兵衛の口説の真偽を推し量っている。

「わらわの仏さまは、わらわ一人の胸深くにおられればよい。そうでござろうお坊さま。いまほど、とろさまにもそう申し上げた」

教如を見定めたのか妙春尼から口を開くが予想通りの答えで、さり気ない笑みを添えて謝絶する。禁教にもかかわらず二十年も堅固に信心を持ち続けられたのは、密かで強い心中の浄土がゆえなのだった。

「さようでございます。浄土は外にあるものではなく内にあるものでございます」

教如が通りのよい声で下座から答える。

「ならば、ことさらの赦免はいらぬ」

「二十年来、聴聞なく心中の信心だけがため聖人様の法義が疎かになり、挙句三河では異義がはびこりただ称名を称えるだけの称名念仏になっております。そうならぬためにも徳川さまの赦免が必要でございます。三河衆はこれで憚ることなく称名を口にすることができ、追放された寺が戻れば聖人さまの正しい教えを信心できまする」

「女のわらわが、うえさまにかようなことを申せると思うか」

隠居の身の内に秘めた信心で事足れりとする妙春尼には、五か国太守となった家康に禁教赦免を乞う必要はどこにもないのだ。

「それにうえさまは……」

忌まわしい記憶を思い出したのか僅かに身震いする。

「武田に通じていた築山どのと信康どのまでご成敗なされた。わらわの痩せ首などたやすきこと」

妙春尼を臆させる意外の理由は、たとえ子や妻と雖も一族安寧のためには切り捨てるという事件にあったのだ。（無理なきこと）と口を噤んでしまった教如に代わり、十兵衛が話を引き取る。

「なればこそ日向守さまのためにも赦免をお願いいたすべきでございます」

「日向？　家成のためと申すか」

「さようでございます。石川さまご一統は代々野寺本証寺の代表門徒でございましたが、三河一揆のときにはご一族あげて改宗なされた」

妙春尼に微かに翳りが表れると、十兵衛が核心に迫った。

「とはいえ、父祖以来の信心を捨てることはなかなかできぬもの」

家康の処断の厳しさに合わせ子息家成に話が及ぶと、転変心許なさが顔に浮かぶ。家成も密かに信仰し続けているのに相違ない。母には子が幾つになろうとも心労の種でしかない。

妙春尼の夫石川清兼は、改宗前は野寺本証寺の総代的立場にあった。永禄六年（１５６３）の三河一揆勃発には三男家成とともに一族あげて改宗し家康とともに戦っているが、密かに浄土真宗を信心し続けていたのだ。その一証が隠れ門徒妙春尼である。さらに禁教赦免後の天正十五年八月教如が草津湯治のため三河に立ち寄ると、石川家成と妙春尼が教如歓待のため諸寺へ細々と差配しており、教如と妙春尼との強い絆が窺われる。

しかし禁教が解かれていない天正十年のいまは、一揆攻防での存亡の瀬戸際をしのぎさらには内室築山や信康に血も凍るような処断を下した家康に、隠れ門徒仕置に逡巡はないであろう。

妙春尼が家康の座所を辞すと、家康はいましがたまで妙春尼が使っていた円座と手炙りを長い間眺めていた。妙春尼の不意の訪いに、家康の座っていた上座を譲るため円座と手炙りの取り替えを命じようとしたが、妙春尼は（かまわぬ）とその円座に腰を下ろした。他人《ひと》の温もりの残る敷物は馴染みにくいものだが、妙春尼は意に介することなく腰を下ろした。

しかし妙春尼が口にしたのは手炙りの中の燠《おき》のようなものだった。灰に埋めれば長く熱を持ち続け、灰から出せば最早手を触れることもできないしろものだった。

「よろしいでござるか」

家康の背後から声がかかった。酒井忠次が様子を伺いにやって来て縁に端座すると続けて家康の背中に尋ねた。

「妙春尼さまのお話とは何でござりました」

家康が見送りにも出ず座所で手炙りを睨んでいると聞いて、やって来たのだ。

「ご隠居が浄土真宗赦免を頼んできた」

我に返った家康が忠次に返しながら、妙春尼の使っていた円座に腰を下ろした。つられて忠次も座所の間に上がる。

「ご隠居さまが上さまの政に意見されたのでございますか」

「いや、今年の冬はいつになく寒さが骨身にこたえる、この年寄りが冬を越せるか心もとない。万一の時極楽往生できるよう前々のとおり南無阿弥陀仏を誰にも憚ることなく声にさせてほしい。と頼まれた」

「ご隠居さまが本願寺を赦せと？」

「そこまでは言わなんだ。寺や坊主を前々のとおりとするには、赦免するしかない」

「本願寺禁制は確か永禄七年……二十年も経ちましたか」

「齢も残り短くなると往生のことしか考えぬそうだ。いままでご隠居は隠れ門徒であったのだ。倅の日向もことによると」

片手を手炙りにかざすと、先ほど妙春尼のためにと家康自らが灰から掘り起こした燠は、いまは微かな熱を静かに発しているだけだ。新たな炭を足す頃合いかもしれない。

忠次が家康の日向にむけた猜疑心を軽くあしらう。

「御懸念は無用でござるかと。たとえ日向がそうであったとしても、この二十年間の忠義は疑いようもございませぬ。大っぴらな称名ならいざしらず密かに信心する心中を、禁制破りと誅することは上策ではございませぬぞ」

家康の胸に妻や子を誅した悔恨が湧く。一揆勢と戦った時や四年前の岡崎と浜松が軋んだあの時と比べ、五か国の太守となったいまとでは随分と違う。領国内の不穏の芽や騒擾などは鎮静する自信がある。しかし口にした言葉は違う。

「これにかまけて、甲斐信濃国人どもの騒擾をなおざりにはできぬ」

「仰せのとおりでございますが、あまり時間《とき》はございませぬぞ」

「時間がない？」

「京で筑前が勝家と軋んでいる隙にこちらを固めねばなりませぬし、筑前は本願寺の取り込みも図っている様子。それに徳川領国五か国のうち本願寺を禁じているのは三河のみ、分国の僧俗門徒の信心や往来まで禁じられまするか？　尾張さまと同じ轍を踏まぬようむしろ本願寺を取り込むべきでございましょう」

整然と献策する忠次の顔を見ながら家康が唸った。忠次の言うとおり二十年前といまでは違い、いつまでも禁制の必要はない。本願寺を敵にするよりも味方に引き込むときかもしれない。腹を決めた時、唐突に（こ奴も？）と気づき思わず息を呑んだ。（回りじゅう隠れでないか）忠次は何食わぬ顔で家康を覗っている。

教如一行は紀州鷺森に向かっている。妙春尼から赦免願いの顛末を聞くことは叶わなかったが、間を置かず妙春尼が浜松へ向かったことで、家康と本願寺の関係修復の呼び水になったはずだ。あとは本山が動けばよい。

当初の目論見を果たした一行は紀州鷺森と三河の街道を、今度は西へと向かっている。帰りも往路と同じく宿坊や道場の軒先を借りながら帰山を急ぐ一行に、どこの宿からだったか女門徒が道連れとなり、一行の世話に勤しむようになった。女は鷺森ご本山参詣の門徒で、女の一人旅ゆえお坊さまたちとなら安心と言い、ふくと名乗った。思わぬ道連れと上首尾を果たしたことで足は軽い。

伊勢に入り西に向かう東海道は亀山を出ると鈴鹿峠を越え甲賀へと抜けるが、一行は鈴鹿東の山裾で南下すると加太《かぶと》越えの大和街道に入った。鈴鹿峠が開かれるとこの道筋には往時の賑わいはなくなっていたが、紀州へ向かうには便が良い。

一行は針山のように木々が天を衝く山肌のつづら折りをたどると、やがて前方の樹林が明るくなり木々の間に空が透けて見え峠が近くなった。旅慣れぬ足弱の女門徒は教如と十兵衛から約半刻ほどか遅れ、女には甚介が付いている。一本道なのだ峠で待てばよい。

後少しで峠と安堵する十兵衛の鼻先に僅かな煙が流れてくるのと同時に銃声が響き、十兵衛は道端の大木に飛ばされた。倒れた十兵衛の足元には刀が転がり、骨が弾で砕かれ正体をなくした右肩からの出血が夥しい。教如が目を移すと前の岩陰と後方から剥身の得物を手に男たちが現れ山道を油断なくやって来る。正面から近づいてくる敵の先頭が誰であるかは一目で知れた。

(本庄!)

蓬髪を襤褸紐で結わえ野伏りのような貧相な姿には似つかわしくない刀は、名工の金打ちによるものなのか怪しげな光を放っている。まず手練れ一人を撃ち倒した本庄は勝ち誇ったように冷笑《せせら》う。

「今日こそ終わりだ」

本庄は十兵衛が最早瀕死にあることを見届けると、正面の手練れ教如に刀を向けた。手下たちも一斉に得物を手に身構える。手練れのほどは手下どもによく教えてある。後ろから近づいた手下の繰り出す手槍に教如が一瞬気を奪われると、本庄が不意をつくように裂帛の突きを打ってきた。

「坊主がぁ」

喉の脈を狙ってきたのだ。かろうじて鉄を巻いた錫杖で受け、次いで背後の手下が被っている鉢横をしたたかに打つと、手下は血泡を吹きながら斃れた。狭い山道では二人が同時に打ちかかることはできないが、教如に息を継がせることなく次々と仕掛けてくる。数度敵の刀を躱すうちに刃が触れた衣の中から血が流れ始めた。荒い息を吐き、堪らず錫杖に身を預けると本庄があざける。

「手こずらせやがって」

「女房子供がやられたように嬲って殺してやる」

そのために鉄砲は十兵衛だけに向けられたのだ。本庄の必死の殺意が妄執に囚われた刹那、脇下から刀が本庄の胸を貫いた。深々と心の臓を刀で差しつらぬかれ、本庄は何が起きたのかも知ることなく驚愕に目を見開きながら倒れた。それは利き腕をなくし瀕死の十兵衛が左腕で本庄を貫いたのだ。

手下たちは（死にぞこないがぁ！）と十兵衛に槍を突き立て十兵衛の息の根を止めると、かしらを失った不利を覚りこれ以上の義理はないと山中に逃げ去った。

十兵衛は三河一揆で利き腕に傷を負ってからは両手を利き腕にしていたのだ。左腕には手練れの技はないが、必死の場には一度だけの意外の技なら出せる。

「十兵衛！」

本庄の横に倒れている十兵衛はすでに死相が浮き、教如の呼びかけに薄く目を開いたがもう見えていないのか目が弱々しく教如を探す。

「三位さま……手引き……は」

教如が（なに）と糺したが、（許せ）口中で呟き息絶えた。

教如この年二十五歳、正室三位とは石山退城の混乱で別離しのち越前大野で邂逅を果たしたが、そのようなことは当然本山は知らない。顕如十六如春尼十五のとき教如をなした父母は、武家の天下取りが混迷するなか大車輪に教如の婚儀を整え、この年天正十年十二月大納言家の久我通堅《みちかた》娘を教如の継室に迎えさせた。名を東之督《ひがしのかみ》という。

ふきょうき（不行儀）

本能寺の変後の秀吉は天下取りに邁進する。天正十一年賤ケ岳の戦で柴田勝家を破り、天正十三年（1585）八月徳川についた佐々成正の越中富山城を包囲する。この越中佐々攻めは秀吉が関白の叙位を受けてから初出陣であり、意気昂然と官軍を率いた。八月二十七日顕如は秀吉の陣中見舞いに河野越中を派遣するが、教如が河野の後を追うようにして閏八月朔日に秀吉の陣中見舞いに訪れた。

「教如が見舞いとは仰々しいことじゃな。しかも河野が来て三日しかたたぬぞ」

腐す言葉だが満更でもない様子は目元に刻まれた皺で見て取れる。汚れくたびれた旅装も解かぬ教如が、陣所で床几に腰を下ろす秀吉に拝跪する。陣の外には乗ってきた輿や従僧たちも同様の旅姿のままで控えている。貴人に拝謁する場合衣服を正式に改めるものなのだが、教如は旅姿のまま伺候し寸刻をも惜しむ姿を演じ、秀吉の歓心を得ている。

「急くままに不躾な旅姿で御前への伺候のほど何卒ご容赦を」

鷹揚に頷く秀吉を見届けて続ける。

「本来なれば紀州御親征のときと同様に門跡が伺候すべきでございますが、門跡は只今上様ご拝領の摂津天満への屋渡りをゆるがせにすることも叶わず、使者に河野越中を立てたものでございまする」

「うむ、河野は以前年頭挨拶にまいったことがあるな」

「天正十一年の年賀でございます。河野ならば関白様のお目見えをいただいておりますゆえ相応しかろうと」


紀州親征とは天正十三年三月の秀吉の根来寺攻めのことで、このとき本願寺は秀吉への陣中見舞いに腐心している。教如と弟顕尊が（泉）大津まで秀吉軍の出迎えに上り、太刀や馬代などの音物を進上し、加えて菓子・さかな・酒などで饗応している。この秀吉への忠誠ぶりが功を奏し、翌四月に摂津中島の天満に新たな寺地を与えられた。関白叙任前の見舞いでもかくの如しであるのだから、関白に任ぜられた秀吉に対し河野では役者不足と受け取られることを教如は慮ったのだ。


「しかし父御《てご》が遣わした河野では用をなさぬとばかり教如が後追いすると、門跡が面子丸潰れであろうが」

北国下向に際しての親子悶着を見透かしたかのように（そうじゃろう）と身を乗り出すと、教如は忘れていた苦汁を思い出したかのように眉間を寄せた。

「門跡が不快げであったことは仰せのとおりで、それは河野差遣に異を唱えるそれがしに対してのことで、関白様陣中伺いについてはむしろ門跡のほうが熱心でございました。それも本願寺が関白様に二心なきをお示ししたいがゆえでございます」

まことしやかに父の体面を繕う教如に秀吉が肩を揺って哄笑した。佐々攻めが首尾よくいっているのか、一つ一つが大ぶりだ。

「姫路のときよりは上手がうまくなったな教如。が、河野が名代として下ってきた時には、顕如が芳しくないことを差し引いても、わしを甘く見たなと思ったぞ」

「それゆえそれがしが下向いたしました」

「下向か」

不用意な言葉に秀吉が拘った。

「わしのもとへ来るのが下向かや」

(しまった！) 腹の中で唸った。

「御赦しを。お見舞いに参上させていただきました」

丁重に詫びて下げた頭をあげると、そこには探るような目を向ける秀吉の顔があった。

「教如が出張ってきたことでいろいろ言うものがおる。教如が来たのは見舞いどころではない、隙あらば越前一揆を煽りわしを袋の鼠にしようと企んでいるのだとな」

意外の展開に僅かに揺れた教如を見透かして秀吉がさらに一変した。

「そうじゃろが！」

ガタと床几を蹴り倒し仁王立ちすると大音声を発した。控える武者たちのあいだに瞬時に猛々しい殺気が充満する。

「一度は石山を明け渡すといいながら、約定を破った籠城衆とはうぬじゃろが」

再度軽く低頭して教如は秀吉に目を宛てた。

「しかしあれは安土さまに対してのこと、関白様への忠義のほどは、姫路でご覧いただいた通りでございます」

中国大返し時の秘事を思い出したのか、案の定手のひらを返すように怒りを解いた。

「この三月根来寺攻め開陣でのご慰労でも表裏なく務めたがゆえ、関白様にもいたくご満悦いただきました」

若侍が戻した床几に腰を下ろし（ふうむ）と薄い顎髭を指でしごきながら命じた。

「ならば再度ここで表裏なき証しを立てよ」

「証し？　ここで？　でございますか」

「越前、加賀にはまだ不穏の根が蔓延っている。一揆どもにいまは信長公の御代ではない。関白様のもとでは本願寺はもう戦はせぬ、一揆を起こす輩は永代の破門を言い渡すと説いて回れ」

いましがた秀吉が演じた激昂は、このためだったのかと知ったが否の理由はなく受け入れる。

「門徒が戦をせぬことは本願寺の意にも適うことでございます」

「なら早速説いて回れ。なんなら兵をつけてやろう」

「兵を率いての説法はいまだかってあったためしはございませぬ」

秀吉は大きく口を開け声もなく笑った。

「わしも初めて口にしたわ」

教如は警護の兵にこだわった秀吉の底意は既に見極めていた。教如警護とは表向きでその実は門徒牽制と教如監視であり、一揆蜂起の時にはたやすく人質として取り押さえることができるのだ。

かつての越前、加賀、越中は一揆と大名の戦場で、いまも一揆の残り火はくすぶり続けている。門跡顕如も当然この空気は承知しており、秀吉の佐々征伐に際し『惣別弓箭之儀《きゅうせんのぎ》　堅被停止《かたくちょうじされ》之事候間〜一切不可令同心《どうしんせしむべからず》候。万一違背之族於在之者　可被召放御門徒之旨候』と、加賀門徒には一揆を起こしてはならないこれに違背するものは門徒から召し放つと厳命している。しかし教如は、さらに門主自らが秀吉を見舞えば、音物進上や酒肴の饗応ごときでは得られない信頼を勝ち得ることができると、門主にかわり北国に赴いたのだ。

教如は北国佐々攻めを嚆矢として、九州島津攻め、小田原北条攻めに陣中見舞いと称して、教如自身が秀吉遠征道中の諸国門徒の鎮撫に赴くが、これは顕如の不興を招くこととなる。十二代となるべき法嗣が軽々に秀吉の使いのごとく僧俗門徒に恭順を触れ回ることなど、門跡寺院本願寺法嗣として鼎の軽重を問われるようなものであった。

秀吉が見透かしたように教如の発足に際しては親子悶着があったが、さらには本願寺奥の思わぬものも親子仲違いの種となっていた。

――光寿はなぜ父に従わぬ。詫状の湯にも水にも父母の決めたことに従いますとの言葉は嘘だったのか。

この顕如の怒気を含んだ言葉は、越中佐々攻めの秀吉へ遣わした陣中見舞使者を、教如が（呼び戻すべきでございます）と父に迫ったがためだった。父顕如の部屋で父と母の前に端座する教如が（嘘ではございませぬ）と答えながらも、これで何度父母に難詰されたのかという思いが頭をよぎった。

――それがしは何事を問わず父上のなされることに異を唱えているわけではございませぬ。ただ、本山の命運を左右することに献策しているだけで、関白陣中見舞いは本山のこれからを左右すると申しあげているだけでございます。

――だから関白の陣中見舞いとして、河野に十分な音物を持たせ門跡名代として遣わせたのだ。

――音物の多寡ではございませぬ。信長が戦で常に陣頭にあったごとく本願寺も骨身を惜しむべきではございませぬ。本願寺の赤心をお見せするまたとない機会《とき》でございます。

――本願寺門主が軽々に本山を離れるべきではない。それを守らぬゆえ信長は出先で討たれ、織田は絶えてしまったではないか。

さらに顕如は頼龍の副状事件に触れた。天正八年教如が甲州坊主衆に籠城への合力を懇請する書状を発したとき、頼龍が書いた副状に教如への浄土真宗相続を云々した事件である。

――わたしが道中往生すれば門主相続ができるからか。

教如が父の言葉に激しく反応した。

――父上は、それがしをそのような奸物とお考えでござるか。

父子の激した口論に如春の声が二人の間に割って入る。

――殿さまは露も思ってはおられませぬ。お身体がすぐれぬゆえお気が短くなられたのでございます。寛恕なされ。

天正十三年のこのとき顕如の体調はすぐれず、翌十四年十一月から十五年五月まで病の床に就き、その五年後の文禄元年（１５９２）に五十歳で没している。芳しくない身体に巣くう病痾がその言葉を言わさせたのかもしれない。

教如は目で母に謝し、代案を口にした。

――ならば門跡様に代わりそれがしが参ってもよろしいでしょうか。

顕如が眉間に縦皺を刻んだまま不承不承顎を小さく引くと、二人の話を転ずるように如春が教如に声をかけた。

――ところで光寿、お子はまだですか。

久我通堅娘を教如の継室に迎えたのが天正十年の暮れで、それから早くも四年がたとうとしている。母には心配事である。

――こればかりは思うようになりませぬ。

――お手付きには娘がおりましょうが。

母が尋ねたのは継室東之督に限ったものではないと知り、教如が照れ隠しのように言い繕う。

――ご存じでしたか。法燈血脈を継ぐ男子《おのこ》は、なかなか。

おてつきとは、主の側近くの侍女で主からの情けを掛けられたものをいう。浄土三部経の無量寿経では在家門徒が守るべき五戒がある。殺生、邪淫、飲酒、偸盗《ちゅうとう》、妄語の五つをいい、邪淫とは妻以外との交接をいう。しかしこの時代男系の胤を残すことが優先したため、正室側室の峻厳な違いは問われず側室が男子を産めば正室よりも権勢を振っていた。

蓮如の母は第七代門主存如の家女房であったし、また蓮如は妻には縁が薄かったのか生涯五人の妻を持ち、結果子を二十七人も持つという子福者だった。当然仏門の外の世界ではさらに奔放で、信長も子のいない正室濃のほか多くの側室がいた。一族の血を保つということは何よりも優先したのだ。

——囲っている町家に足繁く通っておられる様子、その女は誰でございます。

正式な側室でもなくいわば陰の関係の女を口にすることには大きな躊躇があるが、母の問いには答えなければならない。母の教如への慈愛は身に染みている。

——着替えや小用《こよう》で仕えていた阿弥陀様一念のもと侍女でございます。

——旅の途中拾ったとの噂も耳にしておりますが、新門にふさう確かな女なのでございましょうな。

——氏育ちまでは知りませぬが、読み書きもでき経にも明るい聡明な女でございます。

いつの頃か町家に足繁く通い始めた息子に、母の目には僅かながらまだ猜疑の色が残っている。父は、読み書きもでき経にも明るいというのだから卑しい身分であろうはずがないと得心して一二度頷いたが、母は更に問い詰める。

——お東という正室がおる身、破戒とみられぬように自制なされ。よいですな。

——わかりましてございます。

——そして向後その女に男子が生まれたならお東にお預けなされ。

母はこの四年間で東之督は子が生まれない体質と見切ったのだ。この計らいで本願寺の血脈を保つことができ、東之督も離縁されることなく子を持つことができる。教如も破戒とおとしめられることもなく隠しおいてある女といままでどおりでいられる。諸方満足のいく配慮のはずであった。

――かような約束はできませぬ。

母は次に生まれてくる子が男とは約束できないと受け取った。

――次は必ずや男でございましょう。朝倉の姫の時は女でしたから次は男が生まれましょう。

――いえそのようなことではございませぬ。身を慎め、そして生まれた男子は取り上げる、というのでは女に酷でございましょう。

父が割って入った。

――正妻がありながら侍女に情けをかけるのは酷ではないのか。

――父上の申されるとおりでございます。その時の身勝手を知るだけに男なら取り上げるという勝手はもうできぬのでございます。

――先ほどらい抗弁するばかりでないか。わしを何と心得ているのだ。

しかし顕如は昂った声に気づくと大きく気を静め説いた。

――なら河野を秀吉のもとに送ったわたしはどうだ。それでも本山の命運にかかわることならばと体面を潰されても恥を忍んで許したでないか。そして母にも結局は従わないということではないか。手付けの産んだ男子を本妻に預けぬということは、本山一大事なのか。

顕如がもうこれ以上の抗弁は聞かぬというふうに両腕を組み強く目を閉じると如春が受け取って続けた。

――光寿には父母への礼がありませぬ。

――不行儀《ふぎょうぎ》でしかない。

如春に呼応して瞑目したまま断じた。この言葉が後日秀吉の教如断罪の一つになった。

教如系図『大谷嫡流実記』

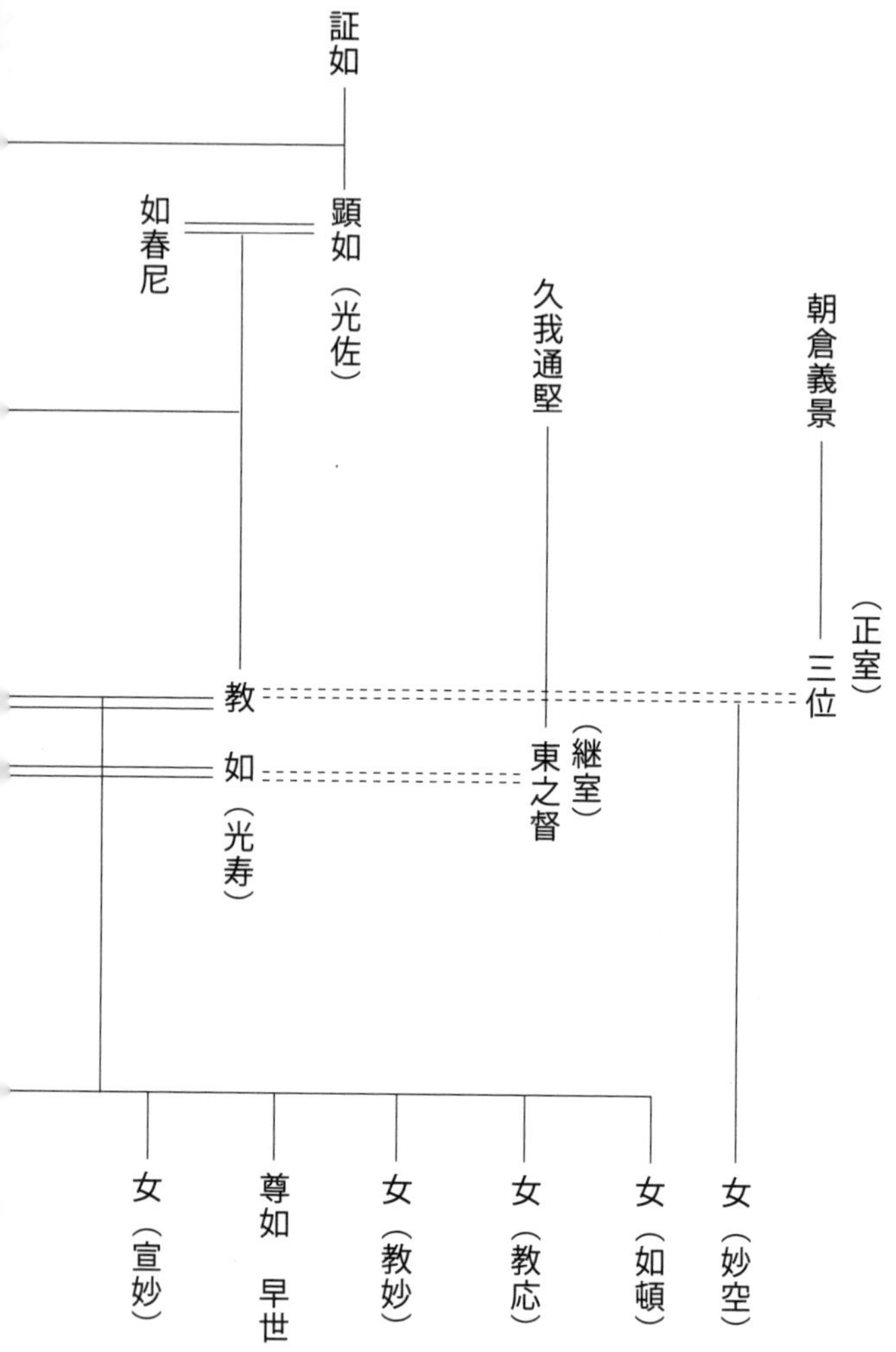
朝倉義景
（正室）三位
久我通堅
（継室）東之督
証如
顕如（光佐）
如春尼
教如（光寿）
女（妙空）
女（如頓）
女（教応）
女（教妙）
尊如　早世
女（宣妙）

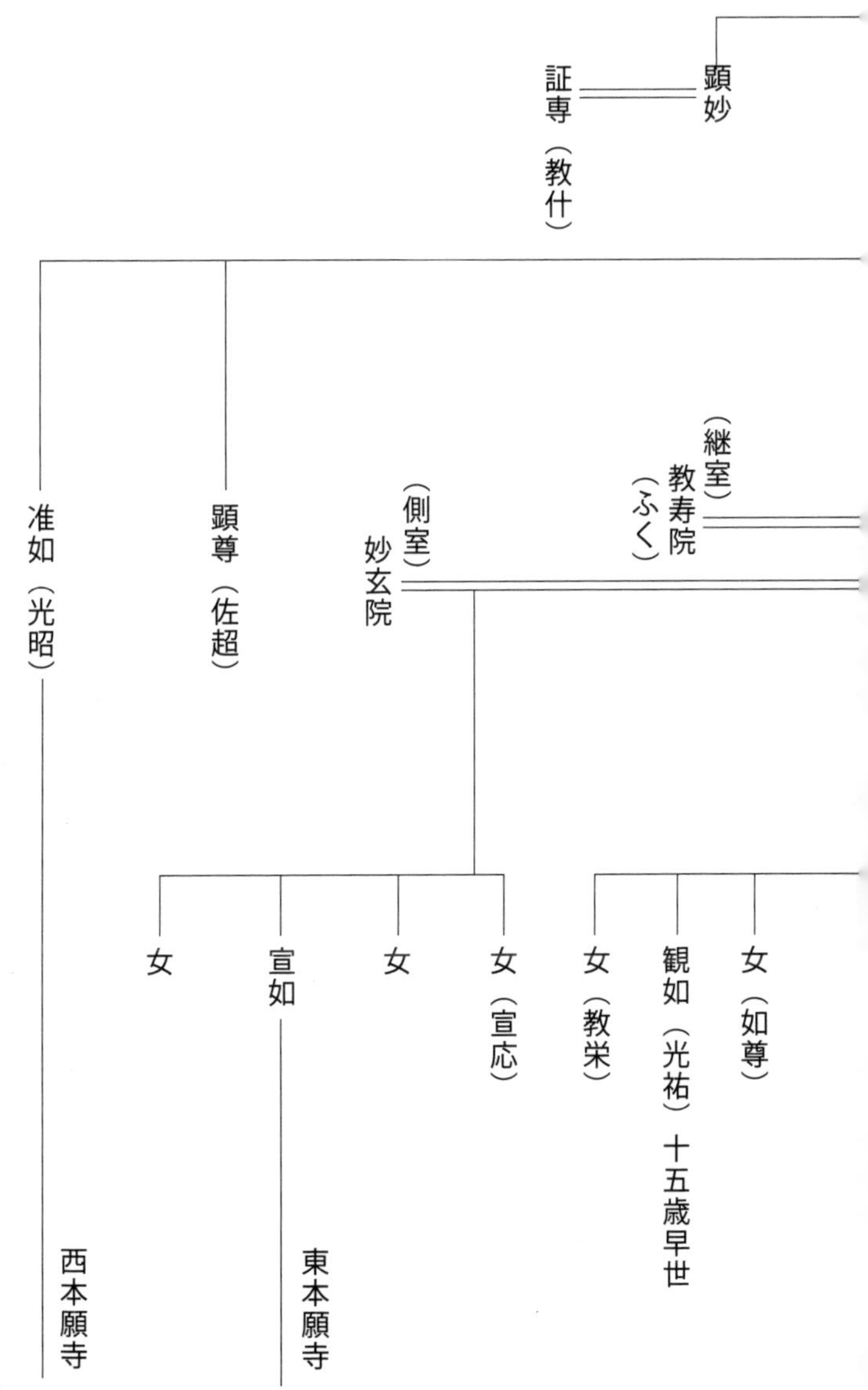

顕妙
証専（教什）
（継室）
教寿院
（ふく）
（側室）
妙玄院
女（如尊）
観如（光祐）十五歳早世
女（教栄）
女（宣応）
女
宣如
東本願寺
女
顕尊（佐超）
准如（光昭）
西本願寺

門主お取上げ

文禄元年（1592）十一月、本願寺十一代門主顕如が入寂した。すぐさまこの報は秀吉にもたらされ秀吉から教如に本願寺継職安堵状が給付された。この安堵状は、本願寺の顕如派と教如派の確執解消になくてはならないものだった。朝廷により父子《おやこ》の和解はなったが依然寺内の主勢力は教如派に冷ややかなままで、天下人からの継職安堵状は、新門主教如の大きな後ろ盾となった。

しかし一年も経たない文禄二年閏九月、教如は、大坂城より突然太閤様吟味の筋ありと即刻の登城を命じられた。

仔細もわからず御対面所で平伏する一行に（面を上げよ）と武張った声がかけられると、教如の目に入ったのは上座に居並ぶ側近衆の施薬院《やくいん》全宗らの重臣であった。

教如にとってはこの施薬院は、初顔合わせのものでなく、父入寂のとき本願寺に下向しくだんの継職安堵状を伝えた人物で、その時のお使者労《ねぎら》いの饗応では同じ仏門として親しく気脈を通じあったのだ。施薬院はもともと天台宗比叡山の薬樹院僧で、元亀二年の信長の比叡山焼き討ちで命を拾ったその施薬院が対面するのだ、共通の仏敵信長と戦ってきた本願寺に理解は持っているはずであった。

教如は心中安堵しながら召出しへの出頭挨拶を述べた。

「施薬院様には太閤殿下にお仕えし、叡山法燈の隆盛にも御尽力のほど、仏門一隅の某にも御同慶の極みでございます」

へりくだった言上にも拘わらず素っ気ない施薬院のふうに一転不安がよぎる。

「本日は、お山のことではござらぬ」

城にいる施薬院は吏僚の面持ちを崩さない。

「教如どのも浄土真宗の十二代門主様、叡山のことよりも御一流のことでなにかとご心労多いことでござろう」

「無思慮を申し上げました」

上座の施薬院は安堵状を持ってきたお使者の施薬院ではない。下《しも》で畏まる教如との隔たりは教如が思う以上にあった。

「されば」

施薬院が威儀を正し、他人然とした眼差しを向ける。

「先の十一代門主の入寂により教如どのが継職されたが、世評芳しからず。ゆえに太閤様よりお裁きがござった」

(世評芳しからず?)

施薬院の細く炯々とした双眸が心中驚く教如を見据える。

「よろしいな」

「ははぁ」

施薬院の姿を借りた太閤が言うのだ。驚愕を胸中に抱え込むように教如が両手をつかえると施薬院は（ンゝ）と小さく咳をくれて折紙を読む。

「教如においては、本願寺門主の座を十年ののち御舎弟准如に譲り渡す事」

（なにぃ）

低頭する教如の身が強張った。その姿を紙の端から捕えながらも、施薬院の声は続く。

「そのゆえは次のごとし。

一つ、大坂に居拵《いこしらえ》され候事
一つ、信長様御一類には大敵《たいてき》に而候事」

顕如が退城したにも拘わらず大坂で籠城し、さらに本願寺が紀州から京へとお引上げされ今日あるのも、太閤様の御恩によるものであるということ等々も付け加えられ、なおも教如の咎をあげる。

「一つ、門跡の不行儀の事」

「お待ちくだされ」

教如が堪らず声をあげると、施薬院はこのような反応は織り込み済みかのようにおもむろに折紙から目を上げ教如の声に応じた。

「待てと申すか？　太閤様のお言葉を」

「施薬院様、墨衣のご縁に免じて何卒」

「……………」

僅かながら施薬院に間が生じ、不自然に一、二度咳をすると控えのものに命じた。

「湯を持て」

教如に眼を戻す。

「太閤様のご定、咳《しわぶ》きで不様になってはならぬ。湯で癒すまで暫し待て」

太閤の侍医の見立てに同座のものは黙るよりほかはない。

「お待ちする間の独語でござる。何卒ご容赦くだされ」

施薬院から是非の声はなく、教如は両手を支え施薬院の膝元を睨んだ。

「石山に立て籠もったとはいえ、それは本願寺が兵を起こした十年のうちわずか四月《よつき》でございまする。それを拙僧の咎、ことさら大敵とはいかがなものでございましょうや。さらに、太閤様の御恩で寺が紀州より京に戻れましたことは決して忘れておりませぬ。加えて拙僧の不行儀ありとの由、何卒いま一度御吟味くだされ」

教如は再吟味への応答を期待したが、施薬院はゆっくりと湯を喫し終えると口を開いた。

「声ももとに戻ったゆえ続ける。

一つ、先代より譲り状も有之由之事《これあるよしのこと》」

「お言葉ながら！」

今度は本願寺従者の中から声があがった。太閤の裁定に異を唱える声に、本願寺従者たちは蒼白になりながら目だけで声の主を探す。声を発したのは家老下間頼廉で、顕如と教如に仕え織田との戦を主導してきた老練な家老が、余程激したのか顔を朱にして異を挟んだのだ。

「お言葉ながら、その先代さまの譲り状とやらは嘘偽りでございます。本願寺では譲り状は歴代、側近衆にも事前に披露されまする。家老も知らぬ譲り状などはありませぬ」

「するとその譲り状は真筆ではないのか」

「先代さまの手をまねた偽書でござる」

「ほほう。さすれば愚昧な我々は譲り状の真贋も判別できず、偽書を有難く奉じて、事ここに至ったといわれるか」

頼廉は、施薬院に言葉尻を捕えられたことに気づき慌てて首を横に振る。

「いえ、近くでお仕えする我々が知らぬ譲り状など、あろうはずがないということで」

「ならば尋ねる。おぬしは昼夜分かたずお仕えしておったのか。先代どのは一人になることはなかったというのだな」

「……いえ」

声が細くなった。

「そうであろう。太閤様のお裁きに誤謬はない」

施薬院は大きく頷きながら、薄い笑みを顔に現す。教如は、筆頭家老ともあろうものが短慮で何を答えているのかと、訝りながらも言葉を添えた。

「施薬院様、いま暫くご猶予を。さすればもっと詳しく調べることができまする」

施薬院は聞こえなかったように続ける。

「一つ、当門主妻女之事」

（妻女の事？）

信長に敵対した大敵であるとの大上段の糾問が、一転難癖ともいえるような言いようになったことに心中首を捻った。いままでの信長への敵対そして譲っても父や母への不行跡の咎は甘受のしようがあるが、奥向きのことまでを難詰されるや腹をくくった。

「お待ちくだされ」

憤怒を押し殺した教如の声に施薬院の言葉がやんだ。

「恐れながら、妻女宜しからずとはあまりのお言葉。奥に何の不行き届き、咎がありましょう。かの乱世で賊将とともに一族郎党がご成敗されたことはあっても、ことさら奥をおとがめすることは聞いたことがござらぬ。その一条は、何卒」

「拙者も仔細は知り申さぬ。しかし僅かながら側聞するところをご家中の前で申しても宜しいかな。奥向きのことでござるぞ」

施薬院の凛冽な光をみなぎらせる双眸は、その場凌ぎの虚勢でないことが知れ、これ以上の抗弁は躊躇われた。

「それは」

言い詰まった教如を目にしこれで十分と見るや、処分を申し渡した。

「最後に、己の咎を認めお裁きに従うなら、殿下の御懇情により十年門主として務め、しかる後門主を御舎弟准如どのに譲り渡す事となっていたが、譲り状が偽書でないとされたことで、先の継職安堵はゆえなきもので無効である。剰え殿下のお裁きに対し数々の抗弁、よって即刻に准如どのに継職すべし」

（十年が即刻？　太閤の裁きを施薬院の匙加減で決めるのか）

教如の気配を察した施薬院はこれ以上の口は挟ませぬとばかりに締めくくる。

「以上でござる」

折紙を畳みおえると腰を上げながら、畏まる教如に中空から言葉を発した。
「太閤殿下様より教如どのにお言葉があるやもしれぬ。おひとり残られよ」

本願寺には多くの記録や日記が残っている。その中に家臣宇野新蔵が教如のもとで著した『宇野新蔵覚書』に、太閤による教如の門主お取上げの理由が残されている。

『一、（第一条）大坂被居拵候事
一、（第二条）信長さま御一類には大敵にて候事
一、（第三条）太閤様之御代に而、さいか（雑賀）よりかいつか（貝塚）へ被召寄、かいつかより天満江（へ）被召出、天満より七条（京）へ被遣上候、御恩と被思召候事
一、（第四条）当門跡ふきやうき（不行儀）の事、先門跡時ゟ《より》連々と申上事
一、（第五条）代ゆつり（譲り）状有之事先代よりゆつり状も有之由之事
〜
一、（第八条）当門主妻女の事
〜』

しかし、この戦国乱世で不行儀と眉を顰められるのはひとり教如に限ったことではないであろう。不行儀は遡れば織田信長もそうであり、信長の奇行や傍若無人な振る舞いはつとに広く知られている。それは時代の旧弊を破るものの性向でもあり、人はそれを鬼子とも呼ぶ。

東西分派

教如が大坂城御対面所の間で一人留め置かれ、すでに半刻を過ぎていた。その姿からは心中の動揺は微塵にも窺い知れないが、(側聞するところをご家中の前で申し上げても)という施薬院の言葉が、教如を掻き乱している。(何を知っている?)胸騒ぎが激しく吹き荒れる教如に、突如として心安く声がかかった。

「やぁ、やぁ、光寿　久方ぶりじゃな」

教如の名を呼びながら単身秀吉が、騒々しく現れた。本願寺門跡教如の本名を口にできるものは何人もいない。このとき教如三十六歳、秀吉五十七歳だが年の差や身分の隔たりだけではない。人たらしの秀吉なればこその臆面もない馴れ馴れしさなのだ。上段の間に上がり横の脇息を前にして体を預けると、近習を呼ぶように気軽く教如を手招きした。

「かしこまらんと、もっと近こう」

この心安さの裏にはその分那落が隠されていることは何度も経験している。

「太閤さまには御健やかで、祝着至極でございまする」

先ほど即刻の退職を申し渡されて、はいそうですかと近くへ膝行する気はさらさらない。秀吉も動こうとしない教如にこだわることなく続ける。

「あかん。あかん。この歳になると湯に浸かっているほうが、ようなってしもうた。若い時の無理がいま祟ったげな。で、父御《ててご》も湯治は有馬だったな」

（有馬湯治？）殊更親しげな口調だが、居残を命じたのは湯治の話ではあるまい。教如は乗らずに短く答える。

「左様でございます」

「有馬はええな。けど、せっかく湯に浸かって安生よぉいるのに、（上さま、上さま）と邪魔されると、五月蝿《うるさ》いものだで、わかったわかったとなってしまうげな」

脇息から身を起こしながら剽げるふうに高笑いした。

「あはは。なかなかの策士もいるものよ」

この門主お取り上げ事件を覆っている幕が一枚剥け、下地が見えてきた。

「そなたの母者が来たがや」

目は笑っていない。

「有馬まで来よった。わしが安堵状を出しているのに、（上さま、実は顕如が書いた准如への譲状がございました）と、わざに持ってきよった」

「母でございましたか……」

「しかし如春もよくぞ譲状を探してきよったものよ。教如も知らぬ書物蔵があったのだな」

それはない。頼廉に命じ散々探してもなかったのだ。

准如への譲状は、天正十五年十二月のものであるが、その当時天下人秀吉と懇ろに音信を通じ本願寺の舵取りをしているのは教如である。顕如もその時十一歳で得度もしていない准如に本山を託せるはずがない。


「お許しくだされませ。母の軽挙は、某の力不足でございます。わたくしめの衷心は幾度となくご覧いただいたとおりでございます。本願寺にあって、太閤様にお味方いたしたのは拙僧でございまする。某でないなら、父でございますか。准如でございますか」

「わかっておる。わかっておる」

「では、何故。施薬院さまのお言葉には、何としてでも私から門主を取り上る、しかも即刻との意向が感ぜられました」

（あははは）と秀吉が身をそり返らせて哄笑した。教如が秀吉の企みを見抜いていたのだ。

「全宗がまだまだというか、さすがは教如と褒めるべきか。髪の毛一本で教如が上だわな。坊主に毛はないか。ははは。しかし三成も色々如春と談合して、よくも十も咎を考えよったわ」

「十一ヶ条ございました」

「わしが申付けた一条は妻女の一条だけだ。後の有象無象は付け足しにすぎぬ」

「太閤さまが？」

この沙汰の張本人は、秀吉だったのか。

「教如よ、母と奥がうまくいっていないというではないか」

「申し訳ございませぬ。奥向きのことはなかなか。しかしこのようなことはどこにでも。下世話にも嫁と姑の仲はと」

　秀吉が（そんな事ではない）と的外れの釈明をする教如の口を遮った。

「三成にあの一条を申し付けたときには、三成には教如は奥の艶ごとしか頭にない。とだけ言っておいた。わしが言うのも変だがな。あっはは」

「血脈を保つためでございます。過去の上人さまも何度も妻を迎え、子沢山でございました。子をなし胤をつないでこそ、本願寺の法脈もつなげられるものでございます」

　まだ勿体つけた申し開きを続ける教如に、秀吉が（はっ）と嘲笑い『妻女の事』に隠された咎に踏み込んだ。

「わしが奥のことしか頭にないと言ったのは表向きだ。三成も、（閨のことで門主お取り上げでございますか）と、怪訝な顔をしていたがな。太閤の咎状に閨とも閨房とも書けず、三成も困ったやら咎文では『当門主妻女の事』と、七字しか書けなかったわ。知らぬことは書けぬわな。あやつがどう書いたものかと唸っている困り顔をいまでも思い出すわ」

　三成を茶化す声は、襖の陰に侍している三成に向けられたのだろう。

「ならば拙僧の本当の咎とは」

「わからぬか。うぬは女に見境がないのよ」

　秀吉が脇息に両肘をつき体を預けた。

「耳を貸せ」

　他聞を憚る秘事の予感にもう抗えず教如がかろうじて一つ二つ膝行すると、小さな体に似合わないあの秀吉の大音は一転耳語となった。三成にも聞かせられない話だ。

「教如、心して聞け。ここから先の話は、いままでの忠勤へのわしからの返しだ」

秀吉が小さな金壺眼の奥から教如の目を見据えた。人たらし秀吉の有無をいわせぬ眼光は、一度見たことがある。光秀を討つため中国大返しを果した秀吉の召出しを受け、鷺森本願寺への差し遣わしを命じられたときの光だ。

「女の中にはのう、公家の女もいよう、下賤の女もいるかもしれん。娘だけでなく後家もおる。好きにすればよい」

刹那にやりと好色の風を見せる。

「しかし、教如がわしの世でこの先本願寺門主であるには、決して手を出してはならぬ女がいる。上さまお子の信孝は死に、信雄にはもう従うものはおらぬのだ。

織田の跡目相続を口にできるものは、いまは誰もおらぬのだ。……わかるな」

ここで母と妻との不和のことではないと知った。母が激怒したのはおてつきおふくの出自だったのだ。しかしどこで露見したのであろうか。

おふくに思いが至ったことを秀吉が見とどけた。

「そうだ。その女よ。尾州の女だけはならぬ。ただでさえ石山に籠城して敵対したおまえに、再び天下への野望があると見做されても仕方あるまい。拾った女の出は隠しとおせると思っているかもしれぬが、わしは先刻承知じゃ」

そんなはずはない。それならば門主安堵状は最初からない。

「尾張の産ではございまするが、奥向きに仕えるもと本山詣での女門徒でございます」

秀吉が小ばかにしたように喉の奥で嘲笑った。

「まだゆうか。ならば聞くが諸国秘回は一人だったのか。ふくを拾ったのは尾張足近じゃろう」

地名まで告げられ、教如の面が思わず強張る。

「足近の西方寺であろうが。わしもふくが上さまと鷺山どのの一粒種と聞いた時には腰を抜かしたぞ。その一粒種が生まれるや上様の目から隠し育てたのはあの（佐久間）信盛というでないか」

鷺山どのとは斎藤道三娘の濃姫のことで、尾張美濃和親の人質として美濃鷺山城から信長に嫁したためそう呼ばれていた。信長の多くの娘と異なり、信長の血を受けたふくが美濃道三の孫娘であることは重い。

「なぜか上さまは腹の中では道三を毛嫌いされておったからな。わしらには道三を（蝮）としか呼んでおらなんだ。それもあったのか信盛は上さまには死産したと言っていたのじゃろう。わしでさえ生まれ落ちるとすぐに死んだとばかり思っておった。だから一粒種のことは一切誰も知らず、みなも鷺山どのは子なしと思っていた。信盛もうまく隠しおおしたものよ。ひょっとすると信盛追放は、これが露見したためかもしれぬ。……上さま似の別嬪というではないか」

秀吉に好色の斑気《むらっけ》が湧き瞬刻教如の顔を窺うと、教如は小さく口中で（いえ）と応じた。

「朝倉義景の娘を梃に本願寺が越前一揆を起こしたように、今度は鷺山どのの一粒種でまた天下取りを始める積もりなのか」

「かようなことはございませぬ」

確固とした声で否定した。

「拾ったおまえは委細承知で覚悟の上だろうが、紀州鷺森から貝塚、天満、七条堀川へと寺を引き上げてやったわしへの裏切りだ。おまえの嫌う二心じゃろうが」

「……」

「しかしな、おまえに石山籠城のときのように天下を覗う気は毛頭ないことは知っている。なら、なぜあの女に手をつけた。それはな、おまえは女に見境がないのよ。淫乱なのよ」

「それは……」

おのれの定木でふくとの出会いを男女和同に過ぎないと断ずる天下人に説諭の無駄を覚った。法義が深まり、身のうちに阿弥陀様の光を感じた魂の震えなど関心もないだろう。

「上さまのせいで何万の門徒が死んだ。わしも坊主門徒の首を多く取ったが仕舞いには首では重いので、鼻や耳を削いでひとからげにして上さまにご進上した。いま思い返しても唾を吐きたくなる」

無言の教如にとどめを刺す。

「不行儀の息子でも、母御は見捨てることなく顕如との間を取り持ち、顕如入寂の剃髪でもおまえから お剃刀を受けたであろうが。その母でさえもがおまえを見限ったのは、手付けが信長の胤と知ったからだ。諸国の門末門徒も知れば教如に筵旗を立てるぞ。諸国を行脚して何をしてきた。別嬪を連れ帰ってきただけであろうが。まさしく女漁りであろうが」

たしかに、隠しおいた女は俗名をふくといい、尾張で出会った女だった。いまに到るも頑なに素性を秘するふくに(もしや清須の?)と只ならぬものと危うさを感じているが、その出自が知られぬよう町家に置いたのは、ただ父母や門末門徒の驚愕と反発を慮ったがためで、ふくを梃に信長遺臣を糾合しようとしたのではない。

教如に歎異抄や御文を思い起こさせ、浄土真宗の法義に立ち返らせたのは足近西方寺で出会ったふくだった。ふくへの説諭で教義への理解が凝縮し純化したのだ。説くことは学びに通じる。世と隔絶して深山に籠もり身を苛むのでなく、人間《ひと》と世間《よ》の交わりの中で説かれる在家仏教は、王法や煩悩と対峙し超克することではなく、王法の世ですべての煩悩をありのまま受け入れる恕と知ったのだ。

肉食妻帯を公然とした宗祖も同様の煩悩に苛まれていたのだろう、それを知る手掛かりが親鸞の正信偈《しょうしんげ》にある。正信偈釈迦章の『能發《のうほう》一念喜愛心《きあいしん》　不斷《ふだん》煩悩得涅槃《とくねはん》』という言葉だ。この意は、よく一念喜愛の心（信心）を発すれば、煩悩を断ち切らなくとも涅槃を得るというもので、迷いを断たずとも救われるのだ。生身の人に必ず宿る貪《とん》・瞋《しん》・痴《ち》（貪欲・怒り・愚かさ）には、恕の心で穏やかに正直に向き合えばよいのだ。それが人の倫《みち》に違わず天道に背かなければ造悪無碍の陥穽にも落ち込むことはないのだ。

平伏する教如を下《した》に秀吉はもう用はないと立ち上がり、教如の禿頭に秀吉の宣告をくだした。襖の陰に控えるものたちにも聞かせる声だった。

「教如、お情けだ。門主か女かいずれか好きにせえ」

翌日教如は、門主を辞する旨上申した。公家の権中納言山科言経《ときつね》がこのことを日記に短く書き記している。

『太閤より、本願寺淫乱無勿躰、夜前呼二人来』

この選択が本願寺東西分派の始まりとなった。

参考図書

『本願寺教如の研究（上下）』小泉義博
『越前一向衆の研究』小泉義博

『改訂　信長公記（桑田忠親　校注）』太田牛一
『信長公記』（中川太古　訳）太田牛一
『増補続史料大成　多聞院日記（竹内理三編）』英俊
『群書類従解題』（続群書類従完成会）塙保己一
『新訂増補　兼見卿記』（続群書類従完成会）吉田兼見

『大系真宗史料文書記録編』真宗史料刊行会
『真宗史料集成』同朋舎出版
『本願寺史料研究所報第四号』本願寺史料研究所
『増訂　織田信長文書の研究』奥野高廣

『真宗史の諸研究』谷下一夢
『顕如』金龍静　共著
『歎異抄入門』本多顕彰

『明智光秀伝』藤田達生
『荒木村重研究序説』瓦田昇
『戦国期政治史論集　西国編』平野明夫
『武田氏滅亡』平山優
『流浪の戦国貴族』近衛前久　谷口研語
『朝倉始末記』小出本

『連歌の心と会席』廣木一人
『鷹将軍と鶴の味噌汁』菅豊
『戦国鉄炮傭兵隊』鈴木眞哉

【著者紹介】

佐々木 博（ささき　ひろし）
1950年8月　福井県生まれ
真宗大谷派寺院門徒総代

公務員定年退職後寺役員となる。総代となり浄土真宗の東西分派、大谷派開祖の事跡に関心を持つ。米国での9.11同時テロの宗教背景と信長・一向一揆戦争の歴史が本書執筆の契機となる。

阿弥陀《あみだ》の鬼子《おにご》　——織田信長《おだのぶなが》・石山本願《いしやまほんがん》寺劫濁譚《じこうじょくたん》——

2024年11月26日　第1刷発行

著　者 — 佐々木《ささき》 博《ひろし》

発行者 — 佐藤　聡

発行所 — 株式会社 郁朋社《いくほうしや》

〒101-0061　東京都千代田区神田三崎町 2-20-4
電　話　03（3234）8923（代表）
ＦＡＸ　03（3234）3948
振　替　00160-5-100328

印刷･製本 — 日本ハイコム株式会社

落丁、乱丁本はお取り替え致します。

郁朋社ホームページアドレス　http://www.ikuhousha.com
この本に関するご意見・ご感想をメールでお寄せいただく際は、
comment@ikuhousha.com までお願い致します。

 ISBN978-4-87302-832-3 C0093